आभा श्रीवास्तव

बचपन से ही पठन-पाठन में गंभीर रुचि। 11 वर्ष की उम्र से ही प्रेमचंद, वृंदावन लाल वर्मा, शिवानी, गुलशन नंदा तथा रानू आदि चर्चित साहित्यकारों एवं उपन्यासकारों की पुस्तकों का अध्ययन। संभवत: इस रुचि से सृजित प्रेरणा पाकर लेखन आरंभ।

वर्ष 1978 में पहली बाल कविता का प्रतिष्ठित समाचारपत्र 'स्वतंत्र भारत' में प्रकाशन। यहाँ से लेखन और प्रकाशन की अनवरत यात्रा आरंभ। नवभारत टाइम्स, आज, जनसत्ता, राष्ट्रीय सहारा (लखनऊ एवं दिल्ली), हिंदुस्तान (लखनऊ एवं दिल्ली) एवं जनसंदेश आदि समाचारपत्र तथा बालहंस (जयपुर), आजकल, बालभारती, बालवाणी (हिंदी संस्थान, लखनऊ), चंपक, नंदन इत्यादि बाल पत्रिकाओं के साथ सरिता, गृहशोभा, वामा, कादम्बिनी, जागरण सखी, निकट (दुबई से प्रकाशित) इत्यादि में कविताओं और कहानियों का प्रकाशन।

भोपाल से प्रकाशित पत्रिका 'समरलोक' एवं वाराणसी से प्रकाशित पत्रिका 'सोच विचार' में नियमित लेखन।

'रिमझिम पड़ी फुहार' शीर्षक से एक बाल काव्य संग्रह प्रकाशित। कुछ रचनाओं का लखनऊ दूरदर्शन, आकाशवाणी, लखनऊ से भी प्रसारण।

प्रतिष्ठित पत्रिका 'वनिता' के लिए नियमित रूप से लेखन जारी है। अब तक 40 कहानियाँ और दो धारावाहिक प्रकाशित हो चुके हैं। अब तक लगभग 600 रचनाओं के प्रकाशन के साथ लेखन यात्रा जारी है।

प्रतिष्ठित प्रकाशन 'हिंद युग्म' के साथ कहानियों को संकलित रूप में प्रस्तुत करने का यह पहला प्रयास है।

Email: abhasrivastava0303@gmail.com

काली बकसिया

आभा श्रीवास्तव

हिन्द युग्म
hindyugm.com
BLUE

ISBN : 978-93-87464-97-1

प्रकाशक:
हिंद युग्म ब्लू
सी-31, सेक्टर-20, नोएडा (उ.प्र.)-201301
फ़ोन- +91-120-4374046

मुद्रक : श्री मैत्रे प्रिंटेक प्रा. लि., ए-84, सेक्टर-2, नोएडा
कला-निर्देशन : विजेन्द्र एस विज

पहला संस्करण : 2020
मूल्य : ₹150

Kaali Bakasiya
A collection of short Stories by *Abha Srivastava*

Published By
Hind Yugm Blue
C-31, Sector-20, Noida (UP)-201301
Phone- +91-120-4374046
Email : sampadak@hindyugm.com
Website : www.hindyugm.com

First Edition : 2020
Price : ₹150

तुम्हें

जिसने सुखी जीवन की परिभाषा बताई।

अपनी

कुहू और मिठ्ठू

को

जिनका बचपन

हमेशा मेरी स्मृतियों में साँस लेता रहता है।

क्रम

तर्पण

आज 29 फरवरी है। अम्मा को इस दुनिया से गए 16 बरस बीत गए। सोलह बरस या चार बरस! 29 फरवरी तो चार बरस में एक बार आती है। ऊनी कपड़ों की तह में आज अम्मा का शॉल मिला। उनका पहना हुआ। दो सफेद बाल उस शॉल में चिपके हुए थे। उनको स्पर्श करके लगा अम्मा को छू लिया। चुपचाप उन्हें हटाकर मैंने तुलसी की मिट्टी में रख दिया। इधर-उधर फेंक देने का साहस ही नहीं हुआ। कबीर का भजन याद आया- 'हाड़ जले जैसे बन की लकड़ियाँ, केस जले जैसे घासा।'

कितनी सुंदर थीं अम्मा। अपने सुंदर चेहरे तथा केशों से कितना मोह था उनको। चिता की अग्नि पर रखी अम्मा को जलते समय कितना कष्ट हुआ होगा, ऐसा मैं बराबर ही सोचती थी। किंतु उस समय तो अम्मा का शरीर ही वन की लकड़ी के समान था और उनके केश घास के समान। अम्मा की चिता को आग देते समय क्या भाई की आँख से एक बूँद आँसू भी नहीं टपका होगा! वह इतना पत्थर दिल कैसे हो गया, मैं बहुत सोचने पर भी समझ नहीं पाती हूँ। अम्मा के घोसले के सभी तिनके बिखर गए थे। हमारे परिवार के बिखराव की नींव अम्मा के जीवनकाल में ही पड़ गई थी। तीन-तीन बच्चों की माँ होते हुए भी कितना अकेलापन भोगा अम्मा ने। वो वाली कहावत बचपन में पढ़ी थी न- 'पाँच पूत रामा बुढ़िया के, बाकी बचा न एक।' उनके स्वार्थी बच्चों ने अपने-अपने घोसले बनाकर अम्मा का घोसला नष्ट कर दिया।

माँ का शॉल अपने कंधों पर लपेटकर मैं बाहर आ गई। मन बेहद उदास था कि सहसा सामने से डाकिया आता दिख गया। संभवत: दिवाली की बख्शिश लेने आया होगा। आजकल चिट्ठियाँ कहाँ आती हैं? लेकिन जब पास आकर

उसने मुझे मोटा लिफाफा थमाया तो मुझे तनिक आश्चर्य-सा हुआ। पत्र बैरंग था सो बख्शिश के साथ टिकट का मूल्य चुकाया। इस डाकिये को मैं पहचानती नहीं थी फिर उसने आधे चेहरे को मफलर से भी ढाँप रखा था। संभवत: यह हमारे इलाके का नया डाकिया था। भीतर आकर मैंने लिफाफा उल्टा-पलटा। लिखावट जानी-पहचानी लग रही थी, किंतु किसकी लिखावट थी, मैं नहीं समझ पा रही थी। लिफाफा खोलना ही था सो खोल ही लिया। किसी स्कूली रजिस्टर से फाड़े गए कुछ पन्ने, जिन पर एक परिचित-सी लिखावट अंकित थी। उन पन्नों के पुलिंदों को पलटकर देखा तो नीचे लिखा था- "तुम्हारी जिया।"

मन-मस्तिष्क में जैसे अंधड़ चलने लगा। जिया ने इतने बरसों बाद याद किया और वह भी पत्र लिखकर!

पत्र का अंश मैं ज्यों-का-त्यों उद्धृत करूँ, तभी जिया की भावनाएँ सही से व्यक्त हो पाएँगी-

"प्रिय छोटी,

इतने बरस बाद तुझे पत्र लिखने को विवश हुई मैं। पिछले कई बरसों का बोझ मेरी साँसों पर रखा था। आज सोचा चला-चली की बेला के साथ इसे हल्का कर लूँ। तुझे फोन करने का साहस न था। तेरे मन में मेरे प्रति कितने उलाहने, कितनी शिकायतें होंगी, मुझे पता है। क्या मैं उन आरोप-प्रत्यारोपों को सुन सकूँगी? नहीं न। सो बड़ी कठिनाई से इस आश्रम में कागज-कलम का जुगाड़ बिठाकर तुझे पत्र लिखने बैठी। जिन हाथों पर, उनकी उँगलियों पर, उनकी रेखाओं पर बड़ा अभिमान था मुझे, वे हाथ आज कलम पकड़ने में भी कितने बेबस हो रहे हैं।

सुनते हैं किया हुआ पाप स्वीकार कर लेने से पाप का बोझ हल्का हो जाता है। बचपन में कई बरसों तक मैं घर में अकेली थी। फिर भाई आया, तो मैं भाग्यशालिनी कहलाई। मेरी पीठ पर गुड़ की भेली फोड़ी गई। लेकिन कुछ बरस बाद न जाने क्यों तू टपक पड़ी। बाकी लोगों का तो पता नहीं, किंतु मुझे तेरा आना पसंद नहीं आया। उस उमर में भी तू मुझे अपनी प्रतिद्वंद्वी दिखी। आसपास चाचा, ताऊ, बुआ सभी की लड़कियाँ इकलौती थीं। ऐसे में तेरा आना मुझे खल गया। रूई के फाहे-सी गोल-मटोल तू जैसे-जैसे बड़ी होने लगी, मेरे पीछे-पीछे 'दीदी-दीदी' करती डोलने लगी। मैं जब-जब तुझे झिड़का करती, लेकिन तुझे

कोई फर्क नहीं पड़ता। जो भी घर में आता, तेरी बाल-सुलभ क्रीड़ाओं पर ध्यान देता, तो मैं जल-फुँक जाती थी। फिर मैं बड़ी भी हो रही थी। अम्मा मुझे जल्द-से-जल्द ब्याहना चाह रही थीं। बाबूजी के रुतबे और पैसे के कारण मैं सहजता से उच्च पदस्थ अधिकारी को ब्याह दी गई। समय रहते ब्याह हो जाने के कारण मुझे अपनी शिक्षा अधूरी रह जाने का तनिक भी मलाल न था। कुछेक बरस तक मैं अपनी नई गृहस्थी, बच्चों में मगन रही कि सहसा तेरी पढ़ाई की उपलब्धियाँ बहुत अधिक होने लगीं। तब मेरे मन में तेरे प्रति सोई हुई जलन का पहला काँटा बड़ी तीव्रता के साथ चुभा। नाना तेरी प्रतिभा पहले ही भाँप चुके थे। वे हमेशा कहते थे- 'मेरी छोटी आई.ए.एस. बनेगी।'

सच कहूँ, तेरा शांत स्वभाव, सौम्य व्यवहार, तीव्र मेधा और तेरे चेहरे पर उस मेधा की चमक, सभी मुझे कहीं-न-कहीं विचलित कर देते थे। उस छोटी-सी उम्र में तेरी रचनाएँ साहित्यिक पत्र-पत्रिकाओं में प्रकाशित होती थीं। जब तूने 12वीं में अपने कॉलेज में सर्वोच्च स्थान प्राप्त किया और तेरी तस्वीर अखबारों में प्रकाशित हुई, तो मैं घोर ईर्ष्या से सुलग उठी। तेरे जीजा की नियुक्ति उन दिनों दिल्ली में थी। बाबूजी तुझे उच्च शिक्षा के लिए दिल्ली भेजना चाहते थे। दाखिले का फॉर्म लाने की जिम्मेदारी मुझ पर थी, किंतु मैं जान-बूझकर फॉर्म नहीं लाई, क्योंकि मैं नहीं चाहती थी कि तू दिल्ली के अच्छे कॉलेज में पढ़े। दाखिले की अंतिम तिथि निकल जाने के बाद मैंने इस बात का खुलासा किया। हार करके तूने अपने शहर के कॉलेज में ही दाखिला ले लिया। समय यूँ ही बीतता गया। तूने एम.ए. प्रथम श्रेणी में कर लिया। पी.एच.डी. करना चाहती थी। लेकिन जैसे ही मुझे पता चला, मैंने अम्मा को चट से सलाह दे डाली कि अब छोटी का ब्याह करो, अन्यथा बहुत देर हो जाएगी। तू कुशाग्र बुद्धि थी, प्रतियोगिताओं में बैठती, तो अवश्य ही किसी उच्च प्रशासनिक पद को सुशोभित करती, किंतु हम लोगों ने तुझे ब्याह से पूर्व ही बीमार और तेजी से बुढ़ाती अम्मा की गृहस्थी में झोंक दिया। उस गृहस्थी की चक्की में तू पिस गई। वो बात अलग है कि तेरे ब्याह से पहले भाई का ब्याह हुआ और बिनब्याही तू सबकी चाकरी करने को बची रह गई।

बहुत पहले अम्मा ने बड़े विश्वास के साथ मेरे पास एक अटैची रखवाई थी। मेरे तो रोम-रोम में कपट था, सो बिना ताले की उस अटैची को मैंने खोल ही लिया। उसमें नोट रखे थे। मेरे मस्तिष्क में बिजली-सी कौंध गई। मुझे तुरंत

ही बाबूजी की नौकरी, तनख्वाह, पेंशन, ग्रेच्युटी, फंड सब याद आ गया। सच कहूँ, उस पापी क्षण में एक बार भी मेरे मन में यह नहीं आया कि अम्मा ने ये पैसे पता नहीं किस आड़े वक्त के लिए जमा करके रखे होंगे। अब मेरी सीधी दृष्टि अम्मा के संचित धन पर टिक गई थी। अपनी कूटबुद्धि से मैंने भाई-भाभी और अम्मा को एक-दूसरे के विरुद्ध भड़काना आरंभ किया। फलतः अम्मा तथा भाभी की गृहस्थी अलग हो गई और इस तरह मेरा ध्येय सफल हुआ। बाबूजी रिटायर होने वाले थे। आनन-फानन में तेरा भी ब्याह हुआ। अम्मा के कान भर-भर के मैंने तेरे ससुराल में ब्याह के बाद कोई रस्म नहीं होने दी। तेरे ऊपर जो भी बीतती होगी तू अम्मा को बताया करती थी, किंतु अम्मा निस्पृह भाव से उसे एक कान से सुनकर दूसरे कान से निकाल देती थीं। मेरे और भाई के बेटों पर वे जान छिड़कती थीं। जब तेरे जुड़वाँ बेटियाँ हुईं, तो अम्मा का मुँह बन गया। मुझे बड़ी तसल्ली हुई कि अब तो तू जीवनभर बेटियों के लिए दहेज ही जोड़ती रह जाएगी। तेरा मायके आना कम-से-कम होता चला गया, क्योंकि तू बेटियों के पालन-पोषण और पढ़ाई में ही व्यस्त रहती। फिर तेरे पास ससुराल से भी कोई-न-कोई बना ही रहता। मैं हरदम अम्मा के कान भरती कि छोटी तो ससुराली ही हो गई। अम्मा ने तेरी तरफ से हाथ कस लिए थे। वे न तुझे, न तेरी बेटियों को, न तेरे पति को ही कभी कोई शगुन, उपहार वगैरह देती थीं। मायके से तू हमेशा रिक्त हाथों से ही विदा होती। जब तू भोलेपन से अपनी व्यथा मुझसे कहती तो मैं तुझे पट्टी पढ़ा देती कि तू अपने पास से कपड़े-शगुन लेकर सास को दिखा दे। मैं हर तीज-त्यौहार, छुट्टियों में मायके आ जाती और हर बार मेरी और मेरे परिवार की विदाई बड़े ही शानदार तरीके से नेग, न्यौछावर, उपहारों के साथ होती।

अम्मा-बाबूजी दिन-पर-दिन कमजोर और बीमार होते जा रहे थे। भाई ने उनके प्रति किसी भी दायित्व को निभाने से मना कर दिया था। सो उनका घर बंद करके मैं उन्हें अपने पास ले आई। अम्मा बाबूजी की पेंशन का एक बड़ा हिस्सा मुझे देती थीं। आखिरी दिनों में बाबूजी का दिमाग काम करना बंद हो गया था। तब तो उनके सारे धन का हिसाब हम लोग ही देखने लगे। मुझे वह दिन याद है जब तेरी दोनों बेटियों की बेहद अच्छी नौकरी लगी थी और तू अम्मा-बाबूजी से मिलने हमारे घर आई थी। चिढ़ और जलन के मारे मैंने तुझसे बात करना तो दूर, तेरी तरफ देखा भी नहीं। मुझे तेरे जीजा के साथ एक विभागीय पार्टी में

जाना था, सो चली गई। तुझे पानी तक न पूछा मैंने। तू चुपचाप अम्मा-बाबूजी से मिलकर चली गई थी। कितना अपमान, कितनी बेइज्जती सही है तूने मेरे घर में। आज सोचती हूँ, तो स्वयं पर ग्लानि होती है। अम्मा-बाबूजी दोनों ने मेरे ही घर में अंतिम साँस ली, किंतु मैंने स्वयं तुझे सूचित नहीं किया। कहीं से सूचना मिलने पर तू भागी आई। अम्मा के तो अंतिम दर्शन भी तुझे नहीं हुए, क्योंकि जब तक तू आती उनका अंतिम संस्कार करवा दिया गया। तूने इस अति को कैसे सहा, छोटी! भाई ने अम्मा-बाबूजी के जीते जी उनके प्रति कोई भी दायित्व नहीं निभाया और अंतत: उनकी मृत्यु को भी तमाशा बना दिया। उन दोनों के अंतिम समय में बार-बार खबर करने पर भी मुँह में गंगाजल देने तक के लिए भी भाई नहीं आया। वह आया कब ? जब उन दोनों के प्राण-पखेरू उड़ गए। यही पाप उसने बाबूजी की मृत्यु पर किया और यही पाप अम्मा की मृत्यु पर। लेकिन मैंने कभी उसकी बदनामी नहीं होने दी। उलटे तेरे लिए सारी रिश्तेदारी में यही फैलाया कि तूने चार दिन भी अम्मा को अपने घर नहीं रखा। अम्मा की तेरहवीं पर तू अनाथों की तरह अलग-थलग खड़ी थी और मैं, अकर्मण्य भाई और भाभी के गले लगकर दिखावे का रोना रो रही थी। उसी पूजा के बाद बरसी की पूजा संपन्न होनी थी, जिसमें एक बार घर के अंदर पैर फिराने होते हैं। किंतु मेरे कहने पर तुझे सिर्फ तुझे मेरे बेटे ने घर के अंदर आने से रोक दिया। तू अकेली ही उपेक्षिता-सी घर के बाहर खड़ी रही। आज मुझे सब याद आ रहा है। तू घर में सबसे छोटी थी किंतु किसी ने तेरे सिर पर बड़प्पन का हाथ नहीं रखा। मैंने तो अम्मा-बाबूजी के जीते जी ही उनको तुझसे छीन लिया। तेरा मायका तो मैंने ही भस्म किया, छोटी। अम्मा की मृत्यु के बाद उनका धन, गहने, संपत्ति सभी कुछ मैंने और भाई ने आपस में बाँट लिए। तुझसे पूछा तक नहीं। इस तरह एक बार फिर तू छली गई, लेकिन तूने उफ्फ तक नहीं किया। बस मेरी दुनिया से तू चुपचाप बाहर निकल गई। फिर तुझे कभी नहीं देखा।

मेरे द्वारा किए पाप यहीं समाप्त नहीं होते। बाबूजी के न रहने के बाद अम्मा कितनी अकेली पड़ गई थीं। तेरे जीजा के आए दिन विदेश के दौरे होते थे। विदेश घूमने के लोभ में अम्मा को नौकरों के भरोसे छोड़कर मैं महीना-महीना भर बाहर रहती। वे बेचारी चलने-फिरने से लाचार एक कमरे में बैठी दीवारों को ताकती रहतीं। तू मेरे घर में इतनी अपमानित हुई थी कि चाहकर भी अकेली अम्मा के

पास आने का साहस नहीं कर सकती थी। मेरा स्वभाव उम्र के साथ दिन-पर-दिन उग्र होता जा रहा था। जब-तब अम्मा को घुड़क देती थी मैं। वे बेचारी टुकुर-टुकुर सहमी-सी मुझे देखती रहतीं।

आज अरसा हुआ भाई-भाभी से कोई संबंध, कोई संपर्क नहीं। कहाँ हैं, पता नहीं। जीवित भी हैं या नहीं, पता नहीं। मैं अपने बोए पाप ही काट रही हूँ। अवकाश प्राप्ति के बाद तेरे जीजा भी चंद दिनों की बीमारी झेलकर चल बसे। उस कठिन समय को भी मैंने अकेले ही झेला। तब अम्मा के अकेलेपन का अहसास बड़ी शिद्दत से हुआ। ससुरालियों से मेरी कभी बनी नहीं। बड़े बेटे का ब्याह बड़ी धूमधाम से किया था, किंतु वो अपनी पत्नी और उसके घरवालों का होकर ही रह गया। हम लोगों से उसका कोई भी संबंध नहीं रहा। छोटा बेटा अस्थिर बुद्धि का था। पढ़ाई में उसका मन नहीं रमा। सो हम लोगों ने उसका बिजनेस खुलवाने की सोची किंतु कई जगह पैसा डुबोने के बाद भी वो कुछ नहीं कर पाया। आए दिन हम लोगों से पैसा माँगता रहता और अनाप-शनाप तरीके से खर्च करता। शायद बेईमानी से कमाए धन का यही परिणाम होता है। संपत्ति विवाद के कारण ही दोनों बेटों में बोलचाल बंद हो गई। किसी भी बेटे के घर मेरा गुजारा नहीं हो पाया। अम्मा से बेटे-बहू का सुख छीना था ना मैंने, शायद वही हाय लगी है मुझे। जब तक मेरा शरीर चला, मैं अकेले ही रही। उसके बाद थोड़ा-बहुत संचित धन जमा करके इस वृद्धाश्रम में चली आई। एक बात और भी है। मात्र छह माह के अंतराल पर अम्मा-बाबू नहीं रहे। जिस पल अम्मा-बाबू को मुखाग्नि दी गई उसके बाद से हम सब भाई-बहन अपनी-अपनी राह बह गए। उनका तर्पण, श्राद्ध करने का किसी को ध्यान नहीं रहा। मृत्योपरांत बिना किसी क्रिया के उनकी आत्मा को क्या मुक्ति मिली होगी ? नहीं ना। जाने कबसे मैं सोई नहीं। मेरे अंदर का पाप मुझे सोने नहीं देता। जरा-सी आँख झपकती है, अम्मा-बाबूजी बड़े दीन भाव से सामने आकर खड़े हो जाते हैं। वे परलोक के रास्ते में प्यासे हैं, छोटी। उनका तर्पण कैसे होगा ? बहुत पहले भाई से इस विषय पर बात की थी किंतु मैंने उसके मन में जो विष बीज बोए थे, उसी विरक्ति के कारण उसने अम्मा-बाबूजी के मरणोपरांत अन्य क्रियाएँ करने से इनकार कर दिया। मात्र मुखाग्नि दे देने से पितरों की आत्मा को मुक्ति नहीं मिलती। जब तक उन्हें दूसरी काया नहीं मिलती वे इसी ब्रह्मांड में घूमती रहती हैं। प्रत्येक अमावस्या

और पितृपक्षों में हम उनका श्राद्ध, तर्पण करके उन्हें याद करते हैं, उन्हें तृप्त करने का प्रयास करते हैं, ताकि या तो उन्हें मुक्ति मिले अथवा शीघ्र से शीघ्र उन्हें दूसरी काया प्राप्त हो। मैं क्या करूँ, छोटी? अम्मा-बाबू की आत्मा भटक रही है। उनका तर्पण कैसे होगा? और मुझे भी मुखाग्नि कौन देगा? मरणोपरांत मेरा तर्पण कौन करेगा? दो-दो बेटों के होते हुए भी आज मैं निपूती हूँ। बरसों से मेरे पास कोई नहीं आया। एक स्नेह स्पर्श के लिए मैं तरसकर रह गई हूँ। मेरा हर पल मृत्यु की प्रतीक्षा में कट रहा है। शायद मेरे पापों से डरकर मृत्यु भी मेरे पास आने से घबरा रही है। तू अवश्य सुखी होगी छोटी, क्योंकि तूने कभी किसी से छल नहीं किया। तेरे शांत स्वभाव का तनिक भी अंश मुझमें आ जाता, तो शायद मैं इतने पाप नहीं करती। आश्रम का पता लिख रही हूँ। एक बार तुझे देखने का मन है। - जिया।"

पत्र पढ़ते हुए मेरी आँखें लगातार बह रही थीं। सच, जिया ने अपने जीवनकाल में किए हुए सभी पापों को इसमें स्वीकार किया था। मैं क्या करती? जो सुख-सम्मान मुझे मायके में नहीं मिला, अपने घर-परिवार, बच्चों में रमी हुई मैं सच में बेहद सुखी, संतुष्ट थी। अपने जीवन के उस दुखद, काले अध्याय को मैं कब का विस्मृत कर चुकी थी। आज सारे घाव फिर से हरे हो गए। पत्र का उत्तर तो देना ही पड़ेगा। इसी उधेड़-बुन में फँसी हुई मैं अनायास ही जिया को पत्र लिखने बैठ गई,

"आदरणीया जिया,

तुम्हारा पत्र मिला..."

इतना लिखने के साथ ही मेरे हाँथ काँपने लगे। ईश्वर का नाम लेकर मैंने पुन: लिखना आरंभ किया-

"इतने बरसों बाद पत्र लिखने का क्या तात्पर्य? हम सभी भाई-बहन इतनी दूर चले गए हैं कि किसी के होने या ना होने का किसी को कोई फर्क ही नहीं पड़ता। कौन जीवित है, कौन नहीं, पता नहीं। फिलहाल तुमने अपने पापों को स्वीकार किया, तुम्हारा बड़प्पन। किंतु क्या इतने से ही तुम्हारे पापों का प्रायश्चित हो जाता है? अम्मा को नहीं रहे आज 16 बरस हुए। जिस उम्र में ये षड्यंत्र रचे गए, हम सभी परिपक्व थे। धर्म और साहित्य तो तुम भी पढ़ती थी न। महाभारत

का युद्ध इसी संपत्ति विवाद को लेकर ही तो हुआ था। इस संसार में इतना महान कोई नहीं जिया, जो अपना हक ठुकरा दे। तुमने मेरे अम्मा-बाबू छीने, उनका स्नेह छीना। उनकी संपत्ति से भी मुझे वंचित कर दिया। तुम्हें कैसे क्षमा करूँ, जिया। सुना था अम्मा की मृत देह से गहने काटकर निकाले गए थे। तुम और भाई उस माँ के प्रति इतने निष्ठुर कैसे हो गए, जो सदा तुम पर जान छिड़कती थीं? उन गहनों के बिना तुम्हारा कौन-सा काम रुक रहा था? अम्मा के गहने उन्हीं के साथ उनकी चिता में स्वाहा हो जाने देती। मैं वहाँ होती तो विरोध करती इस जघन्य कृत्य का। किंतु क्या मेरा विरोध मान्य होता? अम्मा की उस तकलीफ के विषय में सोचकर कैसे तुम्हें क्षमा करूँ, जिया? एक बार अम्मा ने रोते हुए बताया था कि तुम उन्हें मनभर खाने को नहीं देती हो, उस भूखी माँ के लिए तुम्हें कैसे क्षमा कर दूँ? मुट्ठी भर बची रह गई अम्मा तुम्हारी घुड़की से कितना डर जाती थीं, मुझे पता है, क्योंकि फोन पर तो मैं नित्य ही उनसे बात करती थी। उस भयाक्रांत माँ का रुदन मैंने सुना है जिया, कैसे क्षमा दे दूँ तुम्हें? और अम्मा का नया नामकरण भी तो तुम्हीं ने किया था ना- बूढ़ा। वो अम्मा से बूढ़ा कब और कैसे हो गई थीं, जिया? परिवार के बिखराव में सबसे बड़ा योगदान तुम्हारा था। अम्मा को भी इस पाप में शामिल किया था तुमने। यही दुख खा गया बाबूजी को। कभी अपने परिवार की धुरी थे बाबूजी। समाज में उनका एक सम्माननीय स्थान था। अवकाश प्राप्ति और उम्र की ढलान के साथ वे कितने दयनीय होते चले गए थे, सोचकर भी रोना आता है। कोई नहीं था जिससे वे अपना दुख बाँट लेते। उनका मस्तिष्क निष्क्रिय होता चला गया। बाबूजी की इस स्थिति की सीधी जिम्मेदार तुम ही थीं, जिया। नहीं क्षमा कर सकती तुम्हें। तुमने अम्मा-बाबूजी की घर-गृहस्थी, बच्चे, सब कुछ छीन लिया। विश्वास नहीं होता कि बचपन में एक ही कोख से पैदा हुए भाई-बहन प्राणांत होते समय एक-दूसरे का मुँह भी नहीं देख पाएँगे। इतनी घृणा कैसे भर गई सभी के मन में एक-दूसरे के लिए, जिया? तुम्हीं थीं ना! आज भी मैं तुम्हें अपने हिस्से का क्षमादान देने से इनकार करती हूँ। मैं इतनी महान नहीं। -छोटी।"

पत्र समाप्त करके लिफाफे पर जिया का पता लिखने लगी, तो मेरे हाँथ काँप रहे थे। इसी शहर में है जिया। मेरी काशी में जहाँ बड़े-से-बड़े पापियों की भी मुक्ति हो जाती है। किंतु जिया तो एक अरसे से मृत्यु और मोक्ष की प्रतीक्षा

कर रही है। पता नहीं किस हाल में होगी। मन अनायास ही व्याकुल हो उठा। दोनों पत्र मैंने बैग में डाल लिए। ना जाने क्यों जिया को देखने की, उससे मिल आने की तीव्र इच्छा जाग उठी। सारे बैर-द्वेष भुलाकर मैं जिया से मिलने निकल पड़ी। एक हल्की-सी उम्मीद थी कि संभवतः अम्मा की माला के बिखरे मोती एकत्र हो जाएँ।

मैं जिस समय गंगा घाट पर पहुँची भोर का उजियारा फूट ही रहा था। जी में आया, आई हूँ तो गंगा स्नान कर ही लूँ। गंगा मैया को प्रणाम करके मैंने डुबकी लगाई और बाहर निकल आई। 'ॐ नमः शिवाय' का जाप करते हुए चाय की दुकान पर कुल्हड़ में चाय पी ही रही थी कि दर्शनार्थियों की भीड़ में जिया दिखाई दे गई। मैं चौंक पड़ी। जिया अपनी चिरपरिचित गर्वीली मुस्कुराहट के साथ मुझे देख रही थी। महँगी सिल्क की साड़ी और अनकट डायमंड के कर्णफूल पहने जिया पर उम्र का असर ही नहीं दिख रहा था। मैंने अपने अधपके केशों पर हाथ फेरा और हीन भावना से ग्रसित हो गई। जब तक उस भीड़ को चीरकर मैं जिया तक पहुँचती, वह भीड़ में अदृश्य हो चुकी थी। घाट के किनारे आकर जिया को ढूँढ़ती रही। वह नहीं मिली।

फिर ड्राइवर 'ईश शरणम्' तक सीधी कार ही ले आया। यह शहर का माना हुआ वृद्धाश्रम था, जहाँ उच्च वर्ग के वृद्ध ही रह सकते थे। सारी सुविधाएँ थीं। उनका मूल्य भी अमूल्य था। बस अपने नहीं थे यहाँ। बगिया की हरीतिमा और फूलों को देखकर मन प्रसन्न हो गया। बगिया के दूसरे छोर पर जिया एक बार फिर दिखीं। मुझे देखकर हाथ हिलाया और पास बुलाने का संकेत दिया। किंतु जब तक मैं उन तक पहुँचती, वे न जाने कहाँ गुम हो गईं। सोचा सीधे आश्रम के संचालक के माध्यम से ही जिया से संपर्क करती हूँ। ये तो मुझसे बचपन वाली आँख-मिचौली खेलने लगीं। मैं कुछ-कुछ झुँझला-सी गई थी। संचालक महोदय सिर झुकाए कुछ लिखा-पढ़ी कर रहे थे।

"मुझे विष्णुप्रिया सक्सेना से मिलना है।" मैंने बिना किसी लाग-लपेट के अपनी बात कही, "मैं उनकी छोटी बहन, पिछले दिनों उनका पत्र मिला था सो मन नहीं माना, मिलने चली आई।" मैं अपने बैग में जिया का पत्र ढूँढ़ रही थी। बार-बार ढूँढ़ने के बाद भी पत्र नहीं मिला।

"उनसे मिलने तो आपको बड़ी दूर जाना पड़ेगा।" वह मेरी जल्दबाजी पर

मुस्कुरा रहे थे। मैंने अपना आधार कार्ड संचालक महोदय को दिखाया। तब जिया के आधार कार्ड से मिलान करके उन्हें विश्वास हुआ कि मैं ही जिया की सगी छोटी बहन हूँ।

"पिछले दिनों वे चल बसीं। अंत समय बड़ा कष्ट झेला उन्होंने। सूचित करने के पश्चात भी उनका कोई आत्मीय यहाँ नहीं आया। एक तरह से उस असह्य शारीरिक और मानसिक यंत्रणा से उन्हें मुक्ति मिली।"

क्या जिया इस दुनिया में नहीं हैं! फिर उनका ऐसे बार-बार मुझे दिखना, वह क्या था? मैं पसीने-पसीने होकर धम्म से कुर्सी पर बैठ गई।

"कुछ सामान वो छोड़ गई हैं। कहती थीं, कोई अपना आएगा तो उसे दे देना, अन्यथा गंगा जी में प्रवाहित कर देना।"

उन्होंने एक बंडल निकाला। मैं काँपते हाथों से उसे खोलने लगी। खोलते ही सबसे ऊपर वही पत्र रखा था, जो मेरे पास आया था। मैं चकरा गई। वह कौन था, जो पत्र लेकर मेरे पास आया था? पत्र वापस यहाँ कैसे आ गया? काशी में प्राण तजने के बाद भी जिया की आत्मा क्यों भटक रही थी? इन प्रश्नों के कोई उत्तर नहीं थे।

पोटली में अम्मा के जड़ाऊ झुमके, कंगन, हार व कई गहने थे। बुजुर्ग संचालक महोदय संत व्यक्ति थे, जिन्होंने ईमानदारी से सब कुछ मुझे सौंप दिया।

दिशाहीन-सी मैं जिया का सामान लेकर वहाँ से चल पड़ी। अस्सी घाट की सीढ़ियों पर बड़ी देर तक चुपचाप बैठी रही। साँझ ढल चुकी थी। अम्मा के गहने मखमली थैली में बंद होने के बाद भी मेरे हाथ में चुभ रहे थे। सारा खेल इन गहनों का ही था न। पूरी शक्ति से मैंने उस थैली को गंगाजी में उछाल दिया। वह लाल थैली लहरों में उठी, गिरी, फिर अगाध जलराशि के अतल तल में विलीन हो गई। इतनी दूर आकर बाबा विश्वनाथ के दर्शन नहीं कर पाई थी सो मंदिर की तरफ स्वत: ही चल पड़ी। जाने कब का रुका हुआ रुदन अनायास ही फूट पड़ा, जैसे किसी कठिन शिलाखंड को भेदकर पहाड़ी झरने का स्रोत बह निकला हो।

मंदिर के उस विशाल प्रांगण में खड़ी हुई मैं शिवलिंग पर जल की धार के साथ बेलपत्र, पुष्प, धतूरा और तिल चढ़ाते हुए सोच रही थी कि काश मैं इस जलपात्र की गंगा से अम्मा, बाबूजी और जिया का तर्पण कर सकूँ। आशीष दो प्रभु! जलपात्र से तिलांजलि देने के बाद मैंने उसे माथे से लगा लिया। आज मैंने जिया को अपने हिस्से का क्षमादान दे दिया था।

गली-गली ढूँढ़ा तुझे

उस दिन किसी घरेलू समारोह में जब बड़ी जिज्जी से मिलना हुआ तो उन्होंने मुझे बताया, "तुझे सुनयना की याद होगी, ज्ञान? उसी की बेटी का ब्याह है। मुझसे तेरा पता और फोन नंबर माँगा है उसने ताकि तुझे ब्याह का न्यौता भेज सके।"

एक पल को मैं सकपका गया था। इतने बरसों के बाद सुनयना को मेरी याद कैसे आ गई? हालाँकि मैं भी उसे कभी भूला तो नहीं था। सुनयना कैसी होगी अब? मैंने पल भर को आँखें मूँद ली थीं। कुछ समय बाद खोलीं तो सामान्य होने में थोड़ा समय लगा। मुझे लगा चाँदनी की चमक बहुत धुँधली पड़ गई थी। आती हुई सर्दियों के दिन थे। ओस की एक हल्की परत सारे वातावरण पर छा गई थी और उस कुहासे को चीरते हुए एक कमसिन-सा भोला चेहरा मेरी स्मृति में उतर आया- फूल-सा खिला हुआ। यह सुनयना थी। सुनयना मेरे यौवन का एक बहुत ही मोहक स्वप्न थी और हर स्वप्न सच तो नहीं हो पाता। कभी कैसे-कैसे सपने देखे थे सुनयना के साथ। मोहक, मासूम, हसीन सपने। साथ-साथ जीने मरने की कसमें खाई थीं। जिस दिन मैं हॉस्टल पढ़ने जाने लगा था, सुनयना बेतरह हिचकियाँ लेकर रोई थी। वे आँसू इतने धारा-प्रवाह थे कि मैं उनमें भीग गया था। लेकिन फिर भी मुझे विश्वास था कि सुनयना को मेरी प्रतीक्षा करनी ही थी। मैं इंटरमीडिएट के बाद इंजीनियरिंग पढ़ने गया और सुनयना ने बी.ए. में दाखिला ले लिया था।

सुनयना बचपन से ही हमारे घर आया करती थी। बड़ी जिज्जी से कभी बुनाई सीखती, कभी कढ़ाई, कभी उपन्यास माँगने आती तो कभी गप्पें मारने। वह कब और कैसे मेरे मन में बसती चली गई, नहीं समझ पाया था मैं। जुड़वाँ से घर थे

हमारे। दीवारें ही नहीं, मन भी जुड़े थे। सुनयना के घर की सेम की बेल हमारे घर तक फैली थी और हमारे घर की लौकी की बेल उनके आँगन की मुंडेर तक जाती थी। दोनों घरों से कच्ची-पक्की सब्जियाँ माँगी जाती थी। लेकिन मेरी और सुनयना की खिचड़ी अलग ही पकती थी। हमारा घर कायस्थों का घर था जहाँ मांस, मच्छी, प्याज, लहसुन सभी कुछ पकता था। वहीं सुनयना के घरवाले घोर सनातनी ब्राह्मण थे। फिर भी पांडे चाची के बच्चे प्याज, लहसुन की खुशबू सूँघते अक्सर हमारे घर की रसोई में जीमने आ जाते थे। अम्मा भी उन्हें बड़े प्रेम से खिलाती थीं।

किसी को कानोंकान खबर नहीं थी की मेरा और सुनयना का रिश्ता दोस्ती और पड़ोसी से कहीं अलग होकर कई सरहदें पार कर चुका है। मुझे सुनयना सत्यजित रे की नायिका सरीखी लगती थी। मुझे महसूस होता था कि सुनयना की देह में सरगम-सा उतार-चढ़ाव है। उसके पास सुंदरता से अधिक एक भोला-सा सलोनापन और सलोनेपन से अधिक लय थी। ताँत की मोटी साड़ियों और सूती सलवार-सूट में भी उसकी देह के मोहक अवयवों के अलग-अलग अस्तित्वों का पता चलता था। घनी-काली दो चोटियों के मध्य उसका भोला-सा मुखड़ा एक निष्पाप शिशु-सा लगता था। मैं स्वयं को बेहद भाग्यवान समझता था कि इतनी लावण्यमयी नवयौवना मेरी प्रेयसी है।

सुनयना को किसी तरह आश्वस्त करके मैं बाहर पढ़ने चला गया था। कुछ ही महीनों के बाद बड़ी जिज्जी के ब्याह में घर लौटा तो पता चला कि सुनयना का ब्याह तय हो गया है। मुझ पर जैसे गाज गिर गई थी। मैं यकीन ही नहीं कर पाया था कि यह सच भी हो सकता है। मैं हैरान, परेशान था। लगा अब जीवन में कुछ भी शेष नहीं रह गया है।

बड़ी जिज्जी के ब्याह में सुनयना ने मोहक नृत्य मानो मुझ पर कटाक्ष करके ही किया था, “बन्ना ढूँढ़े गली-गली, बन्नी अब ससुराल चली।” उसकी पतली कमर किसी कुशल नटिनी की भाँति ही लचक रही थी और मेरे जी में आ रहा था कि दौड़कर अपने खोए हुए रत्न को अंटी में बाँध लूँ। लेकिन सुनयना के हाव भाव से मुझे कहीं नहीं लग रहा था कि उसके मन में मुझे खो देने का जरा-सा भी दुख है। मुझे अपने हॉस्टल जाने के एक दिन पहले की घटना याद आई थी। उस रात मुझे छोड़कर सभी घरवाले किसी रिश्तेदारी के ब्याह में गए थे। मेरी सारी

पैकिंग हो चुकी थी और मैं आँगन में खाट पर बैठा गुमसुम-सा आसमान देख रहा था मानो चाँद से कुछ कहना चाह रहा था। तभी न जाने किस क्षण सुनयना मेरे करीब आकर धप्प से बैठ गई थी। इतने एकांत में वो मुझसे बिलकुल सट कर बैठी थी। पूर्णिमा की चाँदनी में उसका सलोना-सा रूप आज भी मेरे मन में सजीव है। उसका उदास चेहरा मैंने अपने वक्ष से सटा लिया था। उसके बालों और शरीर से आती सुगंध ने मुझे पागल बना दिया था। मेरा आलिंगन दृढ़ से दृढ़तर होता चला गया था। घरवालों के आने की संभावना भी मुझे रोक नहीं पाई थी। सुनयना की आँखों में आमंत्रण था। माथे, चिबुक और अधरों पर मेरे अधरों का स्पर्श उसे भी बेबस बना गया था। आमंत्रण के उस ज्वार में मैं कुछ भी आगा-पीछा नहीं देख सका था। प्रणय की एक तीव्र लहर आई थी जिसमें हम दोनों ही बह गए थे। वह लहर जब वापस लौटी तो कितना कुछ बहा ले गई थी। यह रात एक सामान्य रात नहीं थी। यह हमारे पवित्र मिलन की साक्षी थी। यह रात वह लकीर थी जिसने हमारे जीवन को दो हिस्सों में बाँट दिया था- 'इस रात से पहले' और 'इस रात के बाद।' हम दोनों ने ही एक-दूसरे को कुछ दिया था। सुनयना की अधखुली पलकों की लाज भरी चितवन और अधरों की तृप्ति भरी मुस्कान मुझे कहीं-न-कहीं आश्वस्त कर रही थी। मुझे सुनयना पर ममता हो आई थी। इसने मुझे अपना सर्वस्व समर्पित कर दिया, मुझ पर अटूट विश्वास किया, मैं इसका प्यार और विश्वास जीवन भर निभाऊँगा।

"सुनयना, मुझे थोड़ा समय दो। नौकरी लगते ही तुम्हारे बाबूजी से तुम्हारा हाथ माँग लूँगा। जाति-बिरादरी हमारे प्रेम में रोड़ा नहीं बनेगी।" मैं उसके सामने घुटने टेककर बैठ गया था।

उससे दूर जाने के बाद मैं लगातार सोचता रहा था कि सुनयना मेरी प्रतीक्षा करेगी। लेकिन मेरी वही सुनयना साल भीतर ही किसी और की होने जा रही थी। ऐसा क्यों हुआ ? ये मैं समझ ही नहीं पाया था। वह अगर प्रतीक्षा कर पाने में असमर्थ थी तो मुझे एक चिट्ठी तो डाल ही सकती थी कि उसका ब्याह होने जा रहा है। मैं कैसे भी करके यह ब्याह रुकवा देता। लेकिन शायद सुनयना के प्रेम में वह आग नहीं रही होगी जो घरवालों से विद्रोह कर सके। उसका प्रेम सच में कच्चा रहा होगा। वह बड़ी जिज्जी के ब्याह में भी मुझसे कटी-कटी रही कि कहीं मैं उससे उसके ब्याह की कोई कैफियत न पूछ बैठूँ।

सुनयना ब्याह कर दूसरे शहर, दूसरे घर चली गई थी और इसके बाद मैंने स्वयं को पढ़ाई में झोंक दिया। सुनयना से मुलाकातें लगभग बंद ही हो गई थीं। स्वाभाविक था। वह अपनी घर-गृहस्थी और बच्चों में व्यस्त हो गई थी। फिर वह मुझसे मिलना भी क्यों चाहती? अब उसकी दुनिया ही अलग थी। कभी-कभी बड़ी जिज्जी से उसकी खबरें मिलती रहती थीं। सुनयना के बेटी हुई। सुनयना के बेटा हुआ। बेटी ने हाईस्कूल कर लिया। बेटे ने कॉलेज में टॉप किया। बेटा बास्केट बॉल का बहुत अच्छा खिलाड़ी है। कॉलेज टीम का चैंपियन है, वगैरह-वगैरह। मैं सुनता था लेकिन कोई इंटरेस्ट नहीं दिखाता था। जबकि हकीकत यह थी कि सुनयना मेरे जेहन से कभी गई ही नहीं थी। वह एक टीस बनकर मेरे भीतर हमेशा ही दुखती थी। कई बार सुनयना को देखने का मन चाहा लेकिन सामाजिक वर्जनाओं के चलते टाल गया। किस रिश्ते का हवाला देकर मिलता उससे?

बरस-दर-बरस बीतते चले गए। जीवन आगे बढ़ता चला गया। सुनयना की मोहक छवि हमेशा मेरे मन के तहखाने में सुरक्षित रही। मैंने कभी अपनी पत्नी तक से इसका जिक्र नहीं किया।

आज इतने बरस बाद मैं यह सोचकर रोमांचित था कि सुनयना ने मुझे याद किया था। अपने ब्याह में न सही, बेटी के ब्याह में तो मुझे बुलाया। अगले दो-तीन दिनों तक मैं बड़ी बेसब्री से उसके फोन की प्रतीक्षा करता रहा।

फिर एक दिन सुनयना का फोन आ ही गया। वह एक अनजानी आवाज थी। मैं इस आवाज मे बरसों पुरानी अनुगूँज पहचानने की कोशिश कर रहा था। उसकी आवाज में एक उम्रदराज होती महिला जैसा पक्कापन था। वो अपने स्वर को भरपूर कोमल बनाकर बात कर रही थी। लेकिन उसकी आवाज में एक संकोच अवश्य था। सुनयना शायद इस बात से जागरूक थी कि वह एक ऐसे व्यक्ति से बात कर रही है जिसके साथ उसका नाता बरसों पहले टूट गया था। मैं अनायास ही अपनी आवाज में बरसों पहले का कैशोर्य लाने का प्रयास करने लगा था। या संभवत: मैं स्वयं ही अपनी आवाज के प्रौढ़पन से परेशान हो उठा था। खैर, उसने मुझे अपने शहर आने का न्यौता दिया और बिटिया के ब्याह में आमंत्रित किया। संयोग से उसके पति की पोस्टिंग इन दिनों हमारे पुराने अपने शहर में ही थी सो ब्याह भी वहीं से होना था।

मैं अक्सर ही सोचा करता था कि अगर सुनयना से मेरा ब्याह हो गया होता

तो मेरा घर, घर जैसा रहता, सराय नहीं। माया, मेरी पत्नी, एक बड़े अफसर की बेटी और एक बड़े अफसर की बीवी थी। उसका दंभ, उसके चेहरे पर इस कदर छाया रहता कि उसकी सुंदरता देखने वाले को मोहती कम, सहमाती ज्यादा थी। उम्र के साथ इस अहंकार में वृद्धि ही होती चली गई थी। बाबूजी ने मुझे मोहरा बनाया और भरपूर दहेज लेकर मेरा ब्याह किया। माया के प्रति मेरा मन कभी भी प्रणयासक्त नहीं हो पाया था क्योंकि मैं उसमें सुनयना को ही ढूँढ़ा करता था। पत्नी ही क्यों, जीवन में आई हर युवती में मैं सुनयना की ही छवि ढूँढ़ता था।

'जानत प्रिया एकु मन मोरा, सो मनु रहत सदा तोहि पांही।' रामचरित मानस की इन पंक्तियों की तरह मेरा मन भी सदैव सुनयना में ही बसा रहा किंतु सुनयना मात्र मेरे जीवन की एक मधुर याद बनकर रह गई।

मैं बरसों बाद अपने शहर लौटा था। जैसे ही मेरी कार गली के मोड़ पर मुड़ी, मेरा दिल धड़कने लगा था। यही वो जगह थी जहाँ मेरे बचपन से लेकर किशोरावस्था तक के दिन हँसते खेलते बीते थे। वह उम्र बीती थी जब स्वप्न और सच में भेद नहीं हो पाता है। सारी कल्पनाएँ सुनहरी और सत्य लगती थीं।

वह एक गर्द भरी शाम थी। ऊपर फीका नीला आकाश, पतझड़ के कारण हाते में सूखी पत्तियाँ झरी हुई थीं। मैंने बरसों पहले का मौसम याद किया। यह चिर-परिचित पल, बहुत समय बाद अपने छूटे हुए शहर की पहली शाम के साथ मैं अपने कुछ-कुछ टूटे, पुश्तैनी घर के सामने खड़ा था। अब यहाँ कोई नहीं रहता था। अनायास ही मेरे पैर थरथराने लगे थे। गाड़ी का स्वर सुनकर रामकिशन भागा चला आया। इस मूर्तिकार के परिवार को बाबूजी ने ही यहाँ बसा दिया था। वही हमारे घर की देखरेख, सफाई इत्यादि करता था।

"कब आए भइया, अचानक ?" रामकिशन आकर मेरे निकट खड़ा हो गया था। मैंने उसे अपने आने की खबर भी तो नहीं की थी। साँझ की रौशनी में मैंने गौर से देखा। मेरा हमउम्र होते हुए भी रामकिशन कितना वृद्ध दिखने लगा था। उसके माथे के बचे-खुचे चंद बाल बिल्कुल सफेद हो चुके थे। आगे के एक किनारे के दाँत टूट गए थे। मुझे मुट्ठी में बंद अपने यौवन पर गर्व हो आया। पचास पार करने के बाद भी मैंने अपना यौवन सँभालकर रखा हुआ था। न एक बाल सफेद, न चेहरे पर एक भी झुर्री। सधी, सफेद दंतपंक्ति। दो किशोर बच्चों का पिता होते हुए भी मैं युवाओं को मात देता था।

रामकिशन ने फुर्ती से मकान का ताला खोला। ओसारे में बिछी चौकी को अपने गमछे से पोछकर मुझे बिठाया। मैंने निगाह भर कर देखा। साफ-सुथरा घर और उसकी परिचित गंध ने रास्ते की सारी थकान दूर कर दी थी।

"भइया जी, चाय।" रामकिशन इतनी देर में चाय ले आया था।

"आपके स्नान का पानी गर्म हो गया है।" वह बेहद विनम्र था।

"पांडे जी के घर ब्याह का न्यौता है तुमको, रामकिशन?" मैंने उससे आत्मीयता के साथ पूछा।

"भइया जी, न्यौता तो है पर हम गरीब लोगन को वहाँ जाए में सकुच लगती है।" वह दीन भाव से बोल पड़ा।

"आप अकेले ही आए, भइया जी?" उसने पूछा।

"हाँ रामकिशन, अकेले ही आया हूँ।" मेरी स्मृति में अपनी पत्नी माया का चेहरा तैर गया। क्लब, ताश पार्टी और शॉपिंग में ही उसके प्राण बसते थे। हम दोनों पति-पत्नी की दुनिया अलग थी। बच्चों को बोर्डिंग भेजकर हम दोनों निश्चिंत होकर अपनी सोशल लाइफ एन्जॉय कर रहे थे। सोशल मीडिया पर हैप्पी फैमिली की फोटो पोस्ट कर हम सोचते कि हम सच में खुश हैं। पर क्या वाकई हम सभी खुश थे? या ये मात्र एक भ्रम था? नहीं पता।

मैं पैसे कमा रहा था, माया पैसे उड़ा रही थी। सरकारी नौकरी में तनख्वाह के अतिरिक्त अन्य किन-किन स्त्रोतों से पैसे आते हैं, मुझे सभी की जानकारी थी। फिर हाई-फाई स्टेटस को बनाए रखने के लिए हर तरफ से, हर तरह से पद का दुरुपयोग करके पैसे कमाना मेरे लिए आवश्यक हो गया था। एक बार तो किसी खबरी की सूचना पर मेरे घर सी.बी.आई. की रेड पड़ते-पड़ते रह गई थी। किसी तरह पैसे भरकर मैंने उस केस को दबवा दिया था। हाँ, अपने चरित्र को मैंने संयम के चाबुक से साधकर रखा था।

खैर, रामकिशन से मैं क्या कहता? सुनयना ने मुझसे फोन पर कहा था कि वह मेरी प्रतीक्षा करेगी। फोन पर उसका स्वर सुनकर मैं मन-ही-मन बौरा-सा गया था। यादों का एक सैलाब-सा उमड़ आया था मेरे भीतर। बचपन की यादें, कैशोर्य की यादें, बीच के बीत गए इतने बरस जैसे कहीं खो गए थे।

अगले दिन रामकिशन ने ड्राइवर को सुनयना के घर का रास्ता समझा दिया था। वैसे ब्याह का कार्ड भी मेरे हाथ में था। गलियों में ढूँढ़ते हुए जिस जगह

ड्राइवर ने गाड़ी रोकी, वह एक छोटा-सा घर था। छोटी-छोटी लाइट्स लगी थीं जिससे पता चल रहा था कि इस घर में शादी है। कुछ लोग दालान में बैठे थे। मेरी बड़ी-सी गाड़ी देखकर और मुझे इस जगह से अपरिचित समझकर एक वृद्ध सज्जन बाहर निकल आए-

"कहिए, किससे मिलना है आपको?" उन्होंने पूछा।

"सुनयना, सुनयना पांडे, उन्हीं की बेटी की शादी है न?"

मैं कुछ कुछ असहज-सा होने लगा था। समझ ही नहीं आ रहा था कि क्या परिचय दूँ अपना।

"अरे तुम ज्ञान हो न? सक्सेना जी के बेटे?" वे वृद्ध सज्जन मुझे पहचान चुके थे।

"मैं पांडे चाचा हूँ बेटा, सुनयना का पिता।" वे एकदम से खुश हो गए। सच, इतने बरसों में वे कितने वृद्ध हो गए थे।

"अच्छा किया बेटा, तुम आए।" वह मुझे कंधे से पकड़कर घर के भीतर ले गए। असल में ब्याह तो धर्मशाला से है बेटा, पास ही में है। चाय-नाश्ता कर लो तब मैं तुम्हें वहाँ ले चलता हूँ।"

धर्मशाला पहुँचकर मैं एक अपरिचय के भाव से घिर-सा गया था। अपने ऊँचे ओहदे के कारण मेरा उठना बैठना एलीट क्लास में होता रहा था। इस तरह के आयोजनों से मेरा दूर-दूर तक वास्ता नहीं था। मैं मन-ही-मन स्वयं को कोसने लगा कि क्यों यहाँ आया। धर्मशाला के मुख्य द्वार से हम अंदर की तरफ जाने लगे। आँगन पार के किसी कमरे से ढोलक की थाप पर विवाह गीतों की स्वर लहरी आ रही थी। मेरा दिल धक-धक कर रहा था। बीते समय की महक मानों रोम-रोम में बस गई थी। मेरे भीतर अतीत का चेहरा उतर आया था जिसमें सुनयना बसी थी। मोहक, नाजुक, मदिर, मधुर!

"सुनैना, सुनैना, देखो कौन आया है।" पांडे चाचा ने आवाज दी। बगल के कमरे में किसी का बच्चा रोया। ढोलक की थाप रुक गई थी। सामने के दरवाजे से एक स्थूलकाय महिला निकलकर बाहर आई। अधखिचड़ी बाल, बेतरतीब साड़ी, बेरौनक चेहरा। कौन थी ये?

"बेटा, पहचाना नहीं, ये सुनैना है।" पांडे अंकल ने उसकी तरफ इशारा किया और सुनयना से बोले, "और ये ज्ञान है।"

"अरे, आप तो जरा भी नहीं बदले।" सुनयना अपनी स्थूल काया सँभालते हुए आगे बढ़ी। उसका फटा स्वर सुनकर मैं हतप्रभ था। कौन थी ये? परेशान, पस्त चेहरा, रूखी-निस्तेज आँखे, सूखे होठ, झुर्री पड़े हाथ। देह के आरोह-अवरोह सब गायब थे। बाकी थे ढीले कंधे, चपटा वक्ष, वक्ष से ज्यादा पुष्ट कूल्हे और कमर। क्या यह वही सुनयना थी जिसके लिए मैंने कभी 'बंगाल का जादू' की उपमा दी थी। जिसके लिए मैंने जाने कितने शेर इकट्ठा कर रखे थे कि मिलने पर उसे सुना सकूँगा। सुनयना, जो जीवन को गति, लय, सुर और ताल के साथ जीना चाहती थी, वह सुनयना इतनी बेसुरी और बियाबान कैसे हो गई थी? मैं घबरा उठा था उसे देखकर। सुनयना को देखकर मुझे लगा ही नहीं कि मेरे प्रति उसके मन में कोई कोमल भावना शेष बची थी। उसने बेटी के ब्याह का निमंत्रण भी संभवत: मुझे दुनियादारी निर्वाह करने के लिए यों ही दे दिया था। उसे उम्मीद भी नहीं रही होगी कि उसके एक निमंत्रण पर मैं ऐसे भागा चला आऊँगा। सचमुच, उसके चेहरे पर प्रतीक्षा या प्रसन्नता का कोई भाव नहीं था। अपनी घर गृहस्थी को सँभालते, सँवारते हुए उसने अपने असमय बुढ़ापे को सहजता से स्वीकार कर लिया था।

मेरा सुकोमल अतीत मेरे सामने एक विकृत वर्तमान बनकर साक्षात खड़ा था। मुझे ऐसा लगा आसमान का रंग काला पड़ गया है। हर चीज ने अपना रंग, अपनी धुन, अपनी गंध, अपना स्वाद खो दिया है। कुछ पलों के लिए मुझे लगा कि मैं अपना मानसिक संतुलन खो बैठूँगा। किसी तरह वहाँ से विदा लेकर मैं वापस लौट रहा था, बिना कुछ गँवाए, सब कुछ गँवा कर। मेरे लिए यह मर्मांतक पीड़ा थी। मैं जिस सुनयना को जानता था, वह तो समय के गर्त में कहीं गुम हो चुकी थी। ये वह सुनयना थी ही नहीं। जी में आया कोई अपना पास होता जिसके कंधे पर सिर रखकर मैं फूट-फूटकर रो लेता। आज मेरा शहर मेरे लिए सचमुच पराया हो गया था। समय क्या सभी के लिए इतना क्रूर, इतना निर्मम हो जाता है? क्यों, क्यों, क्यों? कहीं कोई जवाब नहीं था।

मेरे लिए दुनिया की सभी कविताएँ शून्य में गुम हो गई थीं। मैं अचानक ही बूढ़ा हो गया था। सिर के सारे बाल सफेद। रीढ़ झुक गई थी। अपनी यादों से मुझे भय लग रहा था। मानो मैं एक ब्लैक होल में समाता चला जा रहा था। एक अपरिचित कवि की परिचित-सी पंक्तियाँ मेरे खंडित मन पर बार-बार दस्तक

दे रही थीं-

बरसों के बाद कहीं
हम-तुम यदि मिलें कहीं
देखें कुछ परिचित से
लेकिन पहचाने ना।
बातें जो साथ हुईं
बातों के साथ गईं
आँखें जो मिली रहीं
उनको भी जाने ना।

प्रायश्चित

दिल्ली एयरपोर्ट पर कैफे में बैठी हुई वो बुर्काधारिणी मेरी तरफ पीठ किए हुई थी। टेबल पर कुहनी टिकाए उसके हाथों की उँगलियाँ मुझे साफ नजर आ रही थीं। उसकी आवाज और उँगली में पहनी हुई ओपल की अँगूठी मुझे बेहद पहचानी-सी लग रही थी। स्मृति के किवाड़ खटकाते ही याद आया कि ये अँगूठी तो मेरी नानी पहनती थीं। जब तक मैं कुछ सोच पाती, वह अपनी कुर्सी से उठ खड़ी हुई। जाते समय अनायास ही वह घूमी और अपने साथी से कुछ-कुछ कहते हुए सहसा उसने अपना नकाब पलट दिया। जब तक मैं उसे पहचानती या पुकारती, वह तेज कदमों से आगे निकल गई क्योंकि दुबई जाने वाली फ्लाइट की उद्घोषणा हो चुकी थी।

नंदी! वह नंदी ही तो थी। वापस लौटकर मैं बड़ी देर तक नंदी के विषय में सोचती रही। फिर एक दिन अम्मा की साड़ियों को सहेजते हुए बक्से की तह से एक पुराना पोस्टकार्ड मिला- "... ... का ब्याह है। तुमको तुरंत ही आना पड़ेगा।" आरंभ के दो अक्षर पानी से धुँधलाए हुए थे। पोस्टकार्ड के ऊपर दिल्ली दरवाजा, फैजाबाद का पता पड़ा था। बड़ी देर तक मैं पोस्टकार्ड हाथ में लिए बैठी रही। इतने बरस पुराना पोस्टकार्ड अम्मा ने क्यों सँभालकर रखा था। किसके ब्याह की सूचना दी गई थी इस पोस्टकार्ड में। मैं सोच ही रही थी कि अम्मा की बनारसी साड़ी की तह से एक फोटो टप से गिर पड़ी। उस फोटो में एक नवब्याहता अपने पति के साथ खड़ी मुस्कुरा रही थी। काली सफेद, धुँधलाई-सी उस तस्वीर को पहचानते ही मैं कई बरस पहले की दुनिया में लौट गई। नंदी, ये तो नंदी की ही तस्वीर थी। मेरी सखी, मेरी हमजोली नंदी, नानी के पड़ोस में रहने वाली नंदी। मन अतीत की दुनिया में लौट रहा था। कहाँ होगी ? कैसी होगी नंदी ?

ननिहाल की देहरी छोड़े हुए भी तो बरसों बीत गए। बड़ी देर तक नंदी के ब्याह की तस्वीर निहारती रही मैं। उसके दूल्हे का पूरा चेहरा ही सेहरे से ढका था। किंतु ये तस्वीर अम्मा ने क्यों सहेजकर रखी थी?

नानी के पड़ोस में रहती थीं रज्जो मौसी जो अपने पति की दूसरी ब्याहता थीं। उनकी सौत की बिटिया थी अलकनंदा जिसे सब लोग नंदी पुकारते थे। सौतेली माँ की विस्तृत गृहस्थी का भार ढोती हुई नंदी से रज्जो मौसी कभी संतुष्ट नहीं रहती थीं। नंदी उनको फूटी आँख नहीं सुहाती थी। पहली पत्नी की मृत्यु के बाद नंदी के रसिक पिता ने तुरंत ही दूसरा ब्याह रचा लिया था ताकि उनकी दुधमुँही बच्ची को माँ का प्यार और देखभाल मिल सके। चौक बजाजा में उनकी चूड़ी-टिकुली और शृंगार प्रसाधनों की दुकान थी जहाँ शौकीन स्त्रियों का जमघट लगा रहता था। रज्जो मौसी ने ब्याह कर आते ही एक के बाद एक दनादन तीन बेटे पैदा करके पति को अहसानों से लाद दिया। निरीह नंदी को जोत दिया गृहस्थी की गाड़ी में और स्वयं बुनाई की सलाइयाँ खटकाती मुहल्ले के हर घर की पंचायत में सजगता से भाग लेने लगीं। पिता की उपेक्षा और सौतेली माँ के अपशब्दों को सुनते-सुनते नंदी बड़ी हो रही थी। रज्जो मौसी अपने पति की रसप्रियता से परेशान रहती थीं। नानी के घर से उनका अधिक मेलजोल न था किंतु जैसे ही हमारी सरकारी कार नानी के दरवाजे पर रुकती, नंदी भागकर आ जाती। इधर अम्मा और नानी बातों में व्यस्त रहतीं, उधर नंदी मुट्ठी भर रेजगारी के साथ मुझे चाटवाले 'पंडित भैया' के ठेले पर खींच ले जाती। जी भरकर टिक्की और पानी के बताशे खाते हम दोनों। अम्मा, रज्जो मौसी के घर जाने के लिए क्यों मना करती थी, मैं समझ नहीं पाती थी लेकिन एक ही दिन नानी के घर के आँगन के उस पार से आती आवाज ने मुझे सब कुछ समझा दिया था।

वे अपने पति पर चीख रही थीं- "क्यों जी, चार दिन कहाँ मुँह मारते रहे? सयानी लड़की का भी खयाल नहीं आया। भरी जवानी में दो का सुख तो भोग ही चुके हो। अब बुढ़ापे में तीसरी को भी बरतना है क्या?"

अम्मा ने मुझे खींचकर कमरे में कर लिया था। ऐसे मनमौजी पिता और शृंगारप्रिया सौतेली माँ के रंग-ढंग, लक्षणों का प्रभाव तो नंदी पर पड़ना ही था। आर्य कन्या इंटर कॉलेज से सहेलियों के साथ लौटते समय खिलखिलाहट का सबसे ऊँचा स्वर नंदी का ही होता। मोहल्ले भर के आवारा लड़के नंदी के रास्ते

में आँखें बिछाए रहते। नंदी के नीरस जीवन का यही सबसे बड़ा रस था। मोहल्ले से थोड़ी ही दूर पर स्थित अनाथ आश्रम का लड़का था मोहसिन। बेहद लगन से पढ़ने-लिखने वाला यह शालीन लड़का उस मोहल्ले में सबका प्रिय था। उस दिन कॉलेज से लौटते समय नंदी अपनी सहेलियों के साथ बतियाती हुई आ रही थी। लापरवाही से कंधे पर फेंके गए दुपट्टे की झालर पीछे आ रहे मोहसिन की अँगूठी में फँस गई। नंदी की सहेलियाँ आगे निकल गईं और नंदी अपना दुपट्टा छुड़ाने रुक गई। दुपट्टे की झालर छुड़ाते-छुड़ाते दो कोमल हृदय कब आपस में उलझ गए, पता ही नहीं चला। नंदी को पता था कि उसकी सौतेली माँ उसका ब्याह कभी नहीं होने देगी। जब-जब मैं ननिहाल जाती वह चुपके से मुझे पीछे वाली कोठरी में खींच ले जाती और फिर बाँचे जाते मोहसिन के भेजे वे प्रेम पत्र। किंतु जिस दिन इत्र में रचा-बसा एक प्रेम पत्र रज्जो मौसी के हाथ लगा, नंदी की जमकर कुटाई हुई और उसका घर से निकलना बंद हो गया। नंदी के पिता को भी नंदी के ब्याह की चिंता सता रही थी। रात-दिन उनके घर में किच-किच, कलह मची रहती। फिर एक दिन पता चला कि नंदी के पिता कई दिनों से घर नहीं लौटे। रज्जो मौसी की घबराहट और चिंता देखने लायक थी। किसी ने बताया कि अयोध्या में 14 कोसी परिक्रमा के लिए आई साधुओं की टोली के साथ वे देखे गए थे। रज्जो मौसी भागी हुई अयोध्या गई। पूरा शहर छान मारा। कुछ हासिल न हुआ। फिर पता चला कि वह टोली हरिद्वार निकल गई। थक-हारकर रज्जो मौसी लौट आईं। महीनों बाद एक दिन नंदी के पिता का पत्र आया जिसका सार यह था कि गृहस्थ आश्रम से ऊब कर उन्होंने संन्यास ले लिया है। अब वे कभी लौटकर नहीं आएँगे। उस दिन रज्जो मौसी सिर पीट-पीटकर रोई थीं। पत्र पर बद्रीनाथ पोस्ट ऑफिस की मुहर पड़ी थी।

समय के साथ हम लोगों का ननिहाल जाना कम होता गया। फिर मैं बाहर पढ़ने चली गई। बाबूजी रिटायर हुए और हम लोगों ने वह शहर छोड़ दिया। अपने इम्तहानों के कारण मैं घर नहीं आ पाई, सो ननिहाल जाना न हो सका।

दोनों बड़े मामा अपने अपने परिवारों के साथ बाहर शहरों में सुखी संपन्न थे। अम्मा-बाबूजी भी अब नहीं रहे। मेरे मन में ननिहाल की कुछ ऐसी हुड़क लगी कि पति को बताकर आनन-फानन टैक्सी कर मैं फैजाबाद आ गई। द्वार के पास लगा हरसिंगार अब भी फूलों से लदा हुआ हँस रहा था मानो उसे मेरे आने

की ही प्रतीक्षा थी। एक साथ कई चेहरे आँखों के आगे तैर गए। बालों का फुग्गा बनाए सबसे छोटे मन्ने मामा, नानी का झुर्रीदार चेहरा, छोटे से घूँघट वाली छोटी मामी, पिंजरे का मिट्ठू, चाट वाले पंडित भैया और नंदी।

कुंडी खड़की तो भीतर से किसी के आने की आहट सुनाई दी। खट से बाहर कमरे की बत्ती जली। द्वार खुला तो उस आकृति को देखकर मैं क्षण भर को स्तब्ध रह गई। दूसरे ही क्षण छोटी मामी को पहचान उनके गले लगकर मैं रो पड़ी। उनका सूना चेहरा देखकर ही मैं भाँप गई थी कि मन्ने मामा नहीं रहे। वैधव्य भी नारी को कितना फीका कर देता है। बड़ी जीजी के ब्याह में मन्ने मामा का उपेक्षित खिसियाया चेहरा मेरी स्मृति में तैर गया।

कमरे के पीली धुँधलाई रौशनी में सबसे पहले मेरी दृष्टि नानी और मन्ने मामा की तस्वीरों पर पड़ी। उन्हें प्रणाम कर मैं आँगन पार कर घर के भीतर चली आई। मुझे लगा मानो कल ही इस घर से विदा ली थी। बीच के बरस मानो अनछुए ही रह गए थे। पूजा में आरती जल रही थी और वहीं भगवान के साथ नंदी और उसके दुल्हे की तस्वीर भी लगी थी। इस बार उसके पति का चेहरा स्पष्ट था किंतु नंदी के ब्याह की तस्वीर अम्मा के बक्से में कैसे? मामी के पूजाघर में कैसे? नंदी, नंदी, मस्तिष्क में हथौड़े चल रहे थे।

"यहाँ नंदी की तस्वीर कैसे मामी?" मैं स्वयं को रोक नहीं पाई। गुड़ और पानी लेकर आई छोटी मामी वहीं तख्त पर बैठ गईं- "तुम लोगों ने तो हमें बिसरा ही दिया, बिट्टी", मामी ने सरल भाव से कहा, "ठीक ही किया जीजी ने, दादा लोगों ने। उनके भाई के करम ही ऐसे थे। मैं तो पत्नी थी सो निभाना ही था।" उन्होंने एक ठंडी साँस ली।

"ऐसा क्या किया था मन्ने मामा ने जो सबने उनसे रिश्ता तोड़ लिया मामी?" मैं अपनी उत्सुकता नहीं रोक पा रही थी।

"हम लोगों से तेरे दोनों बड़े मामा लोग बेहद नाराज थे। कोई भी उनसे बात नहीं करता था। उन लोगों को शिकायत थी कि अम्मा जी के सारे जेवर और रुपया पैसा जो तेरे नाना छोड़ गए थे, हम लोगों ने मार लिया है। लेकिन लली, ऐसा नहीं था। तेरे दोनों बड़े मामा काफी अच्छी नौकरी में थे और तेरे परिवार में भी कोई कमी न थी। ऐसे में जब तेरे छोटे मामा कहीं नौकरी या बिजनेस में जम नहीं पा रहे थे तो अम्मा जी को सहारा देना ही था न उनको। अगर वे ऐसा

न करतीं तो हम लोग सड़क पर आ जाते बिटिया।" छोटी मामी ये सब कहते हुए मानो स्वयं को ही सफाई दे रहीं थीं। "हमारी गृहस्थी ठेलने के लिए अम्मा जी का संचित धन निकल रहा था। ब्याह कर आई मैं बार-बार उम्मीद से होती और हर बार मेरी संतान दो दिन से अधिक जीवित नहीं रह पाती। तेरे मामा अंदर ही अंदर घुटने लगे थे। अजीब-सी हीन भावना आ गई थी उनमें। नौकरी-चाकरी नहीं, बाल-बच्चे भी नहीं। फिर एक दिन अम्मा जी ने खानदानी पंडित बुलाकर छोटा-सा पुत्रेष्टि हवन करवाया। यज्ञ हवन संपन्न हुआ और कुछ समय बाद मैं पुनः गर्भवती हुई। कितनी ही मनौतियाँ मानी गईं। गंडे, तावीज बँधवाए गए। समय कटता गया तभी बारिश की एक रात मुझे अपने द्वार पर किसी के सिसकने का स्वर सुनाई पड़ा। विचित्र-सी आशंका से मैं काँप गई। प्रसव का समय बिलकुल पास था। भय के कारण अम्मा जी को जगाया। किवाड़ खोलकर देखा तो सिर से पाँव तक भीगी हुई नंदी रो रही थी। पूछने पर बताया कि रज्जो मौसी ने उसे घर से बाहर निकाल दिया है। स्वयं घर दुकान बेचकर गाँव जाने की तैयारी में है। बिलखती नंदी की समझ में नहीं आ रहा था कि वो कहाँ जाएगी ? ऐसे में अम्मा जी ने उसको चिपका लिया था।

अम्मा जी बूढ़ी हो रही थीं और मैं गर्भभार से शिथिल। ऐसे में नंदी ने मेरी गृहस्थी बड़ी कुशलता से सँभाल ली। ठीक समय पर मुझे प्रसव वेदना आरंभ हुई और मैं अस्पताल में भर्ती हो गई। मुझे एक बार फिर बेटा हुआ। इतनी पूजा-पाठ, हवन-यज्ञ के कारण सभी को यह विश्वास था कि यह संतान जीवित रहेगी। किंतु दो दिन के बाद ही शिशु के हाथ-पैर ऐंठने लगे। शरीर नीला पड़ गया। एक बार फिर मृत शिशु की पीड़ा अपने मन में दबाए, टूटे शरीर, भीगी आँखों और खाली गोद के साथ मैं जब घर वापस लौटी तो वहाँ एक भुतहा सन्नाटा पसरा हुआ था। सदा की तरह मुझे संबल देने वाली अम्मा जी ज्वर से तप रही थीं। तेरे मामा मुझे दरवाजे पर ही छोड़ गए थे और नंदी का चेहरा पता नहीं कौन-सी कहानी कह रहा था। अम्मा जी ने बिलखते हुए मुझे बुलाया, "दुल्हिन, बड़ी अनहोनी हो गई बिटिया। नंदी को सँभाल ले।" मैं काँप गई। किस अनहोनी की बात कर रही थीं अम्मा जी!

रसोई के कोने में मुँह छिपाए बिलखती नंदी, कुरेदने पर मेरी अनुपस्थिति में घर में आए तूफान की कहानी आँसू और सिसकियों के साथ कह गई। तब मैंने

सिर पकड़ लिया।

"उस रात क्या हुआ था, जानना चाहोगी बिट्टो?" मामी ने पूछा फिर मानो स्वयं से ही कहने लगीं, "वे बुरी तरह टूटे हुए थे। पढ़-लिख न पाने का दुख, नौकरी-चाकरी न होने का दुख, निःसंतान होने का दुख, भाई-बहनों से संबंध खत्म हो जाने का दुख, सभी का धक्का ही उन्हें पतन की गर्त में डुबो ले गया। कभी नशा न करने वाले मेरे पति ने उस दिन बेहद शराब पी। स्वयं से कमजोर पर ही व्यक्ति जोर आजमाता है। नंदी खाना लेकर उस रात जैसे ही उनके कमरे में पहुँची, उन पर शैतान सवार हो गया। नशे में कामांध होकर वे नंदी पर टूट पड़े। वो रात नंदी के सर्वनाश की रात थी। हृदय पर पत्थर रखकर मैंने पति का यह विश्वासघात भी बर्दाश्त कर लिया। उस दिन से हमारा घर तीन किनारों में बँट गया। मैं, नंदी और तेरे मामा। हम तीनों एक-दूसरे से कटे-कटे रहने लगे। अम्मा जी ही हम तीनों के बीच संपर्क सूत्र का काम करती थीं दो महीने बाद ही पता चला कि नंदी माँ बनने वाली है। हम लोगों के पैरों तले जमीन खिसक गई। नंदी का रो-रोकर बुरा हाल था। कोई रास्ता नहीं सूझ रहा था कि अचानक अम्मा जी ने ही इस समस्या का हल सुझाया। यही तय हुआ कि नंदी इस संतान को जन्म देगी, चुपचाप। किसी को कानों-कान खबर नहीं होगी कि नंदी गर्भवती है। कुछ भी कहो, बिट्टो, उसके गर्भ में मेरे पति का ही अंश था। मैंने एक बार फिर गर्भवती होने का नाटक किया। नंदी की संतान अवैध न कहलाए, सो अम्मा जी का मन रखने के लिए चुपचाप इसी आँगन में तेरे मामा के साथ नंदी के फेरे पड़वाए। तेरे मामा का सेहरा मैं ही लेकर आई थी। मुझसे आँखें न मिला सके इसी शर्म के कारण उन्होंने अपना पूरा चेहरा ही सेहरे के फूलों से ढक लिया था। पुराने कैमरे से मैंने ही उन दोनों की तस्वीर लेकर तेरी माँ को भेजी थीं। हम लोगों ने नंदी का घर से बाहर निकलना बंद करवा दिया। ठीक समय पर नंदी ने पुत्र को जन्म दिया। अम्मा जी की मदद से मैंने ही नंदी का प्रसव निबटाया। नन्हें शिशु का मुँह देखकर अम्मा जी के झुर्रीदार चेहरे पर ममत्व की एक लहर दौड़ गई- "दुलहिन, ये बच्चा हम लोगों को छोड़कर नहीं जाएगा, देखना।"

वे बुदबुदा रही थीं किंतु मृत्यु एक बार पुनः हमारे द्वार पर दस्तक दे चुकी थी। और इस बार वह शिशु के लिए नहीं, उसके पिता के लिए आई थी। तेरे मामा ने ऊपर कमरे में जाकर फाँसी लगा ली। वे नहीं बचे। बेटे के जाने का दुख

अम्मा जी बर्दाश्त नहीं कर पाईं। सो वह भी बिस्तर से लग गईं। महीना बीतते न बीतते वह भी चल बसीं। उस सूने घर में शेष रह गए हम तीन प्राणी- मैं, नंदी और नन्हा मृत्युंजय, जिसे प्यार से हम जय बुलाते थे। नंदी को जय से तनिक भी मोह न था। सभी लोग जय को मेरा ही बेटा जानते थे। अब मेरे सिर पर दो जिम्मेदारी थी। नंदी के ब्याह की और जय को पाल-पोसकर बड़ा करने की।

फिर एक दिन मोहसिन लौट आया। साँझ के धुँधलके में जब मैं बाजार से लौट रही थी तो देखा कि नंदी के पुराने घर के द्वार पर कोई खड़ा था। रिक्शा से उतरते-उतरते मैंने उसे पहचान लिया था। वह और कोई नहीं, मोहसिन था जो तीनेक बरस बाद पढ़-लिखकर अच्छी नौकरी के साथ वापस अपने शहर लौट आया था। परिचित होने के नाते मैं उसे घर पर ले आई। उसकी बैचैनी, उतावली, इधर-उधर देखने के ढंग से लगा मानो वह किसी को ढूँढ़ रहा था, कुछ पूछना चाह रहा था। थोड़ा-सा कुरेदने पर ही वह पूछ बैठा, "उस घर में एक लड़की रहती थी, नंदी। क्या आप उसका पता बता सकती हैं?"

जिस नंदी के ब्याह के लिए मैं चिंतित थी उसका दूल्हा ईश्वर ने स्वयं ही मेरे द्वार पर भेज दिया था। नंदी के ब्याह की सूचना मैंने किसी को नहीं दी। अनाथालय में ही संचालक ने काजी बुलाकर उन दोनों का निकाह पढ़वा दिया। नंदी हिंदू थी सो कन्यादान की रस्म मैंने निभाई। अम्मा जी की ओपल की अँगूठी से मैंने उसके पैर पूजे और अपनी मुँह दिखाई के खानदानी कंगन उसके हाथों में पहना दिए। नंदी मेरे गले लगकर रो पड़ी। सच कहूँ बिट्टी, उस समय मुझे यही लगा कि मेरी अपनी ही बेटी विदा हो रही है। मोहसिन को भी हम लोगों ने नहीं बताया कि जय नंदी की संतान है। क्या पता उसके मन में पाप आ जाता। नंदी को विदा करते समय मैंने यही कहा, "पलटकर मत देखना नंदी। इस घर में तूने बहुत दुख देखे हैं। किसी का मोह मत करना। एक सुंदर कल तेरी प्रतीक्षा कर रहा है। चली जा और सुखी रह।"

नंदी चली गई। फिर कभी लौटकर नहीं आई लेकिन हर माह जय के नाम का एक मनी ऑर्डर भेजती रहती थी। बरसों बीत गए। जय आज पढ़-लिखकर अच्छी नौकरी कर रहा है। कहता है कि अम्मा मेरे साथ चलो। लेकिन अपने पुरखों की देहरी छोड़कर कैसे चली जाऊँ मैं? नंदी रिश्ते में शायद मेरी सौत लगती थी लेकिन मुझे उससे कभी ईर्ष्या नहीं हुई। उसने मुझसे कभी पत्नीत्व का

अधिकार नहीं छीना। वह चाहती तो मुझे घर से बाहर निकाल सकती थी। इस घर के चिराग की माँ थी वह। मुझ निपूती को माँ कहलाने का गौरव दिया उसने। कहते हैं, कन्यादान सबसे बड़ा दान होता है। नंदी ने मुझे वो पुण्य भी करने दिया। अब मैं मरूँगी तो मेरी चिता को आग मेरे पति का बेटा ही देगा। कोई हमें निरबंसिया नहीं कहेगा।" छोटी मामी ने उस अदृश्य ईश्वर को हाथ जोड़े, "अपने मन में झाँकती हूँ तो वहाँ बड़ी शांति है। नंदी का कन्यादान करके मैंने अपने पति के पापों का प्रायश्चित कर लिया। नंदी कहाँ होगी, पता नहीं। जहाँ हो, ईश्वर करे वह सुखी रहे, यही कामना है।"

मामी और मैं उस सन्नाटे में बेहद स्तब्ध से बैठे थे।

अगले दिन मेरी वापसी थी। आँसू भरी आँखों से टैक्सी में बैठते हुए मैंने ननिहाल की दहलीज को अंतिम प्रणाम किया। लौटते समय पूरे रास्ते मैं यही सोचती रही कि इस लालची दुनिया में जब हर व्यक्ति, हर परिवार, अपना स्वार्थ साधने में लगा है, एक-दूसरे का हक मारने में लगा है तब उस छोटे से शहर की मेरी अनपढ़ छोटी मामी का हृदय इतना निष्कपट कैसे रह पाया? हाँ, जिसकी एक झलक मैंने एयरपोर्ट पर देखी थी वह नंदी ही थी क्योंकि उन चंपक उँगलियों में पहनी हुई ओपल की अँगूठी को मैंने पहचान लिया था। मैं समझ गई थी कि ब्याह के न्यौते के पोस्टकार्ड के अक्षर अम्मा के आँसुओं से ही धुँधलाए थे।

काली बकसिया

अम्मा के उस पुराने घर का जब कोई भी दावेदार नहीं रहा, तो हारकर रागिनी को ही उसे ठीक करवाने की जिम्मेदारी उठानी पड़ी। पहले सोचा कि उस घर को किराए पर उठा दें, किंतु जिस घर में उसके बचपन की एक-एक याद बसी थी, उस घर में कोई दूसरा परिवार आकर बस जाए, ऐसा सोचकर ही उसकी आँखें भर आती थीं। सात महीने की भाग-दौड़ और मानसिक उथल-पुथल के बाद अम्मा का घर ठीक-ठाक हो गया। अपनी घर गृहस्थी उठाकर रागिनी अम्मा के घर में रहने आ गई। इन सात महीनों में दो-दो जगह की भागदौड़ करते हुए वह हाँफ उठी थी। कुछ दिन तो बड़ा ही अटपटा लगता रहा। पति और बच्चे भी पुराना माहौल छोड़कर नए घर में रहने की आदत डाल रहे थे, लेकिन सबसे अधिक तनाव रागिनी झेल रही थी। अम्मा की गृहस्थी की एक-एक चीज जो उसके बचपन की यादों से जुड़ी थी, उसको दुख देती थी, टीस देती थी। रोज ही सामान सहेजते समेटते हुए कोई-न-कोई वस्तु उसके हाथों में पड़ जाती और आँखों से गंगा-जमुनी धार बहने लगती। अचार की बरनियाँ, मसाले की शीशियाँ, अम्मा के कपड़े, जिनको सूँघकर अभी भी अम्मा की महक आ जाती थी, हिसाब की डायरी, अलमारियाँ हर जगह उनकी याद बसी थी। वह तो जीते जी रुपये-पैसे और गहनों का हिसाब कर गई थीं, सो अब उनकी गृहस्थी में उनका बरता हुआ सामान ही शेष रह गया था। मोहवश रागिनी उसको हटाने का साहस ही नहीं कर पा रही थी।

इसी उठा-पटक के बीच रागिनी को एक पुरानी, बहुत ही पुरानी काली बकसिया मिली। शायद ब्याह से पहले भी रागिनी ने उसे नहीं देखा था। हुआ कुछ यों कि आँगन पार वाले कमरे में एक छोटी अलमारी हमेशा ही बंद रहती

थी। अम्मा ने ही कभी रागिनी को बताया था कि अपने ब्याह से पहले कांति बुआ इसी अलमारी में अपना सामान रखा करती थीं। उन्हीं का कुछ सामान अब तक इसमें रखा हुआ है। जहाँ तक रागिनी को याद पड़ता है, ब्याह के बाद कांति बुआ एकाध बार ही मायके आई होंगी। तब ना तो वह अपना कुछ सामान ले गईं और ना कभी किसी ने उस अलमारी को ही खोला।

'अब इतने बरस बाद कांति बुआ अपना सामान क्या ले जाएँगी।' रागिनी ने सोचा, 'पता नहीं अलमारी का क्या होगा। मैं ही खाली करती हूँ। बच्चों का सामान ही रख दूँगी।' सोचते हुए उसने अलमारी पर लगा मोटा ताला हथौड़ी मारकर तोड़ दिया। अधिक सामान नहीं था अलमारी में। कुछ साड़ियाँ, कुछ चूड़ीदार कुरते, कुछ पुराने से नकली पर सुंदर से कर्णफूल, हार, चूड़ियाँ, दो जोड़ी चप्पलें, यही सब अटर-शटर। और हाँ, एक बहुत छोटी-काली नक्काशीदार लकड़ी की बकसिया। रागिनी ने कपड़ों की परतें खोलकर देखी। वे गल चुके थे। चप्पलें भी किसी काम की न थीं। गहनों के डिजाइन अवश्य सुंदर थे। उसने सोचा चलो, कभी सुनार को देकर इस डिजाइन के असली गहने बनवा लूँगी। लेकिन इस काली बकसिया में क्या होगा। रागिनी ने उसे खोलकर देखा- एक डायरी, रेशमी फीते से बँधे हुए कुछ पत्र, कुछ सूखे हुए फूल रखे थे उसमें। एकाएक कुछ सशंकित हो उठी रागिनी। अखबारी लिफाफे तक पर लिखा पढ़ लेने की आदत थी उसकी। फिर यहाँ तो आँखों के सामने ही डायरी और पत्र बिखरे थे, जो मानो उसे पढ़ने के लिए आमंत्रित कर रहे थे। रागिनी ने घड़ी देखी, दिन के 12 बज रहे थे। बच्चे ढाई बजे तक आते थे। अभी पूरे ढाई घंटे थे उसके पास। यह राज वह किसी के साथ बाँटना नहीं चाहती थी। क्या था उन पत्रों में, डायरी में!

काँपते हाथों से उसने पहला पत्र खोला। किसी अकील का पत्र था कांति बुआ के नाम। दूसरा पत्र, तीसरा पत्र, चौथा पत्र रागिनी की साँसें तेज हो रही थीं। वे प्रेम पत्र थे। रागिनी जान रही थी कि किसी दूसरे के प्रेमपत्र पढ़ना पाप है, लेकिन क्या करती। जो पत्र दादी ने नहीं पढ़े, अम्मा ने नहीं पढ़े, उन्हें रागिनी पढ़ रही थी। कुछ खास नहीं था उन पत्रों में। जो 19-20 बरस के लड़के-लड़कियाँ सोचते हैं, महसूस करते हैं, वही सब लिखा था- 'तुम भले ही किसी दूसरे की हो जाओ कांति, मैं तुम्हारी रुखसती तक तुम्हारा इंतजार करूँगा। इस जन्म में ना

सही, शायद हम अगले जन्म में मिल सकेंगे।'

इसके बाद रागिनी से पढ़ा नहीं गया। उसने उन पत्रों को वैसे ही रेशमी फीते से बाँध दिया जैसे वे कभी खुले ही ना हों।

आहिस्ता से डायरी खोली, तो उसमें से एक सूखा मुरझाया गुलाब का फूल गिर पड़ा। अंदर के पन्नों पर अलग-अलग तारीख के साथ अलग-अलग दिनों का विवरण लिखा था। रागिनी ने तारीख और सन देखा। सन 1996 की कोई तारीख। उसी वर्ष बुआ ने यूनिवर्सिटी में एडमिशन लिया था। बी.एस.सी. पूरा नहीं हो पाया था उनका। ब्याह हो गया था। डायरी के बीच पोस्टकार्ड साइज की एक तस्वीर भी रखी थी। तस्वीर के पीछे लिखा था- अपनी कांति को प्यार सहित, अकील।

रागिनी बड़ी देर तक उस तस्वीर को देखती रही फिर उसे उस डायरी में वैसे ही रख दिया। काली बकसिया बंद करके उसने अपनी अलमारी में कपड़ों के पीछे छिपा दी और घर-गृहस्थी के दूसरे कामों में व्यस्त हो गई।

कितने बरस से यह अलमारी किसी ने नहीं खोली थी। कांति बुआ को मायके आए हुए भी कितना समय हुआ। ब्याह के बाद शायद घर के किसी सुख-दुख में वे नहीं आई थीं। क्यों? इस क्यों का उत्तर रागिनी के पास नहीं था। उसके मन-मस्तिष्क में अंधड़ चल रहे थे। कौन था अकील? यौवन की बासंती उम्र बुआ पर भी आई थी। कुछ मधुर मादक प्रणय स्वप्न उन्होंने भी देखे थे, लेकिन वे सब इस काली बकसिया में बंद होकर रह गए। फूफा जी भी कई बरस हुए, नहीं रहे। हाँ, रागिनी को याद आया कि वे तो कारगिल के युद्ध में शहीद हो गए थे। अम्मा से ही उसे कांति बुआ की जब-तब खबर मिलती रहती थी। बुआ की कोई संतान भी न थी। फूफा जी के न रहने के बाद उन्होंने अपनी अधूरी शिक्षा पूरी की और पी.एच.डी. करके ससुराल के शहर के ही महाविद्यालय में व्याख्याता हो गईं।

रागिनी अंतर्द्वंद्व में उलझी थी कि पता नहीं बुआ को अपनी इस पुरानी पूँजी की याद भी है या नहीं। बहुत ऊहापोह, सोच-विचार के पश्चात उसने अम्मा की डायरी से बुआ का फोन नंबर ढूँढ़ निकाला।

"हेलो बुआ, मैं रागिनी, आपसे कुछ कहना था। आप कुछ दिन मेरे पास रहने आएँगी क्या? हाँ हाँ, मैं अम्मा वाले घर में ही आ गई हूँ।" एक साँस में

बोल गई थी रागिनी। उस तरफ सन्नाटा था।

"कोई विशेष बात तो नहीं रागिनी?" बुआ का कोमल, किंतु गंभीर स्वर सुनाई पड़ा।

"नहीं बुआ, कई बरस हो गए आपको देखे हुए। अम्मा के घर आकर आपकी याद हो आई। फिर यह घर आपका मायका भी तो है। आ जाइए तो अच्छा लगेगा। अम्मा के बाद आप ही तो हैं।" रागिनी बड़ी चतुराई से बात छिपा ले गई।

रागिनी के आमंत्रण पर दो दिन बाद ही कांति आ गई थीं। कितने बरस बाद देखा था उसने बुआ को। लेकिन उनको मानो उम्र छूकर निकल गई थी। ना हाथ में चूड़ियाँ, ना माथे पर चंदन का टीका। एक मर्दानी घड़ी और काले बॉर्डर की बादामी साड़ी में बुआ बेहद सौम्य लग रही थीं। माथे की नन्हीं-काली बिंदी कितनी सुंदर लग रही थी उन पर। एक मधुर, शांत, स्निग्ध चितवन और संयमित-सी मुस्कान। कितनी स्थिरता आ गई थी कांति बुआ के संपूर्ण व्यक्तित्व में। रागिनी कुछ पल उन्हें निहारती ही रही कि कांति ने उसे खींचकर गले लगा लिया।

"क्या देख रही है रागिनी? बहुत बदल गई है क्या तेरी बुआ?" वह हँस पड़ी और उसका वही मोहक गजदंत रागिनी ने देख लिया, जिसके लिए वह बचपन में दीवानी रहती थी। बुआ के गले लगकर उसकी आँखें भर आई थीं। उनका हाथ पकड़कर वह उन्हें घर के अंदर खींच लाई। इस समय पूरे घर में सन्नाटा था। रागिनी के पति दफ्तर के काम से टूर पर बाहर गए थे और बच्चे कुछ दिन के लिए दादी के पास।

खाने से निबटने के बाद अम्मा वाले कमरे में बुआ-भतीजी साथ लेटीं, तो कितनी ही स्मृतियाँ दोनों के मन-मस्तिष्क में साथ-साथ तैर गईं।

"भाभी के बिना यह घर कितना सूना, सन्नाटा लगता है, रागिनी। वैसे तूने इसे इतना बदल दिया है कि पुराना कुछ याद ही नहीं आ रहा। अगर छत पर भाभी के लगाए पौधे न होते और आँगन में तुलसी का चौरा न होता, तो लगता किसी और के घर आ गई हूँ।" कांति आरामकुर्सी पर अधलेटी-सी थी, "फिर भी एक खुशबू... बहुत अच्छा किया रागिनी जो तूने इस घर को फिर से बसा दिया।" कांति ने आँखें मूँद ली थीं। माथे पर हल्की लकीरें स्पष्ट दिखाई दे रही थीं। शायद वे किसी सोच में डूब गई थीं।

"बुआ, तुम्हारा कुछ और भी तो इस घर में छूट गया है। याद नहीं पड़ता क्या!" रागिनी धीरे से बोली।

"मैं तो पूरी-की-पूरी यहीं छूट गई थी। इस घर से गई ही कहाँ थी मैं। बरसों बरस से इसी घर के बंद द्वार से सटकर, कभी बारिश में भीगी, कभी सर्दी में काँपी, कभी गर्मी में तपती रही कि शायद कोई द्वार खोल दे, मुझे बुला ले। पर किसी ने कभी बुलाया ही नहीं। आती कैसे? आज तूने बुलाया, तो मैं आई।" कांति रुआँसी, डूबी-सी आवाज में बोल रही थी।

"इस घर में ब्याह के बाद एक बार जग दिखावे के लिए मैं आई अवश्य, लेकिन भइया, भाभी और अम्मा की आँखों में अपने लिए 'भागो-भागो, जल्दी जाओ इस घर से' वाले भाव मैंने पढ़ लिए थे। आना बहुत कम हो गया था मेरा। धीरे-धीरे समय के साथ इस घर ने कितने सुख-दुख झेले, लेकिन मैं एक बार जो परायी हुई, तो फिर इस घर ने दोबारा मुझे नहीं अपनाया। अम्मा के ना रहने पर अंतिम बार जो मैं इस घर से गई, तो दोबारा पलटकर नहीं आई। मन पक्का कर लिया था मैंने।" कांति उदास हो आई थी, "जानेगी नहीं रागिनी कि मैंने मायके की दहलीज पर आना क्यों छोड़ दिया था?"

"नहीं बुआ, मुझे कुछ नहीं जानना, कुछ नहीं पूछना, बस तुम्हारी अमानत, तुम्हारी पूँजी तुम्हें सौंप देनी है।" रागिनी उतावली-सी कह गई। यह भी नहीं सोचा कि कांति बुआ के मन में कितनी उथल-पुथल मची होगी।

"मुझे पता है। तूने कोने वाली अलमारी खोली होगी। शायद काली बकसिया खोलकर मेरे वो प्रेमपत्र भी पढ़े होंगे, जो मेरे सिवा किसी ने कभी नहीं पढ़े।"

रागिनी मूर्खों की तरह बुआ का मुँह देख रही थी।

"अब इतने बरस बाद, इस उमर में क्या फर्क पड़ता है कि मैंने भी कभी किसी से प्यार किया था।" कांति की बंद आँखों से आँसू की एक बूँद लुढ़ककर उसके आँचल पर गिरकर अदृश्य हो गई।

"अकील कौन था बुआ?"

नाम सुनकर कांति ने भीगी हुई पलकें खोल दीं।

"क्या करेगी जानकर, तू भी अपनी बुआ से घृणा ही करने लगेगी। वह मेरे जीवन का एक भयानक दुःस्वप्न था। मेरे घावों को मत कुरेद, रागिनी। बड़ी टीस उठती है।"

"नहीं बुआ, मेरा विश्वास करो। जो कुछ भी तुम्हारे मन में है, कहो। मन हल्का हो जाएगा।"

कांति बेहद कशमकश में थी। एक अंधड़-सा चल रहा था उसके मन में। पलकें मूँदते ही उसकी आँखों के सामने आता है एक रोती-बिलखती, दया की भीख माँगती, चीखती और चिल्लाती लड़की का चेहरा। और एक बार फिर कांति उसी तरह पसीना-पसीना हो गई, जैसे उस दिन हो गई थी।

तब कांति बी.एस.सी. प्रथम वर्ष की छात्रा थी। यूनिवर्सिटी में एडमिशन लिया था। गर्ल्स कॉलेज से यहाँ का माहौल भिन्न था। यहाँ लड़के-लड़कियाँ साथ पढ़ते थे। अकील फाइनल ईयर का छात्र था। उसे कांति पहली ही दृष्टि में भा गई थी। किंतु कांति इशारों, फिकरों की तलबगार लड़की नहीं थी। उसके दृढ़ चरित्र का तेज उसके चेहरे पर दमकता था। पहले तो इजहार-इकरार के संबंधों की भी गुंजाइश नहीं निकल सकी, लिहाजा यह चाहत एकतरफा मामला बनकर ही रह गई।

कांति और अकील के मजहब अलग थे। रीति-रिवाज, रहन-सहन, खान-पान कुछ भी तो नहीं मिलता था। सो आरंभ में ऐसा लगा कि उनकी राहें बिलकुल अलग थीं।

लेकिन शायद कांति के भगवान और अकील के खुदा ने उनकी किस्मत में कुछ अलग ही लिख रखा था। किसी दिन रिक्शा में बैठी कांति का दुपट्टा शायद पहिये में फँसकर उसका गला ही दबा देता कि ऐन मौके पर अकील ने पता नहीं किस तरकीब से कांति को रिक्शे से खींच लिया। साँसें रुक-सी गई थीं.कांति की। रिक्शेवाले को पैसे देकर विदा किया अकील ने और घबराई-हाँफती कांति के लिए भागकर मौसम्मी का जूस ले आया। यहीं से आरंभ हुआ उस प्रणय-गाथा का प्रथम अध्याय। कांति दीवानी हो गई थी अकील के लिए।

अकील मेडिकल की तैयारी कर रहा था। जब अकील ने उस पर दबाव डालना आरंभ किया कि घर में वह अपने और अकील के ब्याह की बात करे, तब कांति बौरा ही गई थी। पितातुल्य बड़े भाई से वह तर्क-पर-तर्क किए जा रही थी। आज भी कांति उस क्षण को याद करती है, तो कितनी ग्लानि, कितनी शरम महसूस होती है उसे। भइया के सम्मुख वह अड़ ही गई थी, "मैं तो उसी के साथ ब्याह करूँगी भइया, चाहे आप कुछ भी कहो। वह मुझे बेहद खुश रखेगा।

कल को वह बहुत बड़ा सर्जन बनेगा, तो आप ही कहेंगे मेरा चयन बेजोड़ था।" मूर्ख कांति की समझ में यह नहीं आ रहा था कि जिस लड़के का अभी तक मेडिकल में चयन ही नहीं हुआ और कोई गारंटी भी नहीं कि हो ही जाए, उसके उज्ज्वल भविष्य का पूर्वानुमान कैसे लगाया जा सकता है। कांति की जिद पर भइया, अकील के घर भी हो आए, लेकिन उनकी अनुभवी दृष्टि ने एक बार में ही अकील और उसके घरवालों की खोटी नीयत को भाँप लिया था।

बेहद कड़ाई के साथ कांति की पढ़ाई रोक दी गई। विद्रोह करने का साहस उसमें नहीं था। कांति के लिए रिश्ते खोजे जाने लगे। इन्हीं रिश्तों में से कैप्टन प्रभाकर का रिश्ता सर्वथा सुयोग्य नजर आया और अच्छा मुहूर्त देखकर कांति और प्रभाकर की सगाई हो गई। सगाई का पूरा कार्यक्रम संपन्न होने के बाद जब अपनी उँगली में सगाई की अँगूठी देखी, तब कांति को अहसास हुआ कि अब उसका जीवन किसी और के नाम हो चुका है। तड़प उठी थी वह।

उधर अकील को बाजी पलटती दिखाई दी, तो वह बौखला-सा गया था। उसे लगा सोने के अंडे देने वाली मुर्गी हाथ से निकल गई। उसके कुछ अजीज दोस्तों से उसकी तड़प देखी नहीं गई। परिणामस्वरूप एक घिनौने कृत्य को अंजाम देने का निर्णय लिया गया। एक भयानक धोखे की नींव रखी गई। कांति को एक पर्ची फेंककर अकील ने अंतिम मुलाकात के लिए बुलाया। संभवत: कुछ शिकवे-शिकायतें, कुछ मिलन-बिछोह अथवा कुछ कही-अनकही बातें कहने के लिए। बावरी कांति भाभी से झूठ बोलकर सहेली से मिलने का बहाना करके घर से निकल पड़ी। घरवालों का विश्वास तोड़ने वाली कांति की नियति में तो ईश्वर ने कुछ और ही लिख रखा था।

अकील और उसके दोस्तों ने मिलकर कांति को सबक सिखाने की ठान रखी थी। बीते दिनों का चित्रपट वर्तमान में बैठी कांति की आँखों में आकार रूप लेने लगा। प्रणय के मद में डूबी कांति उस सुनसान वीराने में अकील से मिलने जा पहुँची थी कितने विश्वास के साथ। लेकिन वहाँ तो अकील के साथ शौकत, रमेश और विक्रम भी थे। शायद उन सभी का उद्देश्य इतना बुरा न था। वे स्वयं भी घबराए हुए थे। किंतु डरी हुई कांति को देखकर उनका साहस कुछ और बढ़ गया। अकील ने कांति पर बेवफाई का का इल्जाम लगाते हुए जब घड़ियाली आँसू बहाने शुरू किए, तो आरोपों-प्रत्यारोपों का सिलसिला चल निकला। और

इस सिलसिले का अंत एक भयानक विवेकहीन कृत्य के साथ हुआ, जिसकी आँधी कांति को झिंझोड़कर गुजर गई। कांति संज्ञाशून्य होकर गिर गई थी। उसके बाद... उसके बाद अंधकार, सिर्फ अंधकार, क्योंकि चेतना लौटने के बाद भी जो खो गया था, वह सब कुछ लौटाया नहीं जा सकता था।

शौकत, रमेश और विक्रम तो भाग खड़े हुए। अकील ना जाने किसलिए रुक गया। घायल कांति को होश में लाकर बाइक पर बिठाया और मशीन की तरह ठेलकर उसे घर तक पहुँचा दिया।

उफ्फ, कितनी भयानक कहानी थी बुआ की। रागिनी के उस ठंड में भी पसीना छूट गया।

कांति धीरे-धीरे कह रही थी, "मेरी इस कलंक कथा का अध्याय घर में पता चला, तो सबके पैरों तले जमीन सरक गई थी। लेकिन समझदारी इसी में थी कि इस बात को दबा दिया जाए। बड़ी जीवट वाली थी मैं, जो अपने तन-मन पर हुए इस अत्याचार को झेल गई। कुछ महीने बाद कैप्टन बड़ी धूमधाम से बारात लेकर आए और मैं उनकी ब्याहता बनकर इस घर से विदा हो गई। विदा के समय अम्मा ने यही कहा कि बिट्टो, तेरे मायके की इज्जत अब तेरे हाथ में है। अभी हमें और भी बेटियाँ ब्याहनी हैं। यह घर आज से तेरे लिए पराया हुआ। अम्मा की यही बात मैंने गाँठ बाँध ली। अब तो समय के रेले में बिछड़े सब लोग पता नहीं कहाँ निकल चुके होंगे।"

"बुआ, कुछ दिन तो रुकोगी ना?" रागिनी ने बड़े स्नेह के साथ कांति का हाथ सहलाया।

"हाँ री, इतने बरस बाद मायके आई हूँ। कई सुख-दुख साझे करने हैं, कई हिसाब-किताब निपटाने हैं।" कांति एक फीकी हँसी हँस पड़ी। जाने कैसी बेचैनी थी उसके मन में। ऐसा लग रहा था कि यहाँ इस शहर में कोई बरसों से उसकी प्रतीक्षा कर रहा है, बुला रहा है। पहले कभी उसे ऐसा नहीं लगा था।

अगली सुबह कांति अकेले ही निकल पड़ी। आज उसने सोच रखा था कि शहर की गलियों, सड़कों और बाजारों को घूमते हुए अपने कॉलेज, यूनिवर्सिटी भी हो ही आएगी। रिक्शा में चलते हुए कितने ही पुराने पहचाने घर, दुकानें, सड़कें दिखीं। रिक्शे वाले को रास्ता बताते-बताते जाने कब वह उसी परिचित घर के सामने, दरवाजे पर ही आ खड़ी हुई, जहाँ बरसों पहले उसने ब्याह कर

आने का सपना देखा था।

अरे हाँ, यह तो अकील का घर था। कांति को थोड़ी झिझतक और संकोच महसूस हुआ। उस घर के आस-पास नई इमारतें खड़ी हो गई थीं, जिनके बीच में वह बेहद फीका और बदरंग लग रहा था। कुछ संतुलित होकर कांति ने द्वार खटखटाया। भीतर सन्नाटा था। इतने में कुछ खड़का और साँवली-सी एक किशोरी ने द्वार खोल दिया।

"अकील है क्या?" हकलाते हुए कांति ने पूछा।

"आइए।" उसने कांति को रास्ता दिया। दीवारों से झरते चूने से अपनी साड़ी बचाते हुए वह भीतर आ गई। अंदर एक पुरानी-सी व्हील चेयर रखी थी और उसी के बगल में एक झिलंगी-सी खटिया पर एक पुरुष लेटा हुआ था, जो कांति को देखकर उठने का उपक्रम करने लगा। कांति सुन्न-सी हो गई थी। ओह, यह तो अकील है। कभी इसी इंसान के प्यार में दीवानी होकर वह डोली थी, इसी ने उसका सर्वनाश किया था। कांति के अधर व्यंग्य से टेढ़े हो गए। वह अपने प्रभु का न्याय देख रही थी। आज उसने अपने सामने एक कृशकाय वृद्ध को देखा, जिसका तन फालिज से निष्प्राण था। पूरे शरीर पर सफेद दाग वाली बीमारी फैल गई थी।

कांति सकते की-सी हालत में स्तब्ध-सी खड़ी थी।

"आप कौन हैं?" उस किशोरी ने पूछा।

"मैं कांति, इनके साथ यूनिवर्सिटी में पढ़ती थी।" सूखते गले से कांति बड़ी कठिनाई से बोल पाई। इतने में उठने और कुछ बोलने के प्रयास में अकील खटिया से लुढ़ककर गिर पड़ा।

'मुझे यहाँ नहीं आना चाहिए था। पता नहीं क्यों आ गई। मैं चलती हूँ।' वह मानो स्वयं से ही बड़बड़ा रही थी।

तभी बाहर से उसी की उम्र की एक महिला अंदर आई, "शिरीन, अब्बू को खाना खिला दिया था?"

"हाँ अम्मी, इनसे मिलो, पता नहीं कौन हैं। अब्बू इन्हें जानते हैं शायद।"

उस महिला ने कांति को बड़े ध्यान से देखा, "आप कांति तो नहीं?"

"हाँ, लेकिन आपने मुझे कैसे जाना? और आप कौन?"

"आदाब, मैं नुसरत, अकील की बीवी।" बेहद शाइस्ता दिखने वाली उस

महिला ने नर्स की यूनिफॉर्म पहन रखी थी।

"आपकी तस्वीर देखी थी मैंने। अकील मुझे आपके बारे में सभी कुछ बता चुके हैं।"

"सभी कुछ।" कांति के कान गरम हो गए।

अकील लटपटाती जबान से बार-बार बोलने का प्रयास कर रहा था, उठना चाह रहा था। उसकी ऐसी असहाय अवस्था थी कि कांति का मन दहल गया।

नुसरत कांति को बाहर बरामदे में ले आई। "कांति जी, आप शायद ऊपरवाले की मर्जी से ही यहाँ आई हैं। हम लोग ना जाने कब से आपका ही इंतजार कर रहे थे। पछतावे की आग में मेरे शौहर तिल-तिलकर मर रहे हैं।"

"मेरा इंतजार! मगर किसलिए?"

"आप पर क्या बीती होगी उस वक्त, शायद मैं महसूस ही न कर पाऊँगी। लेकिन इतना जरूर कहूँगी कि अगर आप उन्हें माफ कर देंगी, तो शायद ऊपरवाला इनके शरीर की इस भयानक तकलीफ से उनको निजात दिला देगा।"

कांति काँप उठी। कैसी औरत है यह! खुदा से अपने शौहर को उठा लेने की दुआ कर रही है।

"जो तकलीफ अकील झेल रहे हैं, उससे बेहतर है कि खुदा उन्हें उठा ले। शायद यह आपकी बद्दुआ का असर है, जिसकी मार हम पर पड़ी। खुदा के वास्ते उन्हें माफ कर दीजिए।" नुसरत रो रही थी।

"मैंने तो किसी को कोई बद्दुआ नहीं दी।"

कांति बदहवासी की हालत में उस घर से बाहर निकल आई। कैसे घर पहुँची, उसे याद नहीं। घर लौटकर वह तीव्र ज्वर की चपेट में आ गई। ज्वर की बेहोशी में भी वह बड़बड़ाती ही रही। चार दिन बाद जब ज्वर हल्का हुआ और उसने आँखें खोली तो देखा रागिनी उसके सिरहाने बैठी थी, "बुआ, क्या हुआ था तुमको, कहाँ गई थी, किसकी बद्दुआ की बात कर रही थीं?" वह परेशान थी।

"कुछ नहीं रागिनी, मैं ठीक हूँ। जरा काली बकसिया तो लाना।"

"बुआ, तनिक सब्र करो। ठीक हो जाना तब साथ लेती जाना।" रागिनी हँसकर बोल पड़ी।

"नहीं री, ले नहीं जाना, इसे हटा देना है घर से। मनहूस चीजें बाल-बच्चों वाले घर में नहीं रखी जातीं।"

उसी शाम रागिनी और कांति गोमती के किनारे गए। सारे खत, अकील की तस्वीर, डायरी और सूखे फूलों को कांति ने अपने हाथों से फूँक दिया। काली बकसिया गोमती में बहाने चली, तो रागिनी मचल गई, "बुआ, इसकी बनावट कितनी सुंदर है। यह तो अपने घर की है। मत बहाओ इसे।"

"नहीं, अपवित्र वस्तु को इतने बरस सँजोकर रखा इसने, तो यह भी उतनी ही मनहूस हो गई ना।" कहते हुए कांति ने उस बकसिया को उछाल दिया। वह बीच धार में गहरे जा गिरी।

लौटते हुए कांति का मन बेहद शांत था। यह सच था कि वह अकील को कभी क्षमा नहीं कर सकी थी, लेकिन उसने अकील को कभी बद्‌दुआ भी नहीं दी थी। आज इतने बरसों बाद अकील को देखकर कांति को लगा कि यह वही अकील है, लेकिन फिर भी यह अकील वह नहीं था। आज की कांति ने कल के अकील के सारे गुनाह बख्श दिए थे। पता नहीं अकील को उसकी तकलीफ से कब छुटकारा मिलेगा, किंतु कांति ने उसे माफ कर दिया था।

मुक्ति

कॉलेज से लौटकर खाना-पानी भूलकर पाखी हाँफती हुई मुझसे बोली, "अम्मा, अपनी कॉलेज वाली फोटो दिखाओ। नंदिनी मौसी के साथ वाली। अभी दिखाओ।" वह बेहद उतावली थी। अलमारी खोलकर मैंने एलबम उसे दिया, तो जल्दी-जल्दी पृष्ठ उलटकर उसने हम दोनों की गलबहियाँ डाली हुई तस्वीर निकाल ली। तस्वीर में यूनिवर्सिटी के बाहर के गेट पर हरसिंगार के पेड़ के नीचे मैं और नंदिनी एक-दूसरे के गले में बाहें डाले मुस्कुरा रहे थे।

"अम्मा, ऐसी, बिलकुल ऐसी ही लड़की मेरे क्लास में आई है, रोजी। अम्मा, उसका कोई नहीं है। बचपन से ही हॉस्टल में रही है।" पाखी बोलती जा रही थी और मेरे कान सुन्न हो चुके थे।

बक्से की तह में सँजोकर रखे पीले फटे कागज में हमारे बैच के सभी छात्र-छात्राओं के नाम और पते टाइप थे। कागज की तहें फटने को थीं। सभी विद्यार्थियों का नाम बारी-बारी से पढ़ते हुए मेरी दृष्टि एक नाम पर ठिठक गई 'नंदिनी सक्सेना'। भले ही कई चेहरे, कई नाम विस्मृत हो चुके थे, लेकिन इस नाम ने बार-बार मेरे मन के द्वार पर दस्तक दी थी। घर-गृहस्थी की आपा-धापी में हर बार सिर झटककर अपनी इस सखी को भूल जाना चाहा, किंतु शायद भाग्य मुझे खींचकर एक बार फिर उसके सान्निध्य में ले जाना चाहता था। तब मोबाइल नहीं थे, फोन भी कम ही घरों में रहते थे। पत्रों का ही सहारा रहता था, किंतु पति के तबादलों के कारण जब शहर-दर-शहर छूटते जा रहे थे, तो ऐसे में मेरा अपना पता ही गुम होता चला गया था। उम्र के इस पड़ाव पर आकर जब मुझे नंदिनी से मिलने का एक सूत्र मिला और उसका पता मिला, तो बिना देर किए मैंने उस पते पर पत्र डाल दिया। कोई नहीं तो अंकल-आंटी तो होंगे ही उसके घर में, यही

मैंने सोचा था। आज बरसों बाद मैं लखनऊ में थी और नंदिनी का स्थायी पता भी लखनऊ का ही था।

जैसी मुझे उम्मीद थी वही हुआ। काँपते हाथों से मैंने लिफाफा खोला, तो मोती जैसे अक्षर बिखरे थे- "अनु, इतने बरस बाद तेरा पत्र पाकर कितनी खुशी हुई, बता नहीं सकती। सोचा न था कि इतने लंबे अंतराल के बाद तुझे मेरी याद भी रह पाएगी या नहीं। अगर तू मिलने आ सकती है, तो शीघ्र आ। लेकिन दिन में 12.00 से 12.30 के बीच में ही आना, क्योंकि उसके बाद मेरी डॉक्टर आ जाती है और उसने सख्त मना किया है कि जब तक मैं ठीक ना हो जाऊँ, किसी से न मिलूँ।

- नंदिनी।"

रोमांच से मेरा शरीर काँप रहा था। 'कल ही जाऊँगी, कल ही', मैं बुदबुदा रही थी। वर्तमान की सीढ़ियों से उतरता हुआ मेरा प्रौढ़ मन अपना युवा अतीत ढूँढ़ने विस्मृति के गलियारे में चला गया।

नंदिनी ने क्या राजन से ब्याह किया होगा? यूनिवर्सिटी के उन दिनों में नंदिनी और राजन की प्रणय गाथा चर्चा का विषय थी। फाइनल आते-आते राजन ने सिविल सर्विसेज की तैयारी शुरू कर दी थी। नंदिनी का भोला-सा, तिब्बती गुड़िया-सा चेहरा, दूध-सी रंगत और सरल स्वभाव राजन के मन में बस चुका था। मैं तो माध्यम थी दोनों को मिलवाने का। दोनों की जोड़ी, आदर्श जोड़ी थी। साउथ कोरिया की यह लड़की अनाथ थी और एक भारतीय दम्पति ने इसे गोद लिया था। कोरियन रूप-रंग और भारतीय भाषा, संस्कृति, पहनावे और श्रृंगार के साथ वह अलग नजर आती थी। यह तो तय ही था कि राजन और नंदिनी का विवाह पक्का ही होगा। एम.ए. की परीक्षा देने और रिजल्ट आने के बीच के दिनों में ही मेरा ब्याह तय हो गया और मैं पिया के घर चली आई। यूनिवर्सिटी के दिन, वे बातें, वह शहर मानो ब्याह के हवन कुंड की अग्नि और भाँवरों के संग ही धुँधले पड़ते चले गए। आज वही लखनऊ, वही पुरानी सड़कें, गलियाँ, परिचित माहौल और नंदिनी का घर। ऐसा लगा मानो घंटी बजाते ही हँसमुख-सी सक्सेना आंटी बाहर निकल आएँगी। वही ड्राइंग रूम, डाइनिंग टेबल पर फल-सब्जी का ढेर, किचन से आती मसालों की खुशबू, एक तस्वीर-सी आ गई आँखों के आगे।

दरवाजा अधखुला और उढ़का हुआ था। हल्की दस्तक के साथ ही अंदर

से आवाज आई, "चली आओ, अनु।" पुरानी परिचित-सी बारीक मधुर आवाज आज बरसों बाद कानों में शहद-सी घुल गई। कमरे में घुसते ही एक तेज बासी गंध नथुनों में भर गई मानों कब से सफाई नहीं हुई थी कमरे की।

"बायीं तरफ स्विच बोर्ड है। लाइट जला लेना।" कमरे में दिन में भी अँधेरा था।

मैंने टटोलकर स्विच दबाया। मद्धिम-सी रौशनी कमरे में फैल गई। सामने कुर्सी पर नंदिनी बैठी थी। वही गुड़िया जैसा मोहक चेहरा, मीठी-सी मुस्कान। लेकिन उसने अपने को ढाँप क्यों रखा था। माथे से ओढ़ा हुआ स्कार्फ, जो गले पर बँधा था। गले से पैरों तक पहना हुआ पूरी बाहों का चोगा। मोजे-दस्ताने। यह ठंड का मौसम तो नहीं था। बरसों बाद मिली सखी से मिलने को लालायित मैं बाहें पसारे गले लगने को आगे बढ़ी थी कि उसने मुझे रोक दिया, "छूना मत मुझे। सारे शरीर में बीमारी लगी है।" जब उसने कहा तो मैं सिहर गई। कैसी बीमारी की बात कर रही थी नंदिनी। दिखने से तो बिलकुल भली-चंगी लग रही थी।

"सामने वाला सोफा एकदम साफ-सुथरा है। उस पर मैं नहीं बैठती। डेटोल से धुले हैं उसके कवर। तू उस पर आराम से बैठ सकती है।" उसने कहा तो मैं भय से काँप उठी। अतीत की जिन परिचित मीठी यादों और राहों का सूत्र पकड़कर मैं नंदिनी के पास आ गई थी, उससे वापस जा पाना अब कठिन हो रहा था। ऐसा लगा कि वह बीती हुई उम्र, वह बीत गया समय, वह कोमल मन, आज इतने बरसों में एकदम ही बदल गए थे। सन्नाटे में डूबी हुई मैं, नंदिनी से दस हाथ दूर पड़े सोफे पर जाकर बैठ गई। घर वही था, सब कुछ वही था, केवल एक ठंडा मनहूस सन्नाटा पसरा था।

"नंदिनी, इतने बरस कहाँ रही तुम? तुम्हारा घर-गृहस्थी, पति, बच्चे, सब कहाँ हैं? ऐसा सूना सन्नाटा घर? तुम अकेली रहती हो क्या?" उस कमरे में मेरी ही आवाज मुझे अपरिचित लगी।

"पता तो मेरा यही था। तेरा ही ठिकाना नहीं था कोई। पता करती, तो पता चल ही जाता सब कुछ तुझे।" नंदिनी ने उलाहना भी दिया, तो मुस्कुराकर। मैं ही खिसियाकर रह गई।

"तेरा ब्याह क्या राजन से...।" मेरा प्रश्न बीच में ही काटकर उसने कहा,

"ब्याह तो हुआ था हमारा, लेकिन निभी नहीं हमारी।"

"निभी नहीं, क्या मतलब?" मैं चकरा गई थी।

"छोड़ यह सब, उधर फ्रिज में पानी रखा है, फ्रिज भी साफ-सुथरा है। पानी पी सकती है तू। मेरा पानी सुराही में है। ठंडा पानी नुकसान करता है मुझे।" नंदिनी मुस्कुरा रही थी। कैसी मुस्कुराहट थी यह। उम्र के इतने बरस मानो उसे छूकर चले गए थे। मन किया दौड़कर उसका हाथ पकड़ लूँ। बरसों पहले जैसे हम हाथ पकड़े-पकड़े यूनिवर्सिटी के गलियारे में टहला करते थे। आज क्यों इतनी हिचक, इतनी दूरी आ गई है।

वे यूनिवर्सिटी के दिन थे। अल्हड़, मस्त, सुकुमार। पढ़ाई, घूमना, फिल्में, इनसे इतर भी कोई दुनिया होती है, पता ही नहीं था। उस आकर्षक संसार में सिवाय मौज-मस्ती और पढ़ाई के कुछ न था। नंदिनी से बेहद घनिष्टता थी मेरी। जिस दिन राजन ने उससे अपने प्रणय का प्रथम निवेदन किया था, नंदिनी ने सर्वप्रथम मुझे ही बताया था। वह मन-ही-मन राजन का घर सजाने के सपने देखती और खुश होती थी। राजन के घर के बरामदे में उसे झूला लगाना था। रोड पर मालती की लतर और हरसिंगार। वह कल्पना करती थी कि राजन दफ्तर से लौट रहा है और वह जूड़े में बेले का गजरा लगाए मुस्कुराकर उसका स्वागत कर रही है।

नंदिनी सारा समय अपनी और राजन की भावी गृहस्थी की बातें मुझसे करती। उसने सोच रखा था कि यदि राजन ब्याह करने को कहेगा, तो वह फाइनल छोड़ देगी। वह जानती थी कि राजन के साथ वह बेहद सुखी रहेगी।

मैं चुप बैठी अतीत की स्मृतियों में डूब उतर रही थी कि सहसा नंदिनी ने मुझे चौंका दिया, "कुछ बोलोगी नहीं अनु? हम लोग पहले कितनी-कितनी बातें करते थे। आज लगता है कि शब्द समाप्त हो गए हैं। तुम अपने बारे में भी तो बताओ।"

"मेरे पास बताने को क्या है, नंदू? ससुराल, गृहस्थी, पति और बच्चे- एक सामान्य-सा जीवन। इतने बरस बाद जब बच्चे बड़े हो गए, तो लगा कि अपना जीवन तो यों ही बीत गया।" मैं फीकी हँसी-हँसकर बोली, "तू बता, मैं तो तुम दोनों को इसी शुभकामना के साथ छोड़ गई थी कि कभी जीवन में मिलना होगा, तो दो प्यारे-प्यारे बच्चों के साथ तुम दोनों को देखूँगी।

"अपना सोचा हुआ सब कहाँ हो पाता है, अनु। तेरे ब्याह के बाद ही

रिजल्ट आया। उसके साल भर बाद ही राजन का सिविल सर्विसेज में चयन हो गया था। अम्मा-पापा बेहद प्रसन्न थे मेरे उज्ज्वल भविष्य के बारे में सोचकर। वह तो राजन के मम्मी-डैडी का ही बड़प्पन था कि बिना जाति-गोत्र जाने मुझ जैसी लड़की को उन्होंने बहू स्वीकार किया था। लाख कहो अनु, मेरा चेहरा मेरी पहचान बता ही देता था। मैं नंदिनी सक्सेना तो थी, किंतु मात्र नाम से। मेरा धर्म, जाति यहाँ तक कि देश भी तुम लोगों से अलग था। लेकिन राजन के प्यार ने मुझे बाँध लिया था। उसके घरवालों ने भी मुझे पूरा सम्मान दिया। राजन की पोस्टिंग उन दिनों पहाड़ी इलाके में थी। काम, काम और काम। बेहद व्यस्त रहता था वह। ऐसे में घर में खाली बैठी मैं बुरी तरह ऊबने लगी थी। विशाल बंगला और घर का काम करने के लिए दर्जनों नौकर-चाकर। मैं सुबह-शाम बड़ी जतन से श्रृंगार करती। लगता एक निगाह तो राजन देखेगा। किंतु उसके पास सिवाय फोन और सरकारी काम के कारण तनिक भी समय न था। मैंने समय काटने के लिए समाज सेवा आरंभ कर दी। कभी अनाथाश्रम जाती, कभी वृद्धाश्रम, कभी महिला जेल, तो कभी कुष्ठाश्रम। यों ही भटकते-भटकते समय बीत रहा था। ब्याह के बाद जिस सुख की मैंने कल्पना की थी अनु, वह तो दूर-दूर तक पहुँच से परे था। ऐसे में ही एक दिन मुझे पता चला कि मैं माँ बनने वाली हूँ। सोचा था राजन को यह खुशखबरी स्वयं दूँगी, किंतु उसके पास कुछ भी कहने-सुनने का समय ही न था। हारकर मैं ससुराल लौट आई। मम्मी-डैडी को जब पता चला, तो वे बेहद खुश हुए। हर तरह से मेरा ध्यान रखा जाता था। मम्मी ने ही फोन पर यह सूचना राजन को दी। पता नहीं कैसे राजन तुरंत ही छुट्टी लेकर मेरे पास आ पहुँचा। उन दिनों की स्मृतियाँ मेरे लिए अमूल्य हैं, अनु। उन दिनों मुझे पश्चाताप भी हुआ कि मैं व्यर्थ ही इधर-उधर भटकती रही। इतना प्यार करनेवाला पति और सास-ससुर किस्मत वालों को ही मिलते हैं। महीना भर रहकर राजन चला गया। अम्मा-पापा भी आते रहते थे।

तीन चार महीने बाद अचानक मुझे लगा कि मेरे दाहिने पैर की उँगलियाँ सुन्न पड़ने लगी हैं। धीरे-धीरे पूरा पंजा ही सुन्न पड़ता चला गया। घबराई-सी मैं डॉक्टर के पास गई, तो उन्होंने कुष्ठ रोग की शुरुआत बताई। दवाइयाँ दीं। मेरे तो होश ही उड़ गए थे, अनु। समाज सेवा करते-करते जाने कब और कैसे इस रोग के कीटाणु मेरे शरीर में प्रविष्ट कर गए थे। कई दिनों तक किसी को

कुछ नहीं बताया। फिर एक दिन चुपचाप अपना सामान समेटकर मायके आ गई। कभी लौटकर वापस न जाने के लिए। राजन की मम्मी ने कई बार लौट आने के लिए मुझे फोन किया। हार कर मम्मी-डैडी स्वयं ही मुझे लेने आए, तो अम्मा को सारी सच्चाई बतानी पड़ी। लाख इस रोग का इलाज संभव हो अनु, पर जान-बूझकर कोई मक्खी नहीं निगलता। मम्मी-डैडी वापस चले गए। पंद्रह दिन के अंदर राजन की तरफ से तलाक का नोटिस आ गया और मैंने बिना किसी शिकायत के उन पर दस्तखत कर दिए। मेरे कायर, निर्वीर्य पति ने एक बार मुझसे मिलना भी आवश्यक नहीं समझा। अम्मा-पापा इलाज के लिए मुझे कहाँ-कहाँ नहीं ले गए। पापा की सारी जमापूँजी समाप्त हो रही थी और मेरा मर्ज बढ़ता जा रहा था। हाथ-पैर की उँगलियाँ भी गलने लगी थीं। पलकें झड़ गई थीं। चेहरा भयानक हो रहा था। अम्मा खूब मेरी सेवा करतीं। इस उम्र में उन्हें इतना सब करते देख मैं रो पड़ती।

मिशनरी अस्पताल में मेरी बेटी ने जन्म लिया। दूध-सी उजली, ओस में नहाई परी-सी बेटी को देखकर मैं अपने सभी दुख-दर्द भूल गई।

मिशनरी अस्पताल की हेड डॉ. मार्था को मुझसे न जाने कैसा मोह हो गया था। वे रोज मुझसे मिलने आतीं। उस दिन शाम को वे ही मेरे पास थीं। अम्मा-पापा कुछ सामान लेने मार्केट गए थे। सहसा फोन की घंटी घनघनाई। पता चला उनकी कार का एक्सीडेंट हो गया है। वहीं पर दोनों की जीवन लीला समाप्त हो गई। मेरा भविष्य अँधेरा था। उसी क्षण मैंने निर्णय ले लिया था अनु कि डॉ. मार्था को अपनी बिटिया सौंप दूँगी। उसके लिए उनकी गोद से सुरक्षित दुनिया की कोई जगह ना थी। हमारे यहाँ इच्छामृत्यु पाप है, अन्यथा मैं समाज और कानून से वही माँगती।"

कुछ देर के लिए नंदिनी चुप रही और पुनः कहने लगी, "तबसे मैं यहीं रह रही हूँ, अनु। अकेली, बिलकुल अकेली। एक लंबा अरसा बीत गया। कभी-कभी मन करता है अपनी बिटिया से मिलने का, लेकिन मैं नहीं चाहती कि कोई उसे मेरी संतान के रूप में पहचाने। क्या कहकर परिचय दूँगी अपना?" वह एक करुण हँसी हँस पड़ी, "अरे, बड़ी देर हो गई। अब तू जा, मेरी डॉक्टर आती होगी। और हाँ, तुलसी का पौधा मँगाकर रखा है तेरे लिए। मेरी निशानी समझकर लेती जा। सामने मेज पर कागज-पेन है। अपना पता लिख देना, अनु। तेरा घर-

परिवार देखने का मन करता है, कभी आऊँगी।"

आगे बढ़कर तुलसी का नन्हा गमला उठा लिया मैंने। काँपते हाथों से राइटिंग पैड पर अपना पता लिखा और बिना नंदिनी को छुए, बिना गले मिले, रूँधे गले और भरी हुई आँखों के साथ बाहर निकल आई। बाहर पूर्ववत सन्नाटा था।

घर लौटकर देखा कि पाखी कॉलेज से आ गई थी, "अम्मा, देखो किसे ले आई मैं।" वह कमरे से हाथ पकड़कर रोजी को ले आई। लगा बरसों पहले की नंदिनी ही सामने खड़ी है। गले लगाकर मैंने उसे जोर से भींच लिया। घंटों से रुकी हुई रुलाई फूट-सी पड़ी। रोजी सकपका गई थी। सामान्य होकर बच्चों के लिए खाना लगाते हुए मैंने देखा, अपनी भोली आँखों से रोजी मुझे देख रही थी, "आंटी, आप मेरी मम्मी को जानती हैं?"

"मुझे मौसी कहना बेटी। नंदिनी और मैं कभी बेहद पक्की सहेलियाँ थीं। दुनिया की भीड़ में हमारा साथ कब छूट गया, पता ही नहीं चला।"

"क्या मेरी माँ का नाम नंदिनी था?" रोजी ने पूछा, "वे कहाँ हैं मौसी? मैं उनसे मिलना चाहती हूँ। पूछना चाहती हूँ कि उन्होंने मुझे अपने से अलग क्यों किया? डा. मार्था भी बचपन में ही मुझे छोड़ गई थीं। आप मेरे पापा को भी जानती हैं, मौसी?"

"बेटा मैं तुम्हें सब बताऊँगी। देखो, अभी मौसी मिली है। पापा-मम्मी भी मिल जाएँगे।" मैंने प्यार से उसके सिर पर हाथ फेरा।

दो दिन बाद ही रविवार था। मैं सिस्टर से परमिशन लेकर रोजी को अपने घर ले आई। रविवार को मैं रोजी के साथ नंदिनी के घर पहुँची, तो वहाँ एक मोटा, पुराना-सा ताला लटक रहा था। सुबह-सुबह की चहल-पहल थी। मेरी कार रुकी, तो आवाज सुनकर पड़ोस के एक बुजुर्ग सज्जन बाहर निकल आए।

"कौन हैं आप? किसे ढूँढ़ रही हैं?"

"मुझे नंदिनी सक्सेना से मिलना है।"

वे शायद ऊँचा सुनते थे, "किससे मिलना है?"

"नंदिनी सक्सेना से।" मैंने चीखकर कहा।

"नंदिनी... ओह, बड़ी भली लड़की थी बेचारी। बुरी-सी बीमारी हो गई थी। मैंने तो उसे गोद में खिलाया है।"

"लेकिन नंदिनी है कहाँ?" मैंने पुनः ऊँचे स्वर में पूछा, तो एक बुजुर्ग

महिला भीतर से निकल आईं। वे संभवत: उनकी पत्नी थीं। "क्षमा करें, मेरे पति कुछ ऊँचा सुनते हैं। आप नंदिनी को पूछ रही थीं ना। उसने तो कई बरस पहले अपने ही घर में फाँसी लगा ली थी। तबसे ही यह घर बंद पड़ा है।"

मैं सिर से पाँव तक सिहर उठी थी। काँपते शरीर के साथ मैंने दीवार का सहारा लिया।

"एक गिलास पानी मिलेगा!" सूखते कंठ से मैंने कहा, तो वह ठंडा पानी ले आईं।

"तुम भीतर आओ बेटी।" वे ममतामयी महिला हाथ पकड़कर मुझे भीतर ले गईं। रोजी भी साथ थी। वह बताने लगीं, "ब्याह के आठ बरस बाद भी जब भाभी जी की गोद नहीं भरी तब उन्होंने एक गोल-मटोल गुड़िया गोद ली। बड़े दुलार से वे उसकी परवरिश कर रहे थे। नंदिनी का ब्याह भी बड़ी धूमधाम से हुआ था। वह बेहद सुखी थी। फिर पता नहीं किसकी नजर लग गई। उनका परिवार तबाह होता चला गया। नंदिनी को कुष्ट रोग हो गया था। पति ने तलाक दे दिया। पति की छोड़ी हुई गर्भवती लड़की, क्या भविष्य था उसका? पहले तो भाभी जी बात छुपाए रहीं। नंदिनी ने घर से बाहर निकलना बंद कर दिया। लेकिन प्रसव के समय पर रात में अस्पताल जाते समय मैंने नंदिनी को देख लिया था। मैं काँप गई थी। उसका वीभत्स चेहरा देखकर और दुर्गंध का भभका महसूस कर मैं काफी कुछ समझ गई थी। मैंने घर में किसी को कुछ नहीं बताया। नियत समय पर नंदिनी ने बेटी को जन्म दिया। वे वृद्ध दम्पति कुछ दिन बाद बेटी और नातिन को लेकर घर लौट आए। एक दिन दोनों मार्केट गए और रोड एक्सीडेंट में उनकी मृत्यु हो गई। नंदिनी तक खबर पहुँची, तो बेचारी रो भी न पाई। पुलिस, कचहरी, पोस्टमार्टम और नंदिनी की बीमारी सब मिलकर एक तमाशा बनता, इससे पहले नंदिनी ने जाने कब और कैसे बाथरूम में जाकर फाँसी लगा ली। तबसे ही यह अभिशप्त घर बंद पड़ा है। तीन-तीन मौतों पर रोने वाला कोई नहीं। उनके मरणोपरांत कोई पूजा, हवन, शांति पाठ नहीं हुआ। हम लोगों ने ही इसमें ताला डाल दिया है।"

"किराये पर भी नहीं दिया यह घर?" मैंने काँपते कंठ से पूछा।

"कौन लेता इसे किराये पर? तीन-तीन अकाल मौतें हुई हैं यहाँ। आज भी लोग भूत-प्रेत में विश्वास करते हैं।" सोलंकी आंटी ने कहा, तो मैं स्तब्ध रह गई।

विश्वास? कुछ दिन पूर्व मैं जिससे मिली थी वह कौन थी? कौन थी वह? अगर किसी को बताती, तो क्या कोई विश्वास करता?

रोजी के साथ मैं वापस लौट आई। अब मुझे राजन की तलाश में जुटना था। अधिक कठिनाई नहीं हुई राजन भारद्वाज का पता-ठिकाना ढूँढ़ने में। एक निश्चित साल और निश्चित कैडर के आई.ए.एस. अफसर का पता और फोन नंबर सरलता से मिल गया मुझे। संयोग ही था कि राजन की पोस्टिंग भी उन दिनों लखनऊ में ही थी। फोन पर उसने तुरंत ही मुझे अपने घर आने का न्योता दे दिया। नियत समय पर मैं उसके घर पहुँची। शाम के समय राजन और उसकी पत्नी लॉन में बैठे थे। मुझे देखकर अभ्यर्थना के लिए उठकर आगे बढ़ आए। राजन को देखकर मैं कुछ-कुछ निशब्द भी हो गई थी। इतने बरसों में पद, प्रतिष्ठा, धन-वैभव और उम्र ने उसे आपादमस्तक बदल दिया था। चश्मा लगाए, साँवली, लंबी-सी उसकी पत्नी अपनी मोहक मुस्कान लिए चुप ही रही। राजन उत्साहित था। मेरे स्वागत में बिछा जा रहा था। उसका घर बेहद सुरुचिपूर्ण एवं परिष्कृत था। वह बेहद गर्व से अपनी बड़ी बेटी की उपलब्धियाँ मुझे बता रहा था। सात बरस का बेटा पार्क से लौटकर उसकी गोद में दुबक गया। पितृत्व राजन के मुख से छलका पड़ रहा था। दीवारों पर लगी हुई तस्वीरों में मैं अपनी नंदिनी की तस्वीर ढूँढ़ रही थी। लेकिन नंदिनी अब शायद राजन की यादों में भी नहीं थी। जी में आया कि पूछूँ, 'क्या तुम्हें नंदिनी की याद है राजन? तुम्हारी एक बिटिया और भी है। वह भी तुम्हारे स्नेह की उतनी ही हकदार है जितने तुम्हारे ये बच्चे।' किंतु मैं कुछ भी न कह सकी। सहसा उस माहौल में मेरा दम घुटने लगा।

"अब चलूँ राजन? उनके साथ फिर आऊँगी।" विदा लेकर भारी मन से मैं लौट आई। मैं चाह रही थी कि एक बार राजन से अनुरोध करूँ कि मृत पत्नी की आत्मा की शांति के लिए उसके घर में हवन कराना आवश्यक है। पति होने के नाते उसका यह नैतिक दायित्व भी बनता है। किंतु राजन से यह आशा करना व्यर्थ था।

अंततः पति से अनुरोध कर मैंने ही इस कार्य की जिम्मेदारी ली। पंडितों से बात कर तिथि निश्चित की। नंदिनी का फोटो एलबम से निकालकर फ्रेम कराया। सुहागिन थी। माथे पर बिंदिया और सिंदूर सजाया। सोलंकी आंटी से घर की चाबी ली। अकेले अंदर जाने में मुझे भय लगा। दो-तीन लोगों को साथ लेकर ताला

खोलकर मैं अंदर गई। कामवाली से घर साफ कराया। सामने वही व्हील चेयर थी, जिस पर बैठी नंदिनी ने पिछले हफ्ते मुझसे बातें की थीं। आज मुझे तनिक भी भय नहीं लगा। उस घर का पूजास्थल मैंने स्वयं साफ किया। दिया, धूप जलाया और शंख फूँक दिया।

पूरे रीति-रिवाज और विधि-विधान के साथ पंडितों ने पूजा की। पूजा के उपरांत मैंने ईश्वर को प्रणाम किया। नंदिनी को हाथ जोड़े। रोजी भी मेरे साथ थी। उसने भी माँ की तस्वीर के आगे हाथ जोड़े, सिर झुकाया। पंडितों को दक्षिणा देकर मैंने विदा किया। नंदिनी की तस्वीर को देखा, तो लगा कि उसके चेहरे पर एक अद्‌भुत शांति थी।

शाम ढल चुकी थी। सोलंकी आंटी को घर की चाभी देकर मैंने चलते-चलते यही कहा, "आंटी डरने की आवश्यकता नहीं है। नंदिनी मेरी सखी नहीं, बहन थी। मुझे जो काम कई बरस पहलेकरना चाहिए था वह आज हो पाया है। लेकिन आपसे अनुरोध है कि इस घर का अब और अनादर मत होने दीजिएगा। वे लोग बेहद सीधे, सच्चे, सरल थे। उनका घर अभिशप्त नहीं होना चाहिए। आपको पूरा हक है कि इस घर का सामान किसी भी जरूरतमंद को दान कर दीजिए। लेकिन मैं आपसे यह उम्मीद भी करूँगी कि इस घर में अंधकार ना रहे, दीया-बत्ती जलती रहे। घर स्वच्छ रहे।" मैं उन्हें प्रणाम करके चली आई। कुछ दिनों के बाद मेरे पास सोलंकी आंटी का फोन आया, "बेटी, यहाँ पर एक लड़की संगीत विद्यालय चलाना चाहती है। तुम कहो, तो मैं उसे यह घर दिखा दूँ।"

"आंटी, घर आपका है। देख-रेख आप ही कर रही हैं। उसे बिना शुल्क, बिना शर्त यह घर दे दीजिए। उस घर में ईश वंदना होगी, सरस्वती के सुर सजेंगे, तो वह घर पवित्र हो जाएगा।" मेरी आँखों से लगातार आँसू बह रहे थे।

कभी-कभी लगता है कि नंदिनी कितने बरसों से इस लोक और परलोक के बीच भटक रही थी। संभवत: अब उसे शांति मिली होगी। लेकिन उसने कहा था- 'मैं तेरा घर, तेरा परिवार देखना चाहती हूँ अनु। तुझसे मिलने कभी आऊँगी।'

ओफ! मैं काँप जाती हूँ। क्या वह आएगी? ईश्वर करे वह न आए। कभी न आए। उसे मुक्ति दो प्रभु, उसे मुक्ति दो। मेरी बगिया में तुलसी का पौधा लहलहा रहा है। नंदिनी की स्मृति महक रही है। उसके सम्मुख दिया रखकर मैं बार-बार उसकी मुक्ति की कामना करती हूँ। मैंने अपना कर्म किया प्रभु, फल तुम देना।

बंदिनी

डॉ. कंचन का फोन आया था, "आज हमारे कारावास में कान्हा ने जन्म लिया है, सुमि।" उस समय मैं अपने घर में जन्माष्टमी की झाँकी सजा रही थी।

डॉ. कंचन इस शहर में मेरी प्रिय सखियों में से एक थी। जिला जेल की यह डॉक्टर अनायास ही मेरे संपर्क में आ गई थी। उस दिन पोस्ट ऑफिस से लौटते समय सचिवालय के सामने कुछ प्रदर्शनकारियों ने उपद्रव कर दिया था। पुलिस लाठीचार्ज करने लगी। सड़क के किनारे हैरान, परेशान-सी मैं बस की प्रतीक्षा कर रही थी कि अनायास ही एक भद्र महिला ने अपनी कार ठीक मेरे बगल में रोक दी, "कहाँ जाना है आपको? आइए, मैं छोड़ देती हूँ। यह बवाल तो अभी दो घंटे तक थमने वाला नहीं है।" उसने बैठे-बैठे ही अपनी कार का दरवाजा मेरे लिए खोल दिया। मैं कुछ झिझक रही थी।

"क्या हुआ, डर रही हैं क्या?" वह हँस पड़ी, "घबराइए मत, मैं यहीं जिला जेल में डॉक्टर हूँ, डॉ.कंचन। सरकारी नौकरी वाली हूँ। धोखा नहीं दूँगी आपको।"

उस महिला की स्निग्ध हँसी देखकर मेरी सारी हिचक, सारा डर जाता रहा और मैं आराम से उसकी कार में जाकर बैठ गई।

"पता नहीं क्यों, आपको देखकर मुझे लगा कि मैं आपको पहले से जानती हूँ। हालाँकि ऐसा नहीं है, लेकिन कुछ चेहरे बेहद परिचित लगते हैं। इतने लोगों की भीड़ में आपसे बात करने का, आपकी मदद करने का मन चाहा, तो कुछ बुरा तो नहीं किया मैंने।" वह पुनः हँसी, तो मेरा रहा-सहा संकोच भी जाता रहा। पास ही में घर था मेरा। अपने घर का पता बताकर मैं आराम से बातें कर रही थी डॉ. कंचन से।

सही कह रही थी वह। थोड़ी ही देर में ऐसा लगा कि कि हम दोनों जाने कबसे एक-दूसरे को जानते हैं। प्रदर्शनकारियों का वह बवाल तो हम दोनों को मिलाने का एक बहाना मात्र था।

धीरे-धीरे हम लोगों का यह परिचय अटूट मित्रता की डोर से बँध गया। डॉ. कंचन के पति नहीं थे। कम उम्र की इस डॉक्टर ने नियति के इस विधान को बेहद धैर्य के साथ स्वीकार कर लिया था। बड़ों की सहमति से हुए उसके ब्याह में पति भले-चंगे, सुदर्शन और अच्छी नौकरी वाले थे, किंतु उनके तन के भीतर का रोग कोई ना देख सका था। उनके दिल का एक वॉल्व कुछ गड़बड़ था। इलाज बराबर चल रहा था। धोखे से ब्याह हुआ था कंचन का। यह बात पति और ससुराल वाले दोनों ही छिपा ले गए। कंचन जब तक कुछ समझ पाती तब तक ब्याह के कुछ महीने बाद ही नई ब्याहता पत्नी, माँ-बाप, परिवार को छोड़कर उसके पति चल बसे। सास ने सोचा था कि ब्याह कर देने से पत्नी के भाग्य से शायद उनके बेटे की आयु बढ़ जाए या शायद बहू की कोख में खानदान का वंशबीज ही पनप जाए, किंतु इन दोनों ही आशाओं को कंचन पूरा नहीं कर सकी। सो पढ़ी-लिखी डॉ. कंचन ससुराल से खोटे सिक्के की तरह फेर दी गई। कंचन ने दोबारा ब्याह नहीं किया। अपने जीवन से वह असंतुष्ट भी न थी।

"सुमि, हर तरह के लोग मिलते हैं इस पेशे में। मेरा प्रयास यही रहता है कि मैं इन बंदिनियों के शारीरिक ही नहीं, मानसिक कष्ट भी दूर कर सकूँ। अचानक किसी आवेश में किए गए पाप का प्रतिफल तो ये लोग पल-पल भुगत ही रही हैं। इनका मानसिक कष्ट तो रात-दिन ईश्वर भजन से भी दूर नहीं हो पाता।" कंचन अक्सर कहती।

आज तो जेल में सुंदर झाँकी सजी होगी, मैं सोच रही थी कि रात में देखने जाऊँगी। इसी बीच डॉ. कंचन का फोन आ गया। जिस समय जेल के द्वार पर मैं पहुँची, तो संभवतः सिपहियों को मेरे आने की सूचना पहले ही मिल चुकी थी। कार का नंबर पहचानकर उन दोनों वर्दीधारियों ने लोहे का मोटा द्वार मेरे लिए खोल दिया। अंदर जाते हुए मैं उस बंदीगृह का वातावरण देख रही थी। जेल में आने का मेरा यह प्रथम अनुभव था। थोड़ी ही दूर पर डॉ. कंचन दिख गई और मैं कार को किनारे रुकवाकर उतर गई।

"सुमि, झाँकी देखने का मन है या आज ही अवतरित हुए कान्हा को

देखोगी ?" कंचन अपनी चिरपरिचित हँसी के साथ बोली, "बेहद प्यारा बच्चा है। इसे तो राजमहल में जन्म लेना चाहिए था, लेकिन इसके भाग्य में कालकोठरी बदा था।"

सच में कंचन ने मेरे मन की बात जान ली थी। उसी ने मुझे बताया कि बच्चे की माँ हत्या की सजा भुगत रही है। झाँकी देखने का विचार तो मन से कब का निकल चुका था। उसकी जगह मेरा जिज्ञासु मन लगातार इस बंदीगृह की बंदिनियों के विषय में सोच रहा था। मैं सोच रही थी कि क्या कोमल-हृदया नारी भी समय पड़ने पर हत्या जैसा जघन्य अपराध कर सकती है ? चोरी, डकैती, ठगी तो एक तरफ, हत्या करते समय भी क्या उसका मन नहीं काँपता ?

"झाँकी तो फिर कभी देख लूँगी कंचन, अभी तो देवकी से मिलवा दो।"

"देवकी!" कंचन चौंकी।

"क्यों, कान्हा की माँ का नाम देवकी ही तो था।" मैं बोली तो जेल के सन्नाटेदार वातावरण में हम दोनों की सम्मिलित हँसी गूँज उठी।

कंचन मुझे जेल के तथाकथित सौरीगृह में ले गई। मोटी दीवारों से घिरा जेल का वह कमरा बेहद शांत था कि सहसा नन्हें बच्चे का रुदन गूँज उठा- "उहाँ... उहाँ...।"

मैंने देखा कि करवट लेकर वह बंदिनी बच्चे को चिपकाकर दूध पिलाने लगी। उस बंदिनी के इर्द गिर्द दो-तीन महिला कैदी और भी खड़ी थीं। हमें देखकर वे किनारे सरक गईं। वे भावहीन, रूखे चेहरे जीवन की व्यथा झेलकर इतने निरर्थक हो गए थे अथवा जेल की चहारदीवारी के भीतर उनका रस सूख गया था, पता नहीं। किंतु उन रस माधुर्य रहित चेहरों पर भी उस समय क्षण भर को आई मातृत्व की मीठी हिलोर मैंने देख ली थी।

"इसका प्रसव समय पूर्व हो गया। अचानक और बिना किसी कॉम्प्लिकेशन के।" कंचन ने बताया, "मैं तो बस फॉरमैलिटी के लिए आ गई थी।"

"अमिता, देखो तुमसे मिलने कौन आया है।" कंचन ने पुकारा। जैसे ही वह बंदिनी मेरी तरफ घूमी तो मैं भीतर तक काठ हो गई- "अमिता, अमिता, तुम्हें इतने बरस बाद देखूँगी और वह भी इस रूप में, मैंने सोचा भी ना था।"

मन में जैसे आँधियाँ चल रही थीं। हमारी आँखें मिलीं और आँसुओं की गंगा-जमुना से धुलकर दो जोड़ी आँखें मानो एकरस हो गईं। हमारे पास बोलने

को शब्द ना थे। हम एक-दूसरे से लिपटकर नि:शब्द रो रहे थे कि सहसा अमिता बेहोश हो गई। कंचन ने अहिस्ता से हमें अलग किया और अमिता का चेकअप करने लगी।

"अभी प्रसव के बाद की कमजोरी है थोड़ी, सिस्टर, इनका ध्यान रखना।" कहते हुए कंचन मेरा हाथ पकड़कर बाहर आ गई।

"तुझे कुछ कंफ्यूजन तो नहीं हुआ है, सुमि। एनी वे, इस लेडी ने अभी-अभी हिंदी साहित्य में डाक्टरेट की उपाधि ली है। कोई अनपढ़-गँवार होती, तो शायद मैं तुम्हें यहाँ लाती भी नहीं। लेकिन अमिता जैसी सौम्य महिला को इस स्थिति में देखना मुझे भी अच्छा नहीं लगा। इस हादसे के बाद से यह बिलकुल चुप-सी हो गई है।" कंचन बता रही थी और मेरी सिसकियाँ थम ही नहीं रही थीं। कंचन मुझे अपने कमरे में ले आई।

पानी पीकर मैं थोड़ी संतुलित हुई, "नहीं कंचन, कोई कंफ्यूजन नहीं हुआ है मुझे। कभी मैं और अमिता एक ही थे। घर, बाहर, स्कूल एक-एक पल हमारे साझे का था। इस चेहरे को मैं कैसे भूल सकती हूँ।" मैंने भर्राए कंठ से कहा, "मुझे नहीं पता कि अमिता आज इस काल-कोठरी में कैसे आ पहुँची, लेकिन उसका अतीत उतना ही अल्हड़, मासूम और बचकाना है जितना किसी आम लड़की का हुआ करता है।"

कंचन मेरी असमान्यता देखकर स्तब्ध थी। वह संवेदनशील महिला थी। मेरे आँसू देखकर उसकी आँखें भी नम थीं।

"अच्छा किया सुमि, जो तुम यहाँ आईं, अमिता से मिलीं। उसके मन की गुत्थी जो कोई न खुलवा सका, उसे खुलवाने के लिए शायद विधाता ने तुम्हें यहाँ भेजा है। फाँसी की सजा हुई थी इसे। अपने रिसर्च गाइड की पत्नी का मर्डर किया है इसने। सजा कम्यूट कर दी गई इसकी फुल टाइम प्रेगनेंसी देखकर। बचाव पक्ष का वकील भी क्या करता जब इसने अपना अपराध स्वयं ही स्वीकार कर लिया।"

सहसा मैं चौंकी, "लेकिन अमिता का तो पढ़ने-लिखने में जरा भी मन नहीं लगता था। उसकी पढ़ाई तो 12वीं के बाद रोक दी गई थी। उसका ब्याह तय हो गया था।" कहते-कहते मैं रुक-सी गई, "कई बरस बीत गए कंचन, वे स्कूल के दिन, घर-आँगन के खेल और गर्मी की छुट्टियाँ। कुछ भी तो नहीं भूलता।

उस अल्हड़ उम्र में भी अमिता हिंदी साहित्य की बेहद दीवानी थी। शिवानी, बच्चन, गुलजार, शरतचंद्र ये सभी उसके प्रिय लेखक थे। 'गुनाहों का देवता' उसने कितनी ही बार पढ़ी। इम्तहानों के भय के कारण जब हम कोर्स रट रहे होते, उस समय अमिता किसी उपन्यास में डूबी होती। हिंदी उसका प्रिय विषय हुआ करता था। बाकी विषयों में पता नहीं कैसे पास होती थी। दिवास्वप्नों में खोई रहने वाली, फिल्मों और उपन्यासों के नायकों को असल जिंदगी में ढूँढ़ने वाली, ऐसी थी अमिता। स्वयं को कभी शिवानी की अहल्या समझती तो कभी चंदर की सुधा। देवानंद, राजेश खन्ना, धर्मेंद्र उसके प्रिय नायक थे। स्कूल के वार्षिकोत्सव पर हमने एक नाटक खेला था 'तेरा मेरा प्यार अमर'। उस नाटक की हीरो मैं थी और नायिका थी अमिता। नाटक का एक दृश्य था, जिसमें नायक नायिका को आलिंगन में लेकर उसका माथा चूमता है। रिहर्सल के समय वह कुछ-न-कुछ गड़बड़ कर देती और कहती, "लेट अस रिपीट।"

मैं तंग आ गई थी उसकी इस हरकत से। लेकिन अमिता कहती, "आई लव दिस सीन। कितना रोमांटिक होता है न यह सब। हमारे घरों में तो किसी लड़के का आना भी पाप समझा जाता है। सोचा नाटक के रिहर्सल तक तो तुझसे ही काम चला लूँ।" वह दुष्टता से हँसती।

उसके घर में वाकई कड़ा अनुशासन था। माँ किसी स्कूल की प्रिंसिपल थीं। पिता कई बरस पहले स्वर्ग सिधार चुके थे। उसकी माँ के कठोर अनुशासन की धाक थी। हम लोग तो स्कूल की छुट्टी के बाद स्वतंत्र हो जाते थे किंतु अमिता तो दोबारा घर की जेल में बंद हो जाती थी। वह तो उसकी माँ को मुझ पर भरोसा था और मेरे घर आ जाने पर उसे अपने घर पर बिना बताए पिक्चर देखने की स्वतंत्रता मिल जाती थी। अमिता स्वच्छंद उड़ना चाहती थी। माँ के घर से दूर खुली हवा में साँस लेना चाहती थी।

हमारे नाटक की रिहर्सल कई दिनों तक चली। उस समय वार्षिकोत्सव के लिए फोटोग्राफर का इंतजाम करना था। हमारे कॉलेज से कुछ ही दूर पर माधव स्टूडियो था। हम लोग बोर्ड परीक्षाओं की फोटो वहीं पर खिंचवाने जाते थे। अमिता ने फोटोग्राफर का जिम्मा स्वयं लिया था। हमारा नाटक बेहद सफल रहा। मुझे और अमिता को उच्च कोटि के अभिनय के लिए पुरस्कार भी मिला। दूसरे ही दिन तस्वीरें भी आ गईं। अमिता हर तस्वीर में सुंदर और मोहक लग रही थी।

फिर उस दिन के बाद से अमिता अक्सर पोस्टकार्ड साइज की नई-नई तस्वीरें खिंचवाती। हर बार फैशनेबल नई और फैंसी ड्रेस में। उसके घर में फैशन करने पर पाबंदी थी। मैंने एक बार मजाक में पूछा था, "ये नई-नई पोशाकें पहनकर कहाँ जाती हो, अमिता? वैसे तो सीधी-सादी रहती हो।"

"मैं केवल फैशनेबल ड्रेसेस पहनने का अपना शौक पूरा करती हूँ, सुमि। यह उम्र लौटकर आने वाली नहीं। इन्हें पहनकर मैं बस फोटो खिंचवाती हूँ।" तब उसने तस्वीरें लिफाफे में डालते हुए कहा था।

"अच्छा, कौन खींचता है ये तस्वीरें?"

"यही माधव स्टूडियो वाला राकेश।" वह शैतानी से कहती, "मेरे जैसी फिगर और चेहरा है किसी के पास!"

"अमिता, तू ब्याह कर ले, वर्ना पागल हो जाएगी।" मेरे इतना कहने पर वह ढीठता से बोली, "मैं तो राकेश से ही ब्याह कर लेती सुमि, पर वह शादीशुदा है।"

कॉलेज के फेयरवेल के दिन वह बेहद सुंदर लग रही थी। पूरा दिन हल्ला-गुल्ला करते ही बीता। कार्यक्रम बीत जाने पर अपने ब्याह की सूचना देकर अमिता ने मुझे हैरान कर दिया। लेकिन वह उदास थी, "पैसा तो बहुत है वहाँ सुमि, लेकिन जितना पैसा उतनी बड़ी तोंद। मुझे उस मोटे, बदसूरत लड़के से ब्याह नहीं करना। मुझे तो राजेश खन्ना या धर्मेंद्र जैसा पति चाहिए।" वह शून्य में ताकते हुए बोली थी। इसी तरह सुख-दुख बाँटते, हँसते-खेलते, लिखते-पढ़ते 12वीं की परीक्षाएँ निपट गईं।

फिर एक दिन घर आकर अमिता अपने ब्याह का कार्ड दे गई। पापा का ट्रांसफर ऑर्डर आ गया था। हम लोग पैकिंग में व्यस्त थे कि एक दिन शाम के धुँधलके में अमिता की गाड़ी हमारे दरवाजे पर आकर रुकी। मैं भागी-भागी गेट खोलने गई तो देखा कि गाड़ी में सिर्फ ड्राइवर था, "बेबी आज सुबह आपके घर आई थीं क्या? यहीं छोड़ गया था मैं तो। वापस नहीं लौटीं। घर पर मैडम जी परेशान हैं।"

"मेरे घर तो अमिता आई ही नहीं। मैं चकरा गई थी। कई जगह फोन किया। अमिता नहीं मिली। सहसा मस्तिष्क में बिजली-सी कौंधी। कहीं राकेश के साथ भाग तो नहीं गई अमिता? मैं काँप गई। वही हुआ, जिसका भय था। अमिता की प्रिंसिपल माँ ने अपने विश्वस्त सूत्रों से बिना किसी को कानों-कान खबर किए

चटपट सब पता कर लिया। इसके बाद की कहानी केवल यंत्रणा की ही कहानी थी। भयंकर अनुशासन की डोर छुड़ाकर अमिता जिस व्यक्ति के साथ भागी थी वह कायर था। अमिता, नासमझ किशोरी, उसे ही अपने जीवन का अंतिम लक्ष्य समझ बैठी थी। कितने ही दिवास्वप्न दिखाता हुआ दो बच्चों का पिता राकेश, उसे भोगकर चंद घंटे के भीतर ही उसी के घर के दरवाजे पर आधी रात को छोड़कर चला गया। पैसे और रुतबे के जोर पर बात वहीं दब गई।

हम लोग शहर छोड़ने वाले थे। जाने से पहले मैं अमिता से मिलने गई थी। सदा चहकने वाली अमिता बेहद उदास और चुप थी। चलने लगी, तो उसकी आँखें भर आईं। उसके ब्याह में आने का झूठा वादा करके मैंने उससे विदा ली। समय के साथ अमिता की स्मृति धुँधली पड़ती गई। मैंने सोचा भी न था कंचन कि अमिता को इस रूप में देखूँगी।"

मैं अमिता की कहानी कहते-कहते थक गई थी।

अगले दिन कंचन ने मेरे और अमिता के मिलने का इंतजाम अपने कमरे में किया था। वह बेहद समझदारी से हमें अकेला छोड़कर इंस्पेक्शन पर निकल गई। कमरे में एक सन्नाटा पसरा था। वैसे तो डॉ. कंचन ने अमिता के विषय मे काफी-कुछ बताया था किंतु अमिता के जीवन के इस अस्वाभाविक मोड़ की कहानी मैं उसी के मुँह से सुनना चाहती थी। उसने बताया कि ब्याह के लिए देखे गए उसके सारे स्वप्न पहली ही रात में ध्वस्त हो गए जब नशे में धुत पति ने डगमगाते हुए कमरे में प्रवेश किया। प्रथम रात्रि का प्रणय उपहार पहनाते-पहनाते ही वह लुढ़ककर सो गए। किशोरी अमिता भय से सहमी सारी रात किनारे बैठी रही। प्रथम रात्रि की मोहक कल्पनाएँ धराशाई हो चुकी थीं। स्वप्न टूटते हैं किंतु ऐसे, यह तो अमिता ने सोचा भी न था।

सुबह-सुबह तैयार होकर वह बाहर आई, तो पति काम पर जा चुके थे। बड़ी ननद रसोई में व्यस्त थीं कि सहसा उसे वही परिचित चेहरा दिखा जो ब्याह से पूर्व उसे पसंद कर गया था।

"अम्मा, मैं कॉलेज जा रहा हूँ। टिफिन तैयार है मेरा?" कहते हुए उस युवक ने अमिता को प्रणाम किया, "मामी, मैं विकास, भांजा लगता हूँ आपका।" अमिता सकुचा गई। उसी का हमउम्र भांजा।

इतने में बड़ी ननद रसोई से बाहर आ गईं, "बहू, भैया को तो रात-दिन काम

ही दिखे है। तुम्हें कुछ खरीदना, मँगाना हो या कहीं आना-जाना हो, तो विकास से ही कहना। हम दोनों तो अब इसी घर के प्राणी हैं।" वे हँसीं। उनकी निष्पाप हँसी देखकर अमिता का सारा डर जाता रहा।

लेकिन अमिता ऊबने लगी थी। पति से, घर से, एकरसता से। वह स्वयं जितनी रसप्रिया थी, पति उतने ही नीरस। उन्हें अपने बही खातों में ही दुनिया जहान का साहित्य दिखाई देता और सुरा-सुंदरी में जीवन का रस। अमिता अपनी परीकथाओं के नायकों को खोजते-खोजते पगला जाती।

एक दिन साहस करके उसने घर में आगे पढ़ने की इच्छा व्यक्त की। थोड़ी ना-नुकर के बाद उसे विकास के साथ कॉलेज जाने की अनुमति मिल गई। मानो बंद पिंजरे की चिड़िया को एक खुला आकाश मिल गया था। विकास, अमिता का बेहद आदर करता था। दोनों ने हिंदी में साथ ही एम.ए. पूरा किया। दोनों ही कुशाग्र बुद्धि थे सो डॉ. चंद्रा के निर्देशन में शोध कार्य आरंभ किया। अमिता इतने बरसों में पति की आदतें नहीं सुधार सकी थी। पति के भटकते कदमों की आहट उसने सुन ली थी, किंतु वह पति को बाँधती भी तो किस डोर से? ब्याह के इतने बरस बीत जाने पर भी उसकी कोख सूनी थी। उसकी ममतामयी बड़ी ननद गोलोकवासिनी हो चुकी थीं। ऐसे में अमिता घर में अकेली बैठी पागल ही हो जाती।

पीएचडी करते-करते अमिता कब और कैसे डॉ. चंद्रा की तरफ आकर्षित हो गई, पता ही ना चला। उसे लगता कि वह पात्र जो अब तक उसे किताबों में मिला करता था, आज सजीव होकर डॉ. चंद्रा के रूप में उसके सम्मुख है। उनके मुख से झरते काव्य, सूक्तियाँ, आलेख सभी अमिता के लिए ग्रंथों के समान पूज्य थे। वे बोलते, तो अमिता एक भक्त के समान उनके वचनामृत ग्रहण करती। किसी एकांत क्षण में कभी डॉ.चंद्रा ने उससे कहा होगा कि पत्नी अब उनके लिए पहले जैसी नहीं रह गई है। घर-गृहस्थी ने उसके जीवन का सारा माधुर्य सोख लिया है। नून, तेल, लकड़ी में उलझी पत्नी उनकी मानसिक क्षुधा शांत नहीं कर सकती। वे अमिता से एक प्लेटोनिक लव की आशा रखते हैं। मूर्खा, अमिता इन मीठी बातों को सुनकर सातवें आसमान पर तैरने लगी।

उस दिन डॉ. चंद्रा के घर पर पार्टी थी। अमिता, उसके पति, विकास और अन्य सभी बहुमंजिला इमारत की छत पर पार्टी का आनंद उठा रहे थे। अमिता

पर उस दिन शायद कोई उन्माद सवार था। किसी भी सूरत में डॉ. चंद्रा को पाना ही है और उनकी पत्नी के जीवित रहते ऐसा संभव न था। मीठी बातों से बहला-फुसलाकर वह मिसेज चंद्रा को छत की मुंडेर तक ले आई थी। एक ही धक्के में मिसेज चंद्रा नीचे जा गिरीं। मगरमच्छी आँसू बहाती अमिता जैसे ही पलटी, पीछे विकास खड़ा था। सिर से पाँव तक काँप गई थी वह। जिन आँखों में सदैव उसके लिए आदर था, वहाँ आज घृणा का सागर लहरा रहा था।

शायद अमिता बच भी जाती, अगर विकास गवाही न देता। जिस डॉ. चंद्रा को वह देवपुरुष समझ रही थी, पत्नी की मृत्यु पर बिलखता वह व्यक्ति उसे बेहद तुच्छ और साधारण लगा। पुलिस आई, मुकदमा चला और उसी दौरान अमिता को अपने गर्भवती होने का पता चला। पति ने यह कहकर उसे अपनाने से इनकार कर दिया कि ऐसी चरित्रहीन औरत के गर्भ में पल रहा बच्चा उनका नहीं हो सकता। अमिता चुप, एकदम चुप होती चली गई। फिर कुछ दिन बाद डॉ. कंचन ने बताया कि अचानक ही अमिता को ब्रेन ट्यूमर डायग्नोस हुआ है। उसे सिरदर्द और चक्कर आने की समस्या तो थी ही। यह उसी का ही परिणाम था। ऑपरेशन होना था।

ओ.टी. में जाने से पूर्व अमिता शायद मुझसे कुछ कहना चाहती थी। डॉ.कंचन ने हमें एकांत में थोड़ा समय दिया।

"मुझे कुछ हो जाए तो मेरे बेटे का ध्यान रखना, सुमि। ईश्वर करे वह मेरे जैसा न हो। उसे एक संतुलित मस्तिष्क मिले और वह एक सामान्य जीवन जिए।" कहकर अमिता एकदम चुप हो गई।

मुझे लगा एकाएक वह कितनी परिपक्व हो गई थी। उसकी पलकों की कोर से दो बूँद आँसू टपक पड़े। मैंने उसे गले लगाकर जोर से भींच लिया। उसके सिर के सारे बाल हटा दिए गए थे। लेकिन फिर भी वह कितनी सुंदर लग रही थी। क्या यह बुझने वाले दीये की अंतिम लौ थी ? उसका समय शायद इस संसार में पूरा हो चुका था। ऑपरेशन के दौरान ही उसकी नब्ज डूबने लगी थी। लाख प्रयासों के बाद भी अमिता नहीं बची। उस बंदिनी ने शरीर का ही पिंजरा छोड़ दिया था।

मैं अमिता के बेटे को गोद लेना चाह रही थी कि डॉ. कंचन ने अपनी बाहें पसारकर उस दुधमुँहे को अपने आँचल में समेट लिया। बोली, "तेरा आँचल तो पहले से ही भरा हुआ है। इस बच्चे को अपना लेने से शायद मेरे जीवन का

खालीपन भर जाएगा।"

और इस तरह कान्हा, अपनी जन्म की परिभाषा को सार्थक करता हुआ अपनी यशोदा मैय्या के आँचल की छत्रछाया में पलने चला गया।

दिद्दा

दिद्दा को हम सब करीब-करीब भूल ही चुके थे, अगर उस दिन वे 'प्रेमाश्रम' के बाहर श्वेत वस्त्रों में तापसी जैसी न दिखी होतीं और मैंने उन्हें पहचानकर उनका हाथ न पकड़ लिया होता। उन्हें देखते ही मेरे स्मृति कक्ष के कितने ही गवाक्ष खुल गए थे, किंतु दिद्दा निर्विकार थीं। रिक्शे के पैसे चुकाकर वे अंदर जाने को मुड़ी ही थीं कि मैंने उन्हें झकझोर दिया, "दिद्दा, मैं तुम्हारी उर्मि, तुम्हारी छोटी, कितना ढूँढ़ा तुम्हें दिद्दा, कहाँ चली गई थीं? तुम्हारे बच्चे भी बड़े हो गए हैं दिद्दा।" मैंने उनकी दुखती रग पर हाथ रखा, तो दिद्दा के पथरीले मुख पर कुछ पिघलता-सा लगा। लेकिन शायद यह मेरा भ्रम था। निहायत रूखे, सपाट स्वर में वे बोलीं, "देखिए, आपको गलतफहमी हुई है। मेरा नाम सिस्टर स्टेला है। प्लीज मेरा समय नष्ट मत कीजिए।" निराश होकर मैंने उनका हाथ छोड़ दिया, किंतु उनकी सामान से भरी टोकरी में अपना विजिटिंग कार्ड चुपके से डाल आई।

क्यों नहीं पहचाना मुझे दिद्दा ने? इसका उत्तर मेरे अवचेतन में कहीं दस्तक दे रहा था, किंतु शायद मैं उसे स्वीकार ही नहीं करना चाह रही थी। कैसा प्रतिशोध लिया था दिद्दा ने? उनका प्रतिशोध क्या केवल अम्मा से था, जीजा से था या स्वयं अपने आपसे? मैं छोटी थी, तो समझ न सकी थी, लेकिन आज लगता है कि दिद्दा ने अपनी नियति से ही यह प्रतिशोध लिया था। वे ना अम्मा को क्षमा कर पाईं, ना जीजा को, किंतु जीवन की ज्वाला में स्वयं ही भस्म हो गईं।

दिद्दा की कहानी कहाँ से आरंभ करूँ? हम पाँच बहनों में दिद्दा का जीवन ही कहानी कैसे बन गया और वह कहानी भी आज सजीव कैसे हो गई, मैं स्वयं नहीं समझ पा रही हूँ। भावुक मन की दिद्दा ने अम्मा को कभी क्षमा नहीं किया।

अपने खोटे भाग्य के लिए उन्होंने सदैव अम्मा को दोषी ठहराया। क्या अम्मा सच में दोषी थीं अथवा दिद्दा के काले भविष्य के लिए वे मात्र एक माध्यम बनीं, जिसे विधाता ने स्वयं रचा था।

यह कहानी आरंभ होती है गोरखपुर की उस विराट हवेली से, जहाँ अम्मा ब्याह कर आई थीं। बीस कमरों की वह पुरानी हवेली, बड़ा-सा दालान, आँगन, दीवानखाना, जनाना, मर्दाना सभी कुछ किसी प्राचीन युग की याद दिलाता। पूरब वाला बरामदा, पश्चिम वाला बरामदा, इस तरह के नामों की कल्पना आज फ्लैट संस्कृति में रहने वाले बच्चे कर ही नहीं सकते। अम्मा की डोली उस हवेली में हाथी पर चढ़कर आई थी। दादी बताती थीं कि सात पीढ़ी पहले हमारे पुरखे काकोरी से गोरखपुर आए थे और अपने साथ 11 नावों में सोना भरकर लाए थे। उस धन को आड़े वक्त के लिए हवेली की दीवारों में गाड़ दिया गया। न जाने कहाँ से नागों का एक जोड़ा स्वयं ही आकर उसकी सुरक्षा करने लगा। वहाँ पर एक दिया बराबर साँझ-सवेरे जलता। वक्त जरूरत करछुल से नाप कर गिन्नियाँ निकाली जातीं, वे भी जब नाग देवता सिर हिलाकर स्वीकृति दे देते तब। घर के मर्द रोजी-रोटी के लिए अपनी हैसियत के अनुसार रोजगार करते थे। जब तक अम्मा का ब्याह हुआ, परिवार बँट चुका था। बाबूजी की साधारण-सी सरकारी नौकरी थी। कम पढ़ी लिखी अम्मा को बेटे की बेहद लालसा थी। बेटे की आस में पाँच-पाँच बेटियाँ हो गईं, किंतु कुलदीपक को न आना था, न ही आया।

हवेली का संचित धन धीरे-धीरे समाप्त हो रहा था, क्योंकि कमाई का साधन नगण्य था और तीज-त्यौहार, शादी-ब्याह, मुंडन-छेदन बड़े धूमधाम से मनाए जा रहे थे। कहते हैं नई पीढ़ी ने गड़े धन के स्थान पर दिया-बाती करना बंद कर दिया, तो धीरे-धीरे सारा सोना मिट्टी हो गया। किंतु फिर भी दादी ने अंत में विधि-विधान से पूजा-पाठ करा कर तथा खुदाई करा कर, ढूँढ़-ढाँढ़कर करीब 50 अशर्फियाँ बाबूजी के हाथ में धर दी थीं। बड़ी हवेली का नाम सारे शहर में प्रसिद्ध था और बड़ी जीजी का रूप भी। माँगकर ब्याह हुआ उनका एक प्रतिष्ठित डॉक्टर परिवार में। जीजा जी भी डॉक्टर थे। लक्ष्मी की असीम कृपा थी उनके परिवार पर। बेहद धूम-धाम से ब्याह हुआ और उसी ब्याह में एक और रिश्ता भी जुड़ गया। जीजा जी के छोटे भाई ने दूसरे नंबर की जीजी को पसंद कर लिया। दो ही माह के अंतर पर बाबूजी की दो बेटियाँ एक ही घर में ब्याह दी गईं। बेहद

सुखी और संपन्न। बिरादरी वालों के कलेजे पर साँप लोट गया।

किंतु जैसे ईश्वर पाँच उँगलियाँ बराबर नहीं बनाता। उसी प्रकार एक माँ की सभी संतानों का भाग्य भी एक-सा नहीं रहता। तीसरे नंबर की गुड्डन जीजी के ब्याह के लिए बाबूजी चिंतित थे। दादी की अशर्फियाँ भी अब समाप्त हो रही थीं। समय बदल रहा था। लड़केवाले लड़की देखने आते, चाय- नाश्ता करते, खर्चा-पानी होता, किंतु पलटकर कोई जवाब नहीं आता। गुड्डन जीजी के लिए बाबू जी को जैसे वर की तलाश थी, वैसे दूल्हे स्मार्ट और कॉन्वेंट शिक्षित कन्या चाहते और बाबूजी की बेटियाँ राजकीय कन्या विद्यालयों की पढ़ी थीं। हारकर बाबूजी ने समझौता किया। धनी जमींदार परिवार के वकील बेटे से गुड्डन जीजी ब्याही गईं। जीजा और दीदी के बीच 10 बरस का अंतर था। ब्याह के समय गुड्डन जीजी की उम्र 26 बरस रही होगी, जो उस जमाने के हिसाब से अधिक ही थी। थोड़ा-बहुत जो संचित धन था, वह गुड्डन जीजी के ब्याह में लग गया, किंतु फिर भी इस शादी में वह धूमधाम न हो सकी जो बड़ी जीजियों के ब्याह में हुई थी।

दिद्दा और गुड्डन जीजी के बीच पूरे पाँच बरस का फासला था। दिद्दा शुरू से ही औसत से अधिक बाढ़ की थीं। वह किसी भी मापदंड से अपूर्व सुंदरी नहीं थीं। औसत से अधिक लंबाई और लंबाई के अनुपात से ही नपातुला भरपूर स्वास्थ्य था उनका। तभी तो गुड्डन जीजी से काफी छोटी होने पर भी रसिक जीजा उन्हें समवयसिनी साली समझ उनका हाथ पकड़ बैठे थे।

जहाँ बाकी जीजियाँ दुबली-पतली, गोरी, कमनीय, सुकुमार और सुंदर थीं, वहीं दिद्दा लंबी, साँवली किंतु बला की आकर्षक थीं। उनकी लंबाई के कारण ही मैं उन्हें इंदु जीजी न कहकर दिद्दा ही बुलाती थी। वैसे उनका नाम इंद्राणी था। दिद्दा से अम्मा हमेशा से ही चिढ़ी रहती थीं और अम्मा की चिढ़ उनके नजरिये से वाजिब भी थी। जिस पुत्र के लिए अम्मा हमेशा तरसती रहती थीं, ऐसा ना था कि उसने अम्मा की कोख से जन्म नहीं लिया था। तीन पुत्रियों के बाद जब अम्मा के पैर पुन: भारी हुए, तो दादी ने कितने ही टोटके कर डाले थे। नियत समय पर अम्मा के जुड़वाँ बच्चे हुए। एक बेटी और एक बेटा। बेटे को पान-फूल की तरह सहेजे जाने पर भी एक माह बाद वह चल बसा और जन्म से ही उपेक्षिता दिद्दा बच गईं। उन्हें न दादी दुलारतीं, न माँ पुचकारती। वे दोनों शायद दिद्दा को ही

अपने खोए हुए वंशज की हत्यारिन समझती थीं। बड़ी जीजियों ने उनके पोतड़े धोए। बोतल से दूध पिलाया। दिद्दा के कुछ बड़े होने तक जीजियाँ ब्याह दी गईं और दिद्दा बेहया की बेल सरीखी बढ़ती गईं।

वैसे तो उस बड़ी हवेली में बाद में मेरा भी जन्म हुआ, लेकिन मैं भाग्यशालिनी थी कि पैदा होते ही बाबूजी का बरसों से रुका हुआ प्रमोशन महीने भर के भीतर हो गया। रुका हुआ थोड़ा-बहुत एरियर भी मिल गया। बड़ी हवेली पर कब्जे के लिए पट्टीदारों ने जो मुकदमा काफी पहले से कर रखा था, उसका फैसला हमारे पक्ष में हो गया।

अम्मा के लिए मैं लक्ष्मी थी, किंतु दिद्दा के लिए वे वैसी ही रूखी व निर्विकार बनी रहतीं। तर-ऊपर की होने के कारण मैं दिद्दा से सहेली-सा रिश्ता रखती थी। दिद्दा, अम्मा के रूखेपन का कारण जानते हुए भी अनजान बनी रहती थीं। वे अम्मा की एक स्नेह दृष्टि के लिए, एक ममत्व भरे स्पर्श के लिए तरसती रहतीं। वे भरसक अम्मा को प्रसन्न करने का प्रयास करतीं। इसी क्रम में उन्होंने धीरे-धीरे अम्मा की पूरी गृहस्थी का भार अपने कोमल कंधों पर ले लिया। केवल इसलिए कि शायद अम्मा कुछ पिघल जाएँ। अम्मा को तो न पिघलना था, ना ही वह पिघलीं। हाँ, हमारे परिवार में एक हादसा अवश्य हो गया। तीसरे नंबर की गुड्डन जीजी के ब्याह को तीनेक बरस ही बीते होंगे। एक नन्हा-सा बाल गोपाल उनकी गोद में खेलने लगा था कि एक दिन खबर आई कि गुड्डन जीजी छत की सीढ़ियों से फिसल गईं। खबर मिलते ही हम लोग तुरंत उनके ससुराल जौनपुर पहुँच गए। अस्पताल में भर्ती गुड्डन जीजी के अंतिम शब्द यही थे, "अम्मा, मेरा बेटा..." नन्हें बच्चे का हाथ अम्मा को सौंपकर गुड्डन जीजी चल बसीं।

गुड्डन जीजी की मौत मात्र एक हादसा नहीं थी। दरअसल जीजा जी के परिवार वालों ने हमारी हवेली का नाम काफी सुन रखा था, इसीलिए जब उनके बिगड़ैल पुत्र के लिए गुड्डन जीजी का रिश्ता लेकर बाबूजी पहुँचे, तो उन लोगों ने एक बार में ही हाँ कर दी थी, बिना जीजी को देखे हुए। छोटे जीजा में सारे अवगुण कूट-कूटकर भरे हुए थे, जिसकी भनक तक बाबूजी को ना लग पाई। उनके घरवालों और स्वयं उन्हें जैसे दान-दहेज की अपेक्षा थी, हम लोगों की तरफ से वह पूरा न हो सका था। अम्मा हर वार-त्यौहार पर सामर्थ्य के अनुसार नेग-न्यौछावर भेजती रहती थीं, किंतु गुड्डन जीजी की सास का मुँह फूला ही

रहता। जीजा जी जब-तब हमारे घर अकेले ही आ धमकते। एक जोड़ी कपड़ों में ही कई दिन बिता देते। हमारे निरामिष घर में, जहाँ शराब की एक बूँद तक न चखी जाती थी, वहीं छोटे जीजा के लिए अम्मा अलग से मांस-मछली बनातीं। महरी के बेटे को भेजकर महँगी शराब मँगवातीं। बाबूजी को यह सब पसंद न आता, किंतु वह विवश थे। छोटे जीजा शुरू से ही दिद्दा पर फिदा रहते थे। दिद्दा का भरा-पूरा शरीर उन्हें आकर्षित करता था या फिर गजगामिनी-सी चाल, किंतु दिद्दा उनसे दूर-दूर ही रहतीं।

जिस दिन गुड्डन जीजी के सीढ़ियों से गिरने का पता चला था, अम्मा सिर पकड़कर बैठ गई थीं। दिद्दा ने ही उन्हें सँभाला था। डेढ़ बरस के सोनू को लेकर हम सब गोरखपुर लौट आए, क्योंकि चार ही दिनों में बिन माँ के उस बच्चे की दुर्गति समझ में आ गई थी। दिद्दा ने अपने कच्चे कंधों पर सोनू की जिम्मेदारी उठा ली। सोनू भी उनसे बेहद हिला था। दिद्दा को पढ़ाई से बेहद लगाव था, किंतु घर-गृहस्थी और नन्हें सोनू में वे ऐसा रम गईं कि बी.ए. में फेल हो गईं।

अम्मा को दिद्दा के रहते घर-गृहस्थी से कोई मतलब न था। दिद्दा के साँवले रंग-रूप के कारण वे पहले ही चिंतित रहती थीं, तिस पर गुड्डन जीजी के ब्याह के प्रयास में बाबूजी ने जो धक्के खाए थे, उन्हें अम्मा भूली नहीं थीं। गुड्डन जीजी तो सामान्य से अधिक रूपवती थीं, किंतु दिद्दा का दबा रंग विवाह मार्किट में दिद्दा की कीमत गिरा सकता था, ऐसा अम्मा को पता था। हवेली का संचित धन भी लगभग समाप्त हो चला था और अम्मा के सिर पर अभी दो बेटियों के ब्याह का बोझ था। ऐसे में जब गुड्डन जीजी की ससुराल से दिद्दा के लिए रिश्ता आया, तो अम्मा ने तुरंत ही निर्णय ले लिया। बाबूजी थोड़ा हिचके जरूर, किंतु अम्मा ने कमर कस ली थी। बाबूजी से बस वे इतना ही बोलीं, "रिटायर हो गए हो, कुछ तो अक्ल से काम लो। पास में कौड़ी नहीं है, कहाँ से ब्याहोगे दो-दो बेटियाँ?"

मैं सोचती थी शायद दिद्दा विद्रोह करेंगी, किंतु दिद्दा ने अम्मा की जिद की वेदी पर स्वयं को शहीद कर दिया। वह दुहाजू और स्वयं से 15 बरस बड़े जीजा के साथ ब्याह दी गईं। इस बार की शादी तो और भी फीकी थी। गुड्डन जीजी के न रहने के बाद से ही सदमे के कारण बाबूजी को फालिज मार गया था। उनके इलाज में काफी पैसा लग गया। विदा होते समय दिद्दा मुझे गले

लगाकर खूब रोईं थीं। कहा, "छोटी, मेरी किस्मत में पढ़ना न था सो अधूरी रह गई मेरी पढ़ाई, लेकिन तू खूब पढ़ना। ब्याह उतना जरूरी नहीं है जितना अपने पैरों पर खड़े होना।"

दिद्दा सोचती थीं कि उनके इस बलिदान से अम्मा के मन का कोई कोना शायद उनके लिए पिघल जाए। किंतु अम्मा ने तो अपने दिल में दिद्दा की तरफ से पत्थर भर रखे थे। जहाँ गुड्डन जीजी के समय में अम्मा ने कोई भी त्यौहार खाली नहीं जाने दिया, वहीं दिद्दा के ब्याह के बाद वे सन्नाटा खींच गईं। अम्मा का तर्क था कि वही-वही रस्म कहाँ तक हर बार निभाई जाए। जितना उन्हें करना था गुड्डन जीजी के समय में कर दिया। परिणाम वही हुआ कि ससुराल वाले अम्मा से तो कुछ नहीं कह पाए, किंतु कम उम्र की बेजुबान दिद्दा का कलेजा पराए घर में ताने सुनकर छलनी होता रहा। जहाँ दोनों बड़ी जीजियाँ मायके आकर तंगहाली में भी ससम्मान विदा होतीं, वहीं दिद्दा बिना बुलावे के मायके आतीं और खाली हाथ ससुराल जातीं। उनके शरम, अपमान और आँसुओं की एकमात्र साक्षी मैं थी। छोटे जीजा के लिए वे मात्र एक भोग्या ही रहीं। इसी कशमकश में दिद्दा ने एक पुत्री को भी जन्म दिया।

जब तक दिद्दा की सास जीवित रहीं, उन्होंने दिद्दा को बड़ी हवेली का ताना सुना-सुनाकर अधमरा कर दिया। पैसे के लालची छोटे जीजा ने माँ के मरते ही बुरी संगत में पैसे उड़ाने शुरू कर दिए। वकालत तो उनकी बस नाम की ही थी और कमाई शून्य। छोटे भाई की विधवा से धोखा करके छोटे जीजा ने मकान के कागजों पर दस्तखत ले लिए और उसे बच्चों समेत घर से बेघर कर दिया। जायदाद की हवस, ऐशो-आराम की हवस, शराब की हवस और धन-दौलत की हवस, ये सभी आदतें जीजा को ले डूबीं और उनका पुश्तैनी मकान भी इन्हीं सब हरकतों के कारण बिक ही गया, तो दिद्दा, जीजा और दोनों बच्चे अंततः निराश्रित होकर हमारी बड़ी हवेली में ही आश्रय ढूँढ़ने चले आए। अम्मा खूब बड़बड़ाईं। उन्हें न तो अपनी जाई बेटी से कोई मोह था, ना ही छोटे दामाद से कोई लगाव। हाँ, बच्चों की खातिर वह बेटी-दामाद को बर्दाश्त कर ले गईं। बीमार बाबूजी को बातों के छल्ले बना-बनाकर जीजा मूरख बनाते रहे।

दिद्दा को अब पुनः पढ़ने की ललक जाग उठी। वह अपने बच्चों का भविष्य अंधकारमय नहीं करना चाहती थीं। इसका एकमात्र रास्ता उन्हें यही

दिखाई पड़ा कि वह स्वयं पढ़-लिखकर अपने पैरों पर खड़ी हों। शायद कॉलेज जाना ही दिद्दा की मुक्ति का एकमात्र रास्ता था। अम्मा की क्रूर दृष्टि से छुटकारा पाने का, बूढ़े होते पति के लिजलिजे स्पर्श, उनकी ओछी हरकतों से छुटकारा पाने का और शायद बच्चों के चक्रव्यूह से भी मुक्ति पाने का। सच, दिद्दा की उम्र अभी इन सब पचड़ों में पड़ने की तो ना थी। वे खुली हवा में साँस लेना चाहती थीं। उनकी नाममात्र की फीस का इंतजाम बाबूजी ने कर दिया, क्योंकि वह भी दिद्दा की दुर्गति देख रहे थे। साथ ही वे स्वयं को भी कहीं-न-कहीं दोषी मान रहे थे। वह अपने किए का पश्चाताप करना चाहते थे।

दिद्दा का संपूर्ण व्यक्तित्व ही कलात्मक था। उनके पहनने-ओढ़ने का ढंग अम्मा और जीजा को भले ही वैरागन-सा लगता हो, किंतु अपने कॉलेज में वे 'बसंत जी की कविता' कही जाती थीं। बसंत जी कॉलेज के सीनियर प्रोफेसर थे। कवि गोष्ठियों में उनकी कविताएँ सुनकर रमणियाँ, किशोरियाँ मुग्ध हो जातीं। किंतु वे मुग्ध थे दिद्दा पर। बसंत जी का संग मिला, तो दिद्दा भी तुकबंदी करतीं, गुनगुनातीं और आत्ममुग्ध होतीं।

वह बारिश का एक खुशनुमा बदली वाला दिन था, जिस दिन दिद्दा के कॉलेज में सांस्कृतिक समारोह था। दिद्दा ने काले चौड़े पाड़ की श्वेत साड़ी पहनी थी। घने लंबे बालों का एलोकशी शिथिल जूड़ा और माथे पर थी कुमकुम की बड़ी-सी बिंदिया। उस कार्यक्रम में बसंत जी की सारी कविताएँ ही मानो दिद्दा को समर्पित थीं। बसंत जी और दिद्दा का परस्पर आकर्षण किसी से छिपा न रह सका। जीवन में प्राप्त प्रथम प्रणय में दिद्दा आकंठ डूब चुकी थीं। वह अपना घर-बार, बच्चे, पति सब भूल गई थीं। ठीक ही तो था, उस बड़ी हवेली ने उन्हें दिया ही क्या था। इसीलिए एक माह के एजुकेशनल टूर पर दिद्दा सभी के मना करने के बाद भी चली गईं, क्योंकि उसमें बसंत जी भी जा रहे थे। वापस लौटकर दिद्दा कितनी बदल गई थीं।

एक रात अचानक ही किसी से बिना कुछ कहे-सुने दिद्दा घर से भाग गईं। अम्मा के बचे-खुचे गहने और साड़ियाँ घर से गायब थीं। शरम से हम किसी को मुँह नहीं दिखा सकते थे। कॉलेज जाने पर पता चला कि बसंत जी लंबी छुट्टी पर चले गए हैं। कुल मिलाकर निष्कर्ष यह निकला कि दिद्दा और बसंत जी भाग ही गए थे।

इधर छोटे जीजा ने मोतियाबिंद से अंधे बाबूजी को पट्टी पढ़ाकर बड़ी हवेली के कागज अपने नाम करा ली थी। जब-तब वे हमें धमकी दिया करते थे कि जब भी चाहे वह हमें अपने ही घर से बेदखल कर सकते हैं।

एक दिन अचानक जब घर के पश्चिम वाली दीवार की खुदाई आरंभ हुई, तो अम्मा छोटे जीजा पर बिफर पड़ीं, "जँवाई जी, ऐसो पाप न करो। इहाँ हमरी कुलदेवी के नाम का दिया जलत बा। उकरा मंदिर मिट्टी न करौ।"

किंतु जीजा कहाँ मानने वाले थे। मजदूरों के साथ फावड़ा लेकर स्वयं पिल पड़े। उन्हें किसी ने बता दिया था कि इस दीवार में अशर्फियाँ दबी हैं। अशर्फियाँ तो न मिलीं, किंतु दीवार खोदते हुए अनायास जीजा का फावड़ा खून से तरबतर लाल हो गया। दहशत के मारे सभी मजदूर भाग खड़े हुए। बहुत तलाशने पर भी ऐसा कोई जीव नहीं मिला, जो कि घायल या मरा हुआ हो। जीजा जी डर के मारे हकलाने लगे। घंटेभर के भीतर ही उनके सारे शरीर पर साँप जैसी चित्तियाँ उभर आईं। जबान चिर गई और वह बार-बार अपनी जबान लपलपाने लगे। अम्मा का कहना था कि कुलदेवी ने उन्हें शाप दिया है। बाबूजी को भय के कारण दिल का दौरा पड़ गया और वह चल बसे।

इस हादसे ने अम्मा को तोड़कर रख दिया। छोटे जीजा को हवेली के एक कमरे में डालकर, एक पुराने मजदूर को उनकी देखभाल का जिम्मा सौंपकर वह अपनी थोड़ी-बहुत जमा पूँजी लेकर मेरे साथ दूसरे शहर चली आईं। साथ में थे दोनों छोटे बच्चे। रिश्तेदारों की मदद से हम लोगों ने एक छोटा-सा फ्लैट खरीद लिया। मेरी पढ़ाई पूरी हो चुकी थी। स्थानीय डिग्री कॉलेज में मुझे प्रवक्ता की नौकरी मिल गई थी। ब्याह के नाम से ही मेरा मन विरक्त हो चुका था। सामने ध्येय था गुड्डन जीजी और दिद्दा के बच्चों का भविष्य सँवारना। जब तक अम्मा जीवित थीं, उनसे बड़ा सहारा था। उनकी मृत्यु के बाद थोड़ी कठिनाई अवश्य आई, किंतु तब तक बच्चों के भविष्य को एक दृष्टि मिल चुकी थी। गुड्डन जीजी का बेटा एम.बी.बी.एस. करने देहरादून चला गया और दिद्दा की बेटी फैशन डिजाइनिंग का कोर्स करने दिल्ली। कालांतर में बेटा एक प्रसिद्ध सर्जन बना तथा बेटी अच्छे घर ब्याही गई।

किंतु अभी दिद्दा की कहानी समाप्त नहीं हुई। उस दिन दिद्दा से मिलकर मन बेहद उदास और बेचैन था कि शाम पाँच बजे मेरे घर की घंटी बजी। द्वार

खोला तो सिस्टर स्टेला खड़ी थीं।

"तो दिद्दा तुम आ ही गईं ना अपनी छोटी के पास।" कहते हुए मेरी आँखें भर आईं और मैं दिद्दा से लिपट गई।

"हाँ छोटी, मैं सोच रही थी कि मैंने माया-मोह के बंधन तोड़ दिए हैं, लेकिन ऐसा कहाँ होता है पगली। तुझे देखते ही पुराने घावों का दर्द फिर उभर आया।"

दिद्दा ने कमरे में जाकर तापसी चोला उतारा, तो उनके सफेद बालों को देखकर मैं रो पड़ी। कितनी बूढ़ी लग रही थीं दिद्दा।

"अब तुम्हें कहीं नहीं जाने दूँगी दिद्दा, तुम यहीं रहोगी मेरे पास।" कहते हुए मैंने दिद्दा का हाथ कसकर पकड़ लिया।

"नहीं छोटी, मैं जिस रास्ते पर चल पड़ी हूँ, वहाँ से इस मायावी संसार में लौटना संभव नहीं।"

"दिद्दा, तुम कहाँ चली गई थीं?" छटपटाकर मैंने एक बार फिर अपना प्रश्न दोहराया।

"तब सुन छोटी, नहीं कहूँगी तो मेरा मन शांत न होगा। उस रात मैं बसंत जी के साथ ही भागी थी। जब तक पैसे, गहने रहे, बसंत जी का प्यार मुझ पर बरसता रहा। पैसे, गहने समाप्त होते ही उनके तेवर बदल गए। एक महीना बीतते न बीतते मैं समझ गई कि कुंए से निकलकर खाई में आ गिरी हूँ। बसंत जी तो मेरे तन, मन और धन का भरपूर उपयोग कर अचानक ही मुझे छोड़कर चले गए। ठीक ही तो था। मैं तो मृगतृष्णा के पीछे भाग रही थी। उनका अपना घर-संसार था, सीता-सावित्री-सी ब्याहता पत्नी थी, बच्चे थे, लगी-बँधी नौकरी थी। उन्हें जाना तो था ही। मुझे इस धोखे से धक्का तो लगा, लेकिन सँभल गई। लौटकर बड़ी हवेली गई, तो पता चला बाबूजी नहीं रहे। तुम लोग भी नहीं मिले। एक कमरे में उनको देखा, तो भय से सफेद पड़ गई। मुझे देखते ही वे बाहें फैलाकर अजीब ढंग से चिल्लाने लगे। उनकी आँखों में वासना की वहशी चमक देखकर मैं बेहद घबरा गई थी। एक बार फिर मैं वहाँ से भाग निकली। कॉलेज में मेरी एक ईसाई सहेली ने एक बार प्रेमाश्रम का पता बताया था। कहा था कि वहाँ पर समाज से, अपनों से ठुकराए हुए लोगों को सहारा मिलता है। बस, सीधे प्रेमाश्रम ही पहुँच गई। गई थी वहाँ सहारा पाने, लेकिन वहाँ जाकर पता चला कि दुनिया में मुझसे भी अधिक दुखी और असहाय लोग हैं। वहाँ की तापसी नन ने मेरी कहानी

सुनकर मुझे शरण दी और दीन-दुखियों की सेवा का मर्म समझाया। मेरे जीवन को एक लक्ष्य मिल गया, छोटी। लेकिन एक बात जरूर कहूँगी कि अगर बचपन से ही मुझे प्यार-दुलार व मान मिलता, तो शायद मेरी नियति ऐसी न होती। आज मैं भी अपनी जगर-मगर गृहस्थी में सुखी-संतुष्ट होती। छोटी, तुझे पता नहीं कि घायल रिश्ते कितनी टीस देते हैं। टूटे हुए रिश्तों की पीड़ा मैंने सही है, छोटी। कुछ नहीं कहूँगी अम्मा को, लेकिन उन्हें क्षमा भी न कर पाऊँगी।"

"दिद्दा, तुम्हारा बेटा मशहूर सर्जन है। शहर में नाम है उसका। दामाद भी बेहद लायक है। बच्चों की गृहस्थी देखने का मन नहीं करता क्या?" मैंने कहा तो दिद्दा का चेहरा दमक उठा। ममता की एक हिलोर उनके चेहरे पर छा गई, किंतु पुनः वह संयमित हो गईं।

"कैसे बेटा-बेटी और कैसे बहू-दामाद, छोटी? वे तो तेरी तपस्या का फल हैं। तेरी ही तो संतानें हैं वे। उन्हें कभी बताना भी नहीं कि उन्हें जन्म देने वाली जीवित है।"

"दिद्दा, क्या एक बार देखोगी भी नहीं, मिलोगी भी नहीं?"

मुझे लगा की दिद्दा के मन में कुछ बदल-सा रहा है। कुछ पल बीत गए। दिद्दा ने दुविधा के उन पलों को बीत ही जाने दिया और फिर वे उठ खड़ी हुईं।

"छोटी, अब फिर मुझसे कभी मिलने की कोशिश मत करना। जल्द ही मैं दूसरे किसी अनजाने शहर में चली जाऊँगी। मुझे कभी ढूँढ़ना भी मत। मेरी-तेरी ये अंतिम मुलाकात है।"

उनकी आँखें सजल थीं। अंतिम बार उन्होंने मुझे गले से चिपकाया, तो मुझे बचपन याद आ गया, जब इसी दिद्दा की पीठ पर चढ़कर मैं कूदा करती थी। मैं बिलख पड़ी, "मत जाओ दिद्दा।"

"नहीं छोटी, मुझे जाना ही है।" उन्होंने सिर पर अपना तापसी चोला एक कफन की तरह लपेट लिया और सधे कदमों से सीढ़ियाँ उतर गईं। एक बार भी पीछे मुड़कर नहीं देखा। मैं दूर तक उन्हें जाते हुए देखती रही। वह मेरी अपनी सगी बहन थीं, जिसे समय ने अपने क्रूर हाथों से खींचकर बेहद दूर पटक दिया था। शायद दिद्दा को अब कभी न देख पाऊँगी।

दिद्दा आज भी दीन-दुखियों के एक आश्रम में तपस्विनी-सी कार्यरत हैं। वह जीवनभर प्यार-दुलार स्नेह और मान के लिए तरसती रहीं, जो उन्हें कभी भी,

कहीं से भी नहीं मिला। लेकिन फिर भी मेरी स्नेहशीला दिद्दा प्यार और स्नेह बाँट रही हैं। कहती हैं कि इस जन्म में कुछ ऐसा करूँ कि अगला जन्म सुधर जाए। अगर ईश्वर है, तो आइए, आप और हम सब मिलकर प्रार्थना करें कि दिद्दा की यह कामना अवश्य पूरी हो।

आमीन!

छलिया

सुदूर पहाड़ों पर बसे उस आश्रम में अगर मैं अपने परिवार के साथ जाकर एक रात न रुकती, तो शायद मैं उस व्यक्ति को कभी न देख पाती, जिसे बरसों पहले आखिरी बार देखा था। जिस व्यक्ति के साथ इतना मन से जुड़ी थी मैं, वह मेरे लिए उसी क्षण मर गया था जब वह मेरी प्रिय सखी को छलकर चला गया था। रजनी का स्तब्ध, सफेद चेहरा और काँपते हुए अधर आज भी मेरी आँखों के सामने सजीव हैं। मैं भाँप भी नहीं सकी थी कि निखिल दा रजनी का इतना बड़ा सर्वनाश करके चले गए हैं, यदि चाची ने सिर पीट-पीटकर रजनी को नहीं कोसा होता। गर्भवती रजनी ने चार माह तक अपने साथ हुए इस छल की किसी को हवा भी नहीं लगने दी थी और न ही उसकी दुबली काया देखकर किसी को इस हादसे का आभास तक हो पाया था। जिस दिन चाची को पता चला तब तक बहुत देर हो चुकी थी। ना तो रजनी अबॉर्शन के लिए तैयार थी और ना ही डॉक्टर परमिट कर रहे थे। सीधी सरल चाची ऐसे में सिवाय रोने के कुछ नहीं कर सकती थीं।

वे हमारी किशोरावस्था के दिन थे। मैं, रजनी और सुधा, तिकड़ी थी हमारी। सुधा हॉस्टल में रहती थी। उसके पापा सीतापुर में सी.एम.ओ. थे। बी.ए. करने सीतापुर से लखनऊ आई थी। सुधा के लोकल गार्जियन थे उसके मौसी, मौसा जी। मुझे और रजनी को अपने मिडिल क्लास परिवार के आगे सुधा का परिवार एक छलावा, एक स्वप्ननगरी लगता। उसके मौसा जी स्वयं एक ब्यूरोक्रेट थे। शहर में नाम और रुतबा था उनका। सुधा अक्सर छुट्टियों में वहाँ जाया करती थी। वह तो हमें भी साथ चलने को कहती, लेकिन अपनी सहमी हुई मिडिल क्लास मानसिकता के कारण मुझे और रजनी को वहाँ जाने में संकोच-सा लगता। कभी सूट ढंग का नहीं होता, तो कभी चप्पलों में दो-चार टाँके लगे रहते। कॉलेज,

सड़क तक तो ये सब चल जाता था, लेकिन सुधा के मौसा जी के बंगले पर जाने में एक संकोच लगता। मैं तो चार बहनों में चौथे नंबर पर थी। बाबूजी की सामान्य-सी आय थी, जिसमें से खाने और पढ़ाई में ही काफी कुछ निकल जाता था सो फैशन की गुंजाइश ही नहीं बचती थी। माँ हाय-हाय करके दिन-रात लड़कियों के ब्याह की चिंता में घुलती रहती थीं। दूसरी तरफ रजनी अपनी विधवा माँ की अकेली बेटी थी, जिसकी आय का एकमात्र साधन स्वर्गीय पति की मामूली-सी पेंशन और सिलाई-बुनाई था। पता नहीं सुधा की मित्रता के दायरे में हम कहाँ से आ गए थे।

उस दिन शनिवार था। मैं, रजनी और सुधा कॉलेज से निकले ही थे कि एक सफेद फिएट सामने रुकी। "अरे, निखिल दा!" सुधा चहक पड़ी। कार के अंदर जो युवक बैठा था उसे देखकर मेरी और रजनी की साँसें रुक-सी गईं। नीली शर्ट और जींस में गॉगल्स लगाए उस सुदर्शन युवक को हम दोनों मूर्खा-सी देखती रहीं।

हमारे अपने घरों में किसी भी पुरुष का प्रवेश निषेध था। शुरू से गर्ल्स कॉलेज में पढ़े थे इसलिए लड़कों से कोई भी मेलजोल न था।

"ये निखिल दा हैं, मौसा जी के बेटे।" जब सुधा ने मिलवाया, तो मैं और रजनी चुपचाप से खड़े रहे। न हेलो, न हाय। अंततः निखिल दा ने ही हाय कहा तो हम सोते से जागे।

"चलो निखिल दा, आइसक्रीम नहीं खिलाओगे?" सुधा ने कार का पिछला दरवाजा खोल दिया तो मैं और रजनी बैठ गए। बाहर की तपती धूप के बाद कार के अंदर बैठना सुखदायी था। क्वॉलिटी में जाकर एसी की ठंडक में आइसक्रीम खाना मेरे और रजनी के जीवन का पहला अनोखा ही अनुभव रहा था। सुधा के निखिल दा उस दिन से हम तीनों की तिकड़ी का चौथा हिस्सा बन गए थे।

फिल्में देखना और रेस्टोरेंट में जाकर चाय, कॉफी, स्नैक्स लेना मेरे और रजनी के लिए स्वप्न सरीखा था। अपनी बड़ी बहनों की उतरन पर पली-बढ़ी मैं घर में सबसे छोटी होने के बावजूद किसी की दुलारी न थी। मेरी पढ़ाई, खाने और कपड़े पर जो भी खर्च होता था उसे मैं एहसान की तरह ग्रहण करती थी। दूसरी तरफ रजनी अपनी बेहिसाब सुंदरता के बाद भी अपनी माँ से रात-दिन कोसी जाती थी, क्योंकि पैदा होने के चंद सालों के भीतर ही वह अपने पिता को

खा गई थी। ऐसी परिस्थितियों में हम दोनों ही अपने-अपने घरों में उपेक्षिता थीं। इसी बीच निखिल दा का आगमन हमारे शुष्क जीवन के मरुस्थल में नखलिस्तान जैसा रहा। शायद हमारे जीवन में आने वाले वे प्रथम पुरुष थे। मेरे घर में बाबूजी का रहना न रहना बराबर ही था, क्योंकि वे घर से काफी दूर नौकरी करते थे। मेरे उठने से काफी पहले घर से निकल जाते और देर रात तक लौटते। रजनी के घर में सदस्यों के नाम पर अकेली विधवा माँ थीं। पता नहीं कैसे मैं और रजनी बी.ए. में पढ़ने इस महाविद्यालय में आ पहुँचे थे।

निखिल दा से मिलने के बाद मुझे ऐसा क्यों लगता था कि मैं भी किसी को अच्छी लग सकती हूँ। उनका एक खास अदा से उठना-बैठना, कार ड्राइव करना, झुककर सिगरेट पीना, बात-बात पर शेर-ओ-शायरी करना, सभी कुछ अलग-सा लगता था। उन दिनों विविध भारती का 'छाया गीत' सुनते-सुनते कहाँ की कहाँ खो जाती थी। पंत, जयशंकर 'प्रसाद' और महादेवी की कविताएँ, रानू, गुलशन नंदा के उपन्यास, मेरी कल्पनाओं को दूर तक पहुँचा देते। उन कोमल कल्पनाओं के नायक निखिल दा होते और नायिका मैं। उस कच्ची उम्र में निखिल दा के साथ कॉलेज बंक करके आराधना, अमानुष, गुड्डी, मिली, आनंद फिल्में देखी गईं। निखिल दा अपनी पॉकेट मनी हम तीनों पर लुटा देते। मेफेयर, बसंत, फिल्मिस्तान, कैपिटल, हर पिक्चर-हॉल में हम चारों साथ रहते। हर फिल्म में नायिका की जगह मैं होती और नायक रहते निखिल दा। सपनों की कैसी गुलाबी उम्र थी वो।

आज मन करता है कि उसी उम्र में एक बार फिर लौट जाऊँ। कॉलेज की छुट्टी के दिन भी एक्स्ट्रा क्लास का बहाना बनाकर हम लोग सुधा की मौसी के घर चले जाते। इतने बड़े बंगले में किनारे के कमरे में हम चारों की गोष्ठी जमती, तो घर भर में किसी को पता भी नहीं चलता। मौसा जी दफ्तर, मीटिंग और फाइलों में व्यस्त रहते और मौसी समाजसेवा में। हम चारों के बीच कभी अंताक्षरी के बहाने रोमांटिक गाने गाए जाते तो कभी ताश की महफिल जमती। निखिल दा जब भूत-प्रेत के किस्से सुनाते, तो डर के मारे जान निकल जाती। इसी बीच सुधा को हफ्ते भर के लिए सीतापुर जाना पड़ा, तो वे सात दिन काटने भारी पड़ गए। सुधा लौटी, तो खुशखबरी के साथ। उसका ब्याह तय हो गया था। भावी पतिदेव पी.डब्ल्यू.डी. में इंजीनियर थे और लखनऊ में ही पोस्टेड थे।

इतराती सुधा को देखकर उसके भाग्य से इर्ष्या-सी हुई थी मुझे कि दो ही दिन बाद रजनी ने भी मुझे निखिल दा का लिखा प्रेम निवेदन दिखाया, तो मैं स्तब्ध रह गई। मेरी हर अदा पर, हर बोल पर नाटकीय ढंग से दाद देने वाले निखिल दा रजनी के इस कदर दीवाने होंगे, मुझे अंदाजा भी न था।

सुधा के ब्याह में महीना भर शेष था। ब्याह लखनऊ से ही होना था। मुझे और रजनी को तो विशेष आमंत्रण था। लेकिन मुझे कुछ ऐसा धक्का लगा था कि तबियत खराब होने का बहाना बनाकर घर में ही पड़ी रही। जिस दिन सुधा का ब्याह था, रजनी ने चाची का सिला हुआ गुलाबी लहंगा पहना था। बेहद सुंदर दिख रही थी। ब्याह वाले दिन सुधा ने रजनी को रोक लेने की आज्ञा चाची से ले ली थी। ब्याह के अगले दिन निखिल दा स्वयं उसे छोड़ने आए थे। रजनी कुछ बदली-बदली-सी लग रही थी। परीक्षा की तिथि आ गई थी, सो पढ़ाई में जुटना था। सुधा के ब्याह के बाद निखिल दा अचानक ही दिल्ली चले गए। रजनी से भी मैं कुछ कट-सी गई थी। आखिर उसने मुझसे मेरा स्वप्न पुरुष छीना था। बी.ए. फाइनल के वे छह-सात महीने अब एक सुनहरा अतीत बनकर रह गए थे।

हमारे परिवार में अचानक ही दो खुशियाँ एक साथ आ गई थीं। दोनों बड़ी दीदियों का ब्याह एक ही घर में, एक ही मुहूर्त में तय हुआ और साथ ही बाबूजी का सीनियर अकाउंटेंट के पद पर प्रमोशन हो गया। हँसी-खुशी दोनों दीदियाँ विदा हुईं, तो माँ के चेहरे की निश्चिंतता देखते ही बनती थी। बार-बार वह भगवान के आगे माथा टेकती थीं कि अनायास ही एक दिन चाची के घर में विस्फोट हो गया। भागी हुई मैं उनके घर पहुँची, तो वे दोनों हाथों से कभी रजनी को पीटतीं, कभी स्वयं को। बिलख-बिलखकर रो रही थीं वे। पूरी बात सुनकर मैं सन्न रह गई थी।

सुधा के ब्याह वाली रात क्या हुआ था ? कुछ तो हुआ ही होगा। तीन-चार महीने तो परीक्षा की तैयारी और दीदियों के ब्याह में कैसे बीत गए पता ही नहीं चला था। रजनी का पीला चेहरा देखकर यही लगता था कि वह पढ़ाई के टेंशन में है, किंतु बात तो कुछ और ही थी, जिसे चाची आज जान पाई थीं। रजनी को चार माह का गर्भ था। सुधा के ब्याह के बाद ही से निखिल दा जो पलटकर गए सो तबसे लखनऊ लौटे ही नहीं। सुधा के मौसा जी का भी प्रमोशन और तबादला हो गया था। मूर्ख रजनी नहीं जान पाई थी कि जैसे बाकी बड़े घरों के बिगड़ैल

लड़के होते हैं, निखिल दा उनसे अलग न थे। मैं स्वयं को भाग्यशाली मान रही थी कि इस धोखे का शिकार मैं नहीं हुई थी। लेडी डॉक्टर ने जब गर्भपात करने से इनकार कर दिया, तो चाची ने कोस-कोसकर रजनी को मर जाने का शाप दिया था। लेकिन रजनी को तो तिल-तिलकर मरना था। उसके दूर के रिश्ते के चाचा ने अपने एक मंदबुद्धि निकम्मे रिश्तेदार से कुछ ही दिनों में रजनी के आनन-फानन फेरे पड़वा दिए थे और वह मूर्ख घरजमाई बनकर रजनी के घर में ही रहने लगा था।

जब तक मेरा ब्याह हुआ चाची स्वर्ग सिधार चुकी थीं। रजनी का पति मंदबुद्धि होने के साथ गऊ स्वभाव का भी था। उसे मात्र खाने से मतलब था और रजनी को पति नाम के एक इंसान की आवश्यकता थी। रजनी का बेटा निखिल दा का रूप-रंग लेकर पैदा हुआ था। घर चलाने के लिए रजनी ने पास के ही एक स्कूल में नौकरी कर ली थी।

अपने ब्याह के बाद मैं दिल्ली चली आई थी। माँ-बाबूजी के न रहने के बाद मेरा लखनऊ आना-जाना बेहद कम हो गया था कि एक दिन दिल्ली में कनाट प्लेस में सुधा मिल गई। कई बरस बाद देख रही थी उसे। फूल-सा खिला उसका चेहरा, उसकी खुशी, संतुष्ट परिवार, साथ-ही-साथ अपनी भरी-पूरी गृहस्थी देखकर मेरी आँखों के सामने रजनी का उदास चेहरा घूम गया। निखिल दा का छल पता नहीं सुधा को मालूम था या नहीं।

"रजनी कहाँ है ? कैसी है ?" जब सुधा ने उन्मुक्त भाव से पूछा तो मैं समझ गई कि सुधा पिछली सभी बातों से अनजान थी। मैं उसे अपने घर आने का निमंत्रण दे आई।

उस दिन बदली छाई थी। पति, बच्चों को स्कूल, ऑफिस भेजकर मैं गृहस्थी समेट ही रही थी कि कॉलबेल बज उठी। देखा, सुधा खड़ी थी। अलमस्त तरीके से वह मुझसे लिपट गई।

"और सुना सुमन, क्या हाल है ?" वह खिलखिला रही थी। चाय-कॉफी, खाने के बीच निखिल दा का जिक्र निकल ही आया।

"मौसा जी तो रिटायरमेंट के कुछ महीने बाद ही चल बसे सुमन।" वह ठंडी साँस लेकर बोली, "निखिल दा ने पढ़ाई का बहाना लेकर मौसा जी की दौलत दोनों हाथों से उड़ाई। लेकिन न कहीं नौकरी की, न बी.ए. के आगे पढ़ाई। ऊब

कर मौसी वृंदावन चली गईं तो फिर निखिल दा ने मौसा जी के एक मित्र की निहायत बदसूरत बेटी से ब्याह कर लिया और घरजमाई बनकर रहने लगे। कारण साफ था- निखिल दा को पैसे की आवश्यकता थी और अपर्णा भाभी को एक अदद पति की। अपर्णा भाभी के दिमाग का कोटा विधाता ने मुक्त भाव से भरा था। वे स्वयं एक आई.पी.एस. अधिकारी थीं। दिखने में बेहद बदसूरत, मर्दानी, मुँह पर चेचक के दाग, लेकिन मन की उतनी ही निश्छल, सरल। गृहस्थी बसी, एक बेटी भी हुई लेकिन निखिल दा का रंगीन स्वभाव, अपने व्यक्तित्व का दंभ वैसा-का-वैसा ही बना रहा। कमाकर लातीं अपर्णा भाभी और उड़ाते निखिल दा। जो औरत दफ्तर में अपने मातहतों को नियंत्रण में रखती, पूरा पुलिस महकमा उसके अनुशासन में रहता, वही घर में निखिल दा के सामने कुछ नहीं बोल पाती। चपरासियों के सामने ही निखिल दा, भाभी की बेइज्जती कर देते। आई.ए.एस. अधिकारी का इकलौता बेटा होने का दंभ उनमें कूट-कूटकर भरा था। अपर्णा भाभी इतनी जलालत मात्र इसलिए सहती थीं कि परिवार बचा रहे।

इसी बीच एक हादसा और हुआ, अपर्णा भाभी को ब्रेस्ट कैंसर हो गया और फैलता ही चला गया। डॉक्टर्स को तुरंत ही निर्णय लेना पड़ा और उनके दोनों वक्ष निकाल दिए गए। मर्दानी अपर्णा भाभी और भी मर्दानी लगने लगीं। निखिल दा को उनसे प्यार तो कभी रहा नहीं और अब शायद वितृष्णा भी हो गई थी। सुमन, बता क्या परिवार और घर बचाने की जिम्मेदारी केवल औरत की ही होती है ?" सुधा ने पल भर रुककर मुझसे पूछा।

मैं चुपचाप सारी कहानी सुन रही थी। निखिल दा की करतूतें सुनकर मुझे स्वयं पर शर्म आ रही थी कि इतने नीच व्यक्ति से कभी मैंने भी प्यार किया था। प्यार था या आकर्षण, पता नहीं।

"सुमन, इसके बाद निखिल दा घर पर एक बेहद कम उम्र की इसाई लड़की को ले आए।" सुधा आगे कहती रही, "तलाक के कागज लाकर अपर्णा भाभी के सामने रख दिए कि वो लिली से ब्याह करना चाहते हैं। अपर्णा भाभी ने तलाक के कागजों पर दस्तखत नहीं किए। वो समझौता करने को तैयार हो गईं और उसी विशाल सरकारी बंगले के आलीशान बेडरूम में निखिल दा लिली के साथ ठाठ से रहने लगे। मातहतों में फुसफुसाहट होतीं, लेकिन अपर्णा भाभी निर्विकार रहतीं।

लेकिन छह माह बीतते न बीतते लिली, अपर्णा भाभी के घर से काफी गहने,

माल-असबाब लेकर चंपत हो गई। वह कोई निखिल दा की ब्याहता तो थी नहीं। शर्म के कारण उसे खोजने का प्रयास भी नहीं किया गया। पता नहीं निखिल दा को कौन-सा रोग दे गई थी लिली। उनके पूरे शरीर पर, मुँह के अंदर तक छाले निकल आए थे। कुछ भी खाना-पीना मुहाल हो गया था। बोलना तक कठिन था। अपर्णा भाभी ने उन्हें शहर के सबसे अच्छे अस्पताल में दाखिल कराया, अच्छे-से-अच्छा इलाज कराया। वे तो निखिल दा को इलाज के लिए विदेश भी ले जातीं, लेकिन एक रात निखिल दा सब कुछ छोड़-छाड़कर वहाँ से चले गए। बहुत खोजा सुमन, लेकिन उनका कुछ पता नहीं चला।" सुधा का गला भर आया था। वातावरण में एक उदास चुप्पी फैल गई थी।

"सुधा, रजनी की हाय ले डूबी निखिल दा को।" मेरे इतना कहते ही सुधा चौंक पड़ी, "क्या कह रही है सुमन, क्या रजनी को भी निखिल दा ने धोखा... ?"

"हाँ सुधा, रजनी का बेटा उसके पति का नहीं, निखिल दा का बेटा है।"

"चलूँ सुमन, नहीं तो पता नहीं अभी कौन-कौन से राज खुलेंगे। रजनी और निखिल दा पता नहीं किन अँधेरों में खो गए। अगर निखिल दा जीवित हुए और कभी मुझसे मिले, तो उनसे जरूर कहूँगी जाकर रजनी और अपर्णा भाभी दोनों से क्षमा माँग लें, नहीं तो मरकर भी उनकी आत्मा भटकती रहेगी। उन्हें शांति नहीं मिलेगी।" सुधा उठ खड़ी हुई। हम दोनों के मन व्यथित थे, भारी थे।

कुछ ही बरस बाद जब पहाड़ पर बसे इस आश्रम में आई, तो क्या पता था कि यहाँ पर इस तरह निखिल दा से सामना हो जाएगा। जड़ी-बूटियों और आयुर्वेदिक दवाओं से इलाज के लिए विख्यात इस आश्रम में दूर-दूर से लोग असाध्य रोगों के इलाज के लिए आते हैं। मैं जब उत्तराखंड घूमने गई, तो इस आश्रम की ख्याति सुनकर ही यहाँ आई थी।

देवदार के वृक्षों से घिरे इस आश्रम में एक रात रुकने का लोभ मैं नहीं रोक पाई थी। आश्रम का अतिथिगृह बिलकुल बंकिमचंद्र के मुजरिम हाजिर उपन्यास में जैसा वर्णित है वैसा ही था, जहाँ नायक अपनी आत्मकथा लिखता है। आश्रम के अस्पताल के अहाते में कुर्सी पर बैठे निखिल दा ने शायद मुझे पहचान लिया था। तभी तो जब पति दूसरी तरफ बाबा जी से वार्तालाप में व्यस्त थे, निखिल दा ने धीरे से आवाज दी, "सुमन!"

उस पुरानी खनकदार आवाज को सुनकर सहसा ही मैंने पलटकर देखा।

समय ने उन्हें कितना बदल दिया था। आपाद मस्तक बदले निखिल दा में अगर कुछ पुराना शेष था, तो केवल उनकी धीर-गंभीर आवाज और घने घुँघराले बाल। उस कंकाल मात्र रह गए शरीर में मैं पुराने निखिल दा को खोज ही रही थी कि उन्होंने मुझे वही पुराना, बेहद पुराना संबोधन दिया, "सुमन, मनसुचितवनी।"

इस प्रौढ़ उम्र में भी लाज और रोमांच से भर गई थी। उनकी करुण हँसी देखकर मुझे रोना आ रहा था। सशंकित-सी मैं उनके पास पहुँची।

"रजनी कहाँ है सुमन?" थरथराते स्वर में उन्होंने पूछा, "अभी भी लखनऊ में ही है क्या?"

मेरी आँखें भर आई थीं। लाख पापी थे निखिल दा। कभी इन्हीं के सम्मोहन में बँधकर मैंने किशोरावस्था के कितने मधुर स्वप्न देखे थे। मेरी कल्पना के पहले स्वप्न पुरुष थे वे।

"तुम्हारा बेटा बिलकुल तुम पर गया है, निखिल दा।" मैंने काँपते स्वर में निखिल दा को बताया, "तुमने ऐसा क्यों किया निखिल दा, रजनी को भी धोखा दिया और अपर्णा भाभी को भी?"

"उसी की सजा भुगत रहा हूँ सुमन, रजनी को धन के लिए छोड़ा, तो अपर्णा को सौंदर्य के लिए। आज मेरे पास कुछ भी नहीं है। लिली मुझे ठगकर, लूटकर भाग गई और बदले में इतना भयानक रोग दे गई। रजनी से कभी मिलना हो, तो मेरी तरफ से क्षमा माँग लेना, सुमन। पल-पल करके मृत्यु की प्रतीक्षा कर रहा हूँ। पता नहीं कितनी रजनी और अपर्णाओं का दोषी हूँ मैं। शायद किसी एक का भी क्षमादान मुझे इस पापी शरीर से मुक्ति दिला सके।" वे दोनों हाथों से मुँह ढाँपकर रो रहे थे। मैं उन्हें रोता छोड़कर चली आई।

अगले दिन आश्रम छोड़ने से पहले निखिल दा से एक बार फिर मिलने गई। यह बताने कि मैं वहाँ से वापस लखनऊ ही जा रही हूँ। निखिल दा ने एक कातर अनुरोध किया, "सुमन, क्या एक बार मेरे बेटे को मुझसे मिला सकोगी? रजनी से मेरा अनुरोध कहोगी, तो वह ना नहीं कहेगी। मरने वाले की अंतिम इच्छा तो पूरी की जाती है न।"

"मैं कोशिश करूँगी निखिल दा।" आँसुओं को रोककर मैं वहाँ से चली आई। जाते-जाते रजनी का पता उन्हें थमा गई थी मैं। उत्तराखंड घूमते हुए हफ्ता भर और लग गया। पूरे आठ दिन बाद लखनऊ पहुँची थी मैं। बंद पड़े मायके के

घर का ताला खोलते हाँथ काँप रहे थे मेरे। पति लौटते में दिल्ली चले गए थे। पड़ोस से रजनी ने मुझे देख लिया, तो भागती चली आई।

"सुमन, चल मेरे साथ। सफाई हो जाने के बाद आना। अभी मैं दुलारी को भेजती हूँ।"

चाय पीते हुए मैंने रजनी को निखिल दा वाली बात बताई। रजनी शांत थी। उसके पति अब इस दुनिया में नहीं थे। उनके नाम का सिंदूर तो उसने मिटा रखा था, लेकिन छोटी-सी लाल बिंदी हमेशा लगाती थी रजनी। ब्याह के पहले से ही। शायद कॉलेज के समय से। हम लोगों को उसके माथे पर बिंदी देखने की आदत-सी पड़ गई थी। मेरी बात सुनकर वह कुछ नहीं बोली। कुछ देर बाद अंदर जाकर लाल कपड़े में लिपटा बंडल जैसा कुछ ले आई। मैं समझी उसके हाथ में कोई धार्मिक ग्रंथ है।

"सुमन, मैंने कभी पूजा-पाठ नहीं किया। गीता, रामायण, मंत्र नहीं पढ़े लेकिन भगवान के आगे घंटे बैठती थी। विश्वास कर सकोगी? ये निखिल के पत्र हैं। तबसे अब तक इन्हीं पत्रों को पूजा के बहाने रोज ही न जाने कितनी बार पढ़ा है। मेरे लिए ये वेद-पुराण से भी अधिक पवित्र हैं, क्योंकि मेरे प्रथम प्रणय की निशानी हैं ये पत्र। पर निखिल को क्षमा नहीं कर पाऊँगी। निखिल मुझसे छल कर सकता है, अपनी जीवित पत्नी से छल कर सकता है, लेकिन मैं अपने स्वर्गीय पति को धोखा नहीं दे सकती। मेरे बेटे को पिता का नाम तो उन्होंने ही दिया है।"

कमरे में एक बोझिल चुप्पी छाई थी कि कॉलबेल की कर्कश ध्वनि ने सन्नाटा तोड़ दिया-"पोस्टमैन।"

मैंने जाकर चिट्ठी ले ली। कोना कटा पोस्टकार्ड था-"निखिल बैनर्जी इज नो मोर।" मेरी आँखें भर आई थीं। चुपचाप वह पोस्टकार्ड रजनी को दे दिया। रजनी चुप थी। रुलाई रोकने के प्रयास में उसका चेहरा बेहद दयनीय बन गया था। वह उठकर बाथरूम चली गई। कुछ देर बाद मुँह धोकर लौटी तो उसका माथा सूना था। एक बहुत पुरानी बात अचानक याद आ गई थी। एक बार निखिल दा ने मुझे देखते हुए रजनी के साथ मिलकर एक गीत गाया था, तेरी बिंदिया रे... और बावरी-सी मैं स्वयं पर इतरा रही थी। किंतु उस गीत का रहस्य इतने दिनों बाद अब खुला था। रजनी के माथे पर बरसों से लगी हुई लाल बिंदी आज मिट गई थी।

एक थी सुजाता

"पहचाना, पहचाना मुझे ?" मुंबई की उस भीड़ वाली सड़क पर अनायास ही कार से उतरकर वह मेरे गले लग गई थी। कौन थी वह ? बार-बार याद करने का प्रयास करने पर भी मैं निष्फल रही कि वह फिर से हँसी और उसके गालों में पड़ने वाले सुंदर गहरे गड्ढे मुझे कुछ याद दिला गए- सुजाता। हल्के मेकअप के साथ आसमानी शिफॉन की साड़ी में वह बेहद सुंदर दिख रही थी।

"हाँ री, मैं तेरी अपनी सुजाता, चल मेरे साथ। देखा, ईश्वर कैसे मिलाता है। दुनिया भी कितनी छोटी है, आज पता चला।" कहते-कहते वह मुझे अपने साथ खींच ले गई। उसकी वातानुकूलित कार में बैठना मुझे सुखद लगा। निःशब्द सम्मोहित-सी मैं बैठी रही। यदि परिस्थितियाँ अनुकूल होतीं, तो यही सुजाता कभी मेरी भाभी बनने वाली थी।

घर, सुजाता का घर। यह घर कभी मेरा मायका भी हो सकता था। सुना था कि सुजाता फिल्मों में भाग्य आजमाने मुंबई चली गई है। उस समय जब वह रंगमंच की दुनिया से जुड़ी, तो अम्मा ने मेरा उसके घर जाना बंद करा दिया था। हमारे मध्यमवर्गीय परिवार में थियेटर, नाटकों में काम करना बहुत शोभनीय नहीं माना जाता था। गोरी, दुबली और बेहद सुंदर सुजाता हमारे पड़ोस में रहती थी। लखनऊ के उस छोटे से मोहल्ले में सटी हुई छतों वाले दो जुड़वा से घर थे हमारे। बाबूजी सचिवालय में क्लर्क थे, तो पड़ोस के जोशी जी प्राइमरी स्कूल के हेडमास्टर। जोशी चाचा की बेटी थी सुजाता। उम्र में मुझसे दो-एक बरस बड़ी ही थी सुजाता, किंतु पढ़ते हम एक ही क्लास में थे। एक ही स्कूल था हमारा। साथ ही आना-जाना होता था। एक तरफ जहाँ मैं किताबों में सिर खपाए रहती, वहीं सुजाता का पढ़ाई में रत्तीभर भी दिमाग नहीं लगता था। हाँ, गीत, नृत्य, नाटक,

स्कूल का कोई भी सांस्कृतिक कार्यक्रम बिना सुजाता के अधूरा रहता।

मौसी के बेटे कमल दा की लखनऊ में नौकरी लगी, तो अम्मा ने उन्हें अपने पास ही रखा। धीर-गंभीर कमल दा कब सुजाता के आकर्षण में बँध गए, पता ही न चला। शायद अल्हड़, मस्त और मुक्त हवा-सी चंचल सुजाता को इस आकर्षण का तनिक भी अहसास नहीं होता, यदि उस दिन हमारे घर में अम्मा ने सत्यनारायण की कथा ना कराई होती। मेरा 12वीं का नतीजा आया था और अपने विद्यालय में सर्वोच्च आई थी मैं। सुजाता सेकेंड डिवीजन में पास हुई थी और वह उतने में ही संतुष्ट थी। मेरा नतीजा देखकर अम्मा-बाबूजी बेहद प्रसन्न थे। अम्मा ने भगवान को धन्यवाद देने के लिए घर में पूजा रखी थी। मैं तो घर-गृहस्थी का काम नाम मात्र को ही जानती थी सो अम्मा ने पड़ोस से सुजाता को बुलवा लिया था। शंख फूँकने से लेकर पूजा की तैयारी और आरती का थाल सजाना, सभी कुछ उसी के जिम्मे था। उसने लाल चूड़ियों के साथ चाची की पूजा वाली रेशमी लाल साड़ी पहनी थी। बेहद सुंदर दिख रही थी वह। मैंने कमल दा को बार-बार सुजाता को निहारते हुए पकड़ लिया था। हँसते हुए मैंने उन्हें आड़े हाथों लिया, तो वह शरमा गए। फिर बहाने से मैं सुजाता को छत के उस निर्जन कोने पर ले गई, जहाँ कमल दा पहले से ही मौजूद थे। उन्हें अकेला छोड़कर मैं नीचे जीने पर पहरेदार की तरह खड़ी थी। उन दोनों के निःशब्द प्रणय की एकमात्र साक्षी थी मैं।

मैं चाहती थी कि सुजाता जल्द-से-जल्द मेरी भाभी बने, किंतु कमल दा अभी जल्दबाजी नहीं करना चाहते थे। मौसी अपने एकमात्र होनहार पुत्र के लिए भारी-भरकम दहेज वाली अमीर बहू चाहती थीं, ताकि कमल दा से छोटी दो बहनों के ब्याह सरलता से निपट सकें, क्योंकि प्राइमरी स्कूल के प्राध्यापक जोशी चाचा इस मोर्चे पर विवश थे।

फागुन का महीना था। हवा का हर झोंका रंगीन महक से भरा था। छोटी होली वाले दिन हर बार की तरह जोशी चाची ने हमारे घर सुजाता के हाथों अपने घर की बनी गुझिया भिजवाई थीं। उस समय अम्मा-बाबूजी खरीदारी करने बाजार गए थे। मैं कोचिंग से लौट रही थी कि सुजाता को अपने घर से बाहर निकलते देख ठिठक गई। उसकी पूरी माँग लाल गुलाल से भरी हुई थी। मुझे देख सकपका गई थी वह। फिर हँसते-शरमाते कह ही डाला उसने, "अपने भइया से कहकर मुझे जल्दी ही अपने घर बुलवा लो शिखा।"

"भाभी।" कहकर मैं उसके गले लग गई थी।

प्रणय के गुलाल से रंगे वे दो निर्मल प्रेमी अपनी प्रणय कथा की परिणति विवाह में चाहते थे। एक दिन साहस जुटाकर कमल दा ने अपनी बात अम्मा के सामने रख दी। मैं भी उनके साथ थी। हम दोनों को ही विश्वास था कि अम्मा इस विवाह के लिए मौसी को मना लेंगी। इस प्रस्ताव को अम्मा ने सुना तो बेहद गंभीरता के साथ, किंतु सुनने के साथ ही जिस रहस्य का उद्घाटन किया, उसे सुनकर मेरे और कमल दा दोनों के पैरों तले से जमीन सरक गई। जोशी दम्पति के घर पलने-बढ़ने वाली सुजाता दरअसल उनकी अपनी संतान नहीं थी। ब्याह के कई बरस बाद तक भी जब चाचा-चाची की आँगन में किलकारियाँ नहीं गूँजीं, तो उन्होंने नि:संतान रहना ही अपनी नियति मान लिया था। किंतु विधाता ने उनके भाग्य में कुछ और ही लिख रखा था। कृष्ण जन्माष्टमी के दिन अमीनाबाद से लौटते समय चर्च की सीढ़ियों पर चाची को रोती हुई नवजात बच्ची पड़ी मिली। उसका करुण क्रंदन चाची नहीं सह पाईं। बिना किसी से पूछेताछे वह उस नन्हीं-सी जान को कलेजे से सटाकर घर ले आईं। गले में पड़े क्रॉस से पता चला कि बच्ची ईसाई थी। ममता की मारी चाची ने किसी की ना सुनी। क्रॉस को उठाकर अपने कान्हा को पहना दिया और कन्या का नाम रखा सुजाता। इस तरह सुजाता चाची के घर पलने-बढ़ने लगी। समय के साथ सब लोग भूल गए कि सुजाता अनाथ थी। याद रहा तो बस चाचा-चाची का स्नेहपूर्ण व्यवहार और सुजाता का रूप-सौंदर्य।

अम्मा के इस रहस्योद्घाटन को किसी और ने भी सुन लिया था। वह थी दरवाजे के पीछे खड़ी सुजाता। खट की आवाज के साथ हम सभी ने पीछे मुड़कर देखा तो उसका चेहरा सफेद पड़ा हुआ था। जिस घर ने उसे आश्रय दिया वह घर उसका अपना नहीं, उसके माता-पिता उसके अपने नहीं, सुजाता यह जानकर हतप्रभ थी, स्तब्ध थी। जब तक हम उसे सँभालते वह बिखर चुकी थी। बिना किसी से कुछ कहे-सुने वह अपने घर लौट गई।

सदा की हँसमुख चिड़िया-सी चहकने वाली सुजाता उस दिन से बेहद गुमसुम रहने लगी। ना उसने अम्मा से कुछ पूछा, ना चाची से। हालाँकि कमल दा ने उसे आश्वासन भी दिया कि वे यह रहस्य किसी पर प्रकट नहीं करेंगे। एक बार ब्याह हो जाने के बाद सब कुछ सामान्य हो जाएगा। किंतु सुजाता झूठ और

धोखे के साथ अपने विवाहित जीवन की नींव नहीं रखना चाहती थी। अम्मा का भी कहना यही था कि भले ही वह और कमल दा किसी को कुछ ना बताएँ, किंतु आस-पड़ोस, रिश्तेदारी कहीं से भी कभी भी यदि बात खुलेगी तो गाज तो सुजाता पर ही गिरेगी।

सुजाता ने कभी भी जोशी चाची पर यह भेद नहीं खोला कि उसे अपने जन्म से जुड़ी सच्चाई का पता चल चुका है। हाँ, एक दिन अचानक ही पता चला कि उसे लखनऊ दूरदर्शन में ऑडिशन के लिए बुलाया गया है। वह चुन ली गई थी। नायिका के मुख्य पात्र के रूप में उसका यह पहला नाटक था। बेहद प्रशंसा हुई थी उसके अभिनय की। इसके बाद सुजाता ने मुड़कर नहीं देखा। लखनऊ और दिल्ली दूरदर्शन के सभी कार्यक्रमों में पूर्णतः सक्रिय रहने लगी वह। उसके पूरे व्यक्तित्व में एक अद्‌भुत निखार आ चुका था।

बी.ए. करने के बाद सुजाता अपने सहकर्मियों से सलाह करके मुंबई चली गई। चाचा-चाची काफी वृद्ध हो चले थे। चाचा जी के न रहने के बाद एक दिन सुजाता आई और सब कुछ समेट-बेचकर चाची को अपने साथ मुंबई ले गई। बस यही अंतिम समाचार उसके विषय में मुझे पता चला था।

कमल दा ने बहुत समय प्रतीक्षा नहीं की सुजाता की। मौसी की पसंद की लड़की से भरपूर दान-दहेज के साथ उनका ब्याह संपन्न हो गया और वे भी अपनी गृहस्थी में रम गए। धीरे-धीरे समय के साथ हम सभी सुजाता को भूल गए।

आज अचानक इतने बरसों बाद सुजाता से सामना हो जाएगा, कभी सोचा ही न था। गुड़ियाघर जैसा सजा-धजा उसका छोटा-सा घर देखकर मैं चुप थी।

"क्या देख रही हो, शिखा?"

"सुजाता, तुम अब भी वैसी हो। छूने से मैली होने वाली। और तुम्हारा घर... कितना सुंदर, कितना व्यवस्थित...बिलकुल तुम्हारे जैसा।"

"हाँ, जब कोई फैलाने-बिखेरने वाला न हो, तो सब कुछ व्यवस्थित ही रहता है सिवाय जिंदगी के...।" एक ठंडी साँस लेकर सुजाता ने कहा।

"तुमने घर क्यों नहीं बसाया, सुजाता?"

"तेरे भइया जैसा कोई दूसरा मिला ही नहीं।" फीकी-सी हँसी के साथ उसने कहा, "फिर शोहरत और वैभव की अंधी दौड़ में मैं इस तरह फँसी कि अपने बारे में सोचने का समय ही नहीं मिला। बहुत सफलता तो नहीं मिली, लेकिन टी.वी.

और फिल्मों में छोटे-छोटे रोल मिलते रहे। मेरी अपनी पहचान तो नहीं बन पाई, लेकिन इतना कमा लेती हूँ कि किसी के आगे हाथ न फैलाऊँ। वर्तमान यही है। भविष्य क्या होगा, पता नहीं।"

वह कॉफी ले आई थी, "तू बता, मुंबई कैसे आना हुआ?"

"कमल दा यहीं हैं, मुंबई में।" मैंने बताया, "उन्हीं के विवाह की 25वीं वर्षगाँठ पर आई हूँ।"

सुजाता का चेहरा फक पड़ गया। होठ काँपने लगे थे, "कमल को मेरी याद है या नहीं?" उसने बेहद करुण स्वर में पूछा।

"मैं कैसे बताऊँ, सुजाता?"

सहसा उसने अपना पर्स खोला और एक अँगूठी निकालकर उँगलियों में घुमाने लगी। एक बहुत पुरानी बात याद आ गई।

वह सर्दियों की एक गुनगुनी सुबह थी। मैं और सुजाता अम्मा से पूछकर रिक्शा से कैसरबाग चले गए थे। वहाँ हमारी एक सखी शिरीन का घर था। कमल दा अपने ऑफिस से छुट्टी लेकर बाइक से वहीं पहुँच गए थे। वे और सुजाता वहाँ से घूमने निकल गए। दिनभर घूम-घामकर साँझ ढले दोनों शिरीन के घर वापस आ गए। इधर सुजाता और मैं वापस रिक्शा से अपने घर आए और उधर कमल दा बाइक से लौटे। यह रहस्य केवल मुझ तक सीमित था। सुजाता ने नीले मीना के काम की, नगों वाली जड़ाऊ लेकिन नकली अँगूठी मुझे दिखाई थी, जो कमल दा ने उस दिन उसे खरीदकर उपहार में दी थी।

यह वही अँगूठी थी, जो सुजाता ने आज तक सँभालकर रखी थी।

"शिखा, अपनी भाभी को मेरी तरफ से ये अँगूठी उपहार में दे देना।" उसकी आँखों की कोर से दो बड़े-बड़े आँसू निकल आए थे, "मेरी कल्पना में कमल आज तक मेरी प्रतीक्षा में कुँवारा था। मैं सोचती थी कि एक दिन अवश्य वह मुझे लेने आएगा। लेकिन आज सब कुछ समाप्त हुआ।"

होटल के प्रांगण में कमल दा अपने परिवार के साथ प्रसन्नचित खड़े थे। भाभी ने इस उम्र में भी नख से शिख तक नववधू जैसा श्रृंगार किया था। बेटा-बहू, बेटी-दामाद सभी साथ थे।

कितना बदल गए थे कमल दा। सुखी-संतुष्ट, प्रसन्न, वैभव संपन्न। क्या कभी अपने एकांत में उन्हें सुजाता की याद आती होगी? चुपचाप भाभी को

अपना उपहार थमाकर मैंने उन्हें बधाई दी। उनका हाथ पकड़कर बड़ी देर तक खड़ी रही। फिर धीरे से उनकी उँगली में सुजाता की अँगूठी पहना दी। रिश्तेदारों की बधाइयाँ लेती भाभी को मेरे अँगूठी पहनाने का अहसास भी न हुआ होगा। हीरे, माणिक, सोने से लदी भाभी की उँगलियों में वह नकली अँगूठी भी दमक रही थी। शायद उसमें कमल दा और सुजाता के प्रथम प्रणय का पावन स्पर्श था इसलिए। लाख नकली सही, उसकी चमक और गढ़न अनूठी थी। भाभी सहज ही उसे उतार न सकेंगी। न ही फेंक सकेंगी। क्या कभी कमल दा उस अँगूठी को देख पाएँगे? एक और भी इच्छा थी सुजाता की। उसने उदास होकर कहा था, "मैं मरूँगी तो अपने भइया को खबर अवश्य कर देना। उनका स्थान मेरे मन में कोई दूसरा न ले सका। बड़ी इच्छा है शिखा कि मैं सुहागिन मरूँ। मेरी माँग में उन्होंने उस दिन गुलाल भरा था ना शिखा, उस जगह आज तक बड़ी जलन होती है। जीते जी न सही, मरने के बाद तो वे मेरी माँग में सिंदूर भरकर, लाल चूनर ओढ़ाकर विदा कर सकते हैं। मेरा इतना अनुरोध अपने भइया तक जरूर पहुँचा देना शिखा।"

लेकिन क्या मैं कमल दा के शांत, स्थिर, सुखी जीवन के जल में सुजाता की अंतिम इच्छा की कंकड़ी फेंक सकती थी? अपनी पत्नी की उँगली में पहनी अँगूठी देखकर भी कमल दा यदि कुछ याद न कर पाए तो? और यदि उन्होंने कुछ याद करना ही न चाहा तो? सुजाता, हर कोई शकुंतला जैसी भाग्यशालिनी नहीं होती कि उसका दुष्यंत अँगूठी पहचानकर भूली हुई शकुंतला को अपना ले। कमल दा जीवन की दौड़ में बहुत आगे निकल गए थे। अपनी पत्नी, बेटा, बहू, बेटी, दामाद सभी के सामने वे भला इतने भावुक कैसे बन सकते थे? वे कैसे कह सकते थे कि उन्होंने भी कभी किसी से प्यार करने की मूर्खता की थी।

मैं तो जोगन री

वर्षा की उस भीगती अँधेरी रात्रि मैं पहाड़ी सन्नाटे रास्ते के बीचों-बीच जब हमारी कार खराब हो गई, तो उस समय कोई घर, आसरा दूर-दूर तक नहीं दिखाई दे रहा था। काफी देर तक जूझने के बाद जब ड्राइवर ने भी हाथ खड़े कर दिए, तो सान्याल दम्पति के साथ मैं और मेरे पति किसी पड़ाव की खोज में पैदल ही टॉर्च और छाता लेकर चल पड़े। थोड़ा आगे चलने पर सड़क की उलटी तरफ ऊपर जाती हुई एक पगडंडी के आखिरी छोर पर कुछ रौशनी दिखाई पड़ी। मूसलाधार बारिश के बीच हम हिम्मत करके उसी तरफ किसी खोई उम्मीद को ढूँढ़ते हुए चल पड़े कि संभवत: रात्रि शयन का एक पड़ाव मिल सके। सुबह तक कोई-न-कोई रास्ता तो निकल ही आएगा। कोई मददगार, कोई मैकेनिक मिल ही जाएगा। पहाड़ की दुर्गम चढ़ाई चढ़ते हुए हम हाँफ उठे थे। हमारा अनुमान गलत नहीं था। उस पहाड़ी पगडंडी के अंतिम छोर पर मठ जैसा कोई आश्रय स्थल ही था। बड़ी आशा के साथ मेरे पति ने द्वार खटखटाया। मैंने घड़ी देखी- रात्रि के 10.30 बज रहे थे। अपनी मूर्खता को हम सभी कोस रहे थे कि अनजाने पहाड़ी रास्ते पर दिन ढलने के बाद सफर नहीं करना चाहिए। लेकिन गंतव्य तक अब पहुँचे, तब पहुँचे करते हुए अंतत: हम रास्ता भटक ही गए थे। दुर्भाग्य से कार भी खराब होनी ही थी।

तभी उस मठ का द्वार खुला। द्वार खोलने वाली भगवा वस्त्र पहने, सिर मुंडाए हुए कोई प्रौढ़ा संन्यासिनी थीं। टूटी-फूटी हिंदी में उन्होंने बताया कि यहाँ रात्रि में रुकने की अनुमति नहीं है। बहुत अधिक अनुरोध करने पर तथा अपना सरकारी परिचय पत्र दिखा देने पर भी किसी तरह वे संन्यासिनी टस से मस नहीं हुईं। सहसा तभी दो अन्य संन्यासिनें आ गईं। संभवत: वे वरिष्ठ थीं। हमें देखकर

वे अलग जाकर आपस में कोई मंत्रणा करने लगीं। दो-दो पुरुषों को देखकर वे हिचक रही थीं। लेकिन बारिश और ठंड से बेहाल हम लोगों को देखकर उन्होंने कुछ सोचा होगा। काफी अनुनय-विनय के पश्चात उन्होंने कई फोन किए और पुन: आश्वस्त होकर अपने मठ के नियम के विपरीत मात्र एक रात्रि के लिए हमें एक कमरा दे दिया जिसमें चार साधारण से तख्त पड़े थे, जिन पर बिस्तर रखे थे। हम सभी सर्दी से काँप रहे थे। मठ की रसोई बंद हो चुकी थी किंतु हमारे लिए गर्म चाय बनाकर भेजी गई। बड़ी माता जी ने भोजन का प्रबंध करने का आदेश दिया।

"भोजन तैयार है, आप लोग पधारिए।" एक बेहद मीठा स्वर उस शांत वातावरण में गूँज उठा। सहसा ही हम चारों ने पलटकर देखा तो मेरी दृष्टि अनायास ही बँधकर रह गई। युवती-सी दिखती उस अपूर्व सुंदरी प्रौढ़ा संन्यासिनी के चेहरे की अनुपम छवि ने ही क्या मुझे स्तब्ध होने पर विवश किया था अथवा किसी पूर्व घटना की स्मृति से मैं व्याकुल हो उठी थी?

मिसेज सान्याल मेरी हर कहानी की नियमित पाठिका थीं। इधर कई माह से मैं यत्न करने पर भी कुछ लिख नहीं पा रही थी तो वह बार-बार पूछतीं कि तुमने बहुत दिनों से कुछ लिखा क्यों नहीं? किंतु क्या मात्र मैं ही अपनी कहानी को ढूँढ़ रही थी या एक बार फिर कोई कहानी मेरी तलाश में थी।

अर्धरात्रि में आश्रम का सात्विक भोज ग्रहण करके जब मैं शयन के लिए लेटी, तो थकान होने के पश्चात भी मुझे नींद नहीं आई। कई धुँधली, खोई स्मृतियाँ मन के द्वार की अर्गला खटखटाने लगीं।

तब मेरे ब्याह के कुछेक बरस ही हुए थे, और हम पति-पत्नी संतानहीनता का अभिशाप झेल रहे थे। पति का तबादला इस छोटे शहर में हुआ था। मेरे ससुराल से यह शहर काफी दूर था। ससुराल में रहते हुए अपनी संतानहीनता को लेकर बहुत ताने सुने थे मैंने सो इस अनजान, छोटे से शहर में आकर हम दोनों को ही बेहद चैन मिला। यहाँ के कोई माने हुए रईस थे 'राजा साहब', उनकी हवेली 'लाल कोठी' कहलाती थी। उससे सटा हुआ ही पति का दफ्तर था और दफ्तर की तीसरी मंजिल पर हमारे रहने के लिए साफ-सुथरी जगह थी। ससुराल के भरे-पूरे, बड़े घर की तुलना में ये घर छोटा था, किंतु यहाँ मेरे मन को चैन था। यहाँ मेरे दुखते हुए घावों पर नमक छिड़कने वाला कोई न था।

मेरे घर के बरामदे से राजा साहब की 'लाल कोठी' के पीछे की तरफ

का विशाल आँगन स्पष्ट दिखाई पड़ता था। उधर बिलकुल सन्नाटा रहता था। कभी-कभी बस तुलसी के चौरे पर एक दीपक जला दिखाई पड़ता था। उसे कौन जलाता था, मैंने कभी नहीं देखा।

उस धुँधलाती शाम को जब मैं अपने बरामदे में बैठी थी तो अनायास ही मेरे कानों को 'ॐ नमः शिवाय', 'ॐ नमः शिवाय' का एक बारीक तुतला स्वर सुनाई पड़ा। मैंने झाँककर देखा-श्वेत वस्त्र पहने कोई युवती तुलसी के चौरे पर दिया जला रही थी और उसका आँचल पकड़े खड़ा हुआ एक नन्हा बच्चा तुतले स्वर में मंत्र जाप कर रहा था। मुझे हँसी आ गई। मेरा स्वर सुनकर उन दोनों ने चौंककर ऊपर देखा। युवती तो मुझे देखकर शीघ्रता से भीतर चली गई पर वह बालक मुझे देखकर एक भोली हँसी हँसने लगा और फिर वहीं पर कूद-कूदकर 'गणपति बाप्पा मोरया' का जाप करने लगा। मैंने ऊपर से ही पुचकारकर उसका नाम पूछा, तो मुझे टुकुर-टुकुर देखता रहा फिर बड़े मीठे स्वर में बोल पड़ा, "शिवम्।" अब तो शिवम् से मेरी नित्य ही थोड़ी-थोड़ी तुतली बातचीत होने लगी। वह भोला बच्चा अपनी बाल सुलभ चेष्टाओं से मेरा दुलारा बन गया था। उस सन्नाटे आँगन में शिवम् नित्य ही आकर 'आंटी, आंटी' की गुहार लगाता और मेरा मन ममता से भर जाता।

फिर उसी शिवम् के मोह की डोर से बँधी मैं एक दिन राजा साहब की 'लाल कोठी' में चली गई। घंटी बजने के कुछ देर बाद एक बुजुर्ग नौकर ने आकर द्वार खोला, "आइए हुजूर, विराजिए, अभी बड़ी दुल्हन को खबर कर देते हैं।" मुझे अंदर का रास्ता दिखाते हुए उसने कहा। छोटे शहरों में वैसे भी सरकारी कर्मचारियों का बड़ा मान रहता है। बड़े से दीवानखाने में प्रवेश करते हुए मुझे लगा मानो मैं कई बरस पहले के मुगल साम्राज्य में आ गई हूँ। सामने की दीवार पर विशाल बारहसिंघा की खाल मढ़ी थी, जिसकी आँखें काफी डरावनी लग रही थीं। कालीन के स्थान पर शेर की खाल बिछी थी। दीवारों पर मृत जानवरों के सिर टँगे थे। चमकदार तलवारें, ढाल सब चारों तरफ सजे थे। कुछ ही देर पश्चात पायल की रुनझुन सुनाई पड़ी। साड़ी का आँचल सिर पर ढके हुए एक मध्यम आयु की महिला ने प्रवेश किया। बेहद शालीन, सौम्य-सी दिखने वाली उस महिला में जमींदार परिवार का अभिजात्यपन था। मैंने उठकर नमस्कार किया।

"अच्छा किया बहन, जो समय निकालकर आप हमसे मिलने यहाँ आईं।"

उत्तर देते हुए बड़े ही शांत, मीठे स्वर में वे बोलीं। मैं उस महिला के बात करने का तरीका, पहनावा और भारी गहनों को देख रही थी। वे इस परिवार की बड़ी दुल्हन थीं। उनके दो बेटों में शिवम् छोटा था। एक मंद स्मित लिए हुए बेहद शांत, संयमित स्वर में वे बात कर रही थीं।

इसी दौरान शिवम् के साथ उसी श्वेतवस्त्रधारिणी नवयुवती ने पूजा की थाली लिए हुए बाहर से कमरे में प्रवेश किया। सामने से उस युवती को मैं देखती रह गई। सादगी और सुंदरता मानो मूर्त रूप लेकर मेरे समक्ष प्रस्तुत हो गई थी। वह युवती मुझे देखकर सकपका-सी गई थी। बिना कुछ बोले वह भीतर चली गई। कुछ देर के लिए कक्ष में सन्नाटा खिंच गया। फिर बड़ी दुल्हन ने ही बताया कि वह युवती उनकी विधवा देवरानी है। देवर ने ब्याह के कुछ माह पश्चात ही आत्महत्या कर ली थी। उसके बारे में बताते हुए बड़ी दुल्हन कुछ असहज-सी हो गई थीं। इसके बाद बातचीत का सिलसिला जम नहीं पाया सो मैं अपनी औपचारिकता निभाकर लौट आई।

बड़ी दुल्हन से मिलकर आने के बाद मुझे लगा कि संभवतः वे भी कभी मुझसे मिलने आएँगी। किंतु मेरी प्रतीक्षा व्यर्थ ही गई। वे मेरे पास कभी नहीं आईं। हाँ, शिवम् से मेरी छुटपुट बातचीत होती रहती थी। वह अक्सर पिछवाड़े के आँगन में फुदकता रहता था। आँगन में तुलसी के चौरे पर जब छोटी दुल्हन दीप जलाती या जल चढ़ाती, तो वह उसकी नकल उतारता। शायद चाची से उसकी काफी बनती थी। उसी का पल्लू पकड़े वह ठुमकता रहता था। जब कई महीनों से छोटी दुल्हन भी नजर नहीं आई, तो मैंने सोचा संभवतः मायके गई होगी। लेकिन मेरे घर काम करने वाली लहरिया ने बताया कि छोटी दुल्हन जब से विधवा हुई हैं, बहुत अधिक पूजा-पाठ करती हैं। जब ध्यान करने बैठती हैं, तो महीनों ध्यान में ही डूबी रहती हैं। छोटी दुल्हन जब समाधि में रहती हैं, तो राजा साहब और बड़ी दुल्हन के सिवाय उनके कमरे में कोई नहीं जा सकता। मेरे लिए यह बात बड़ी विचित्र थी। इतनी कम उम्र में छोटी दुल्हन का ऐसा वैराग्य, इतना जप-तप! लेकिन बड़े लोगों की महिमा वे लोग ही जानें।

एक दिन सुना राजा साहब की कोठी की मरम्मत होने वाली है। कुछ ही दिनों में तोड़-फोड़ का काम आरंभ हो गया। लहरिया बता रही थी कि पहले एक हिस्सा तोड़कर नई हवेली बन जाएगी तब पुराना ढाँचा टूटेगा। रात-दिन की

अनवरत खटर-पटर से मेरा सुख-चैन छिन गया था। संभवत: उन दिनों मैं माँ बनने वाली थी इसलिए इतने शोर-शराबे से बेचैन हो जाती थी। फिर एक दिन लहरिया ने आकर बताया, "बीबी रानी, किसी को कहियो मती, राजा साहब के यहाँ तुलसी के चौरे के नीचे की खुदाई में तीन नन्हें बच्चों के कंकाल मिले हैं। मजदूरों ने काम करना बंद कर दिया है। अब देखो, का होत है।"

लेकिन नहीं, नई इमारत का काम बंद नहीं हुआ। फिर लहरिया ने ही बताया कि दोगुनी, चौगुनी मजूरी देकर मजदूरों के मुँह बंद कर दिए गए और किसी को कानोंकान खबर नहीं हुई। मैं तो सन्न रह गई। मेरा मन दहल गया था। मैं ईश्वर से यही मना रही थी कि किसी तरह आने वाला मेहमान इस 'लाल कोठी' की पापमयी छाया से दूर रहे। शायद ऊपर वाले ने मेरी पुकार सुन ली थी। मेरे प्रसव की तिथि निकट आ ही गई थी कि पतिदेव एक बार पुन: अपने तबादले का फरमान ले आए।

अपनी संतानहीनता को लेकर जो ताने-उलाहने मैंने सुने थे उनसे विरक्त होकर मैंने गर्भवती होने की सूचना अपने परिवार तक को नहीं दी थी। समयानुसार मुझे प्रसव वेदना आरंभ हुई और शीघ्र ही मैंने एक स्वस्थ बेटे को जन्म दिया। इत्तेफाक से लहरिया इस नाजुक समय में मेरे साथ नहीं थी। उसकी माँ गुजर गई थी सो उसे गाँव जाना पड़ गया था।

नन्हा बच्चा अभी चंद दिनों का ही हुआ था कि एक रात अनायास ही मुझे लगा कि कोई मेरे द्वार की साँकल खटखटा रहा है। मेरे पति को दो दिन के लिए सरकारी कार्य से बाहर जाना पड़ गया था। जाने से पहले वह बार-बार पूछ रहे थे- "तुम डरोगी तो नहीं?" उन्हें पूरी तरह आश्वस्त करके मैंने जबरदस्ती उन्हें भेज दिया था। और अब साँकल के खड़कते ही मुझे भय-सा लगने लगा। पहले मुझे लगा कि यह मात्र मेरा भ्रम है, लेकिन जब लगातार साँकल बजता रहा तब साहस कर के मैंने द्वार खोला और सन्न रह गई। द्वार के बाहर बहुत ही घबराई हुई 'लाल कोठी' की 'छोटी दुल्हन' खड़ी थी। उसकी गोद में नवजात शिशु था। घबराहट के कारण वह कुछ बोल नहीं पा रही थी। मुझे देखते ही उसने गोद के बच्चे को मेरी गोद में सौंप दिया। चटपट एक चिट्ठी मुझे थमाकर वह अँधेरे में अंतर्ध्यान हो गई। मैं हतप्रभ खड़ी थी। इस घटना का कोई साक्षी न था। मैंने नवजात को खोलकर देखा। वह एक सुंदर-सी कन्या थी। ईश्वर की कृपा से इधर

की उधर लगाने वाली लहरिया भी इस समय छुट्टी पर थी।

अगले दिन सुबह ही वह गाँव से वापस आ गई। आते ही उसने लाल कोठी की खबर सुनाई- "बीबी रानी, छोटी दुल्हन कल रात से ही कोठी से गायब हैं। बड़े राजा बेहद गुस्से में हैं। सारे नौकरों को हड़काए पड़े हैं। किसी को नहीं पता कि छोटी दुल्हन कहाँ गईं ?"

फिर मेरी गोद में दो बच्चों को देखकर वह खुश हो गई, "वाह बीबी, जब ऊपर वाले ने दिए, तो दो-दो एक्के साथ दे दिए।" वह कुछ भी भाँप न सकी और मैंने चैन की साँस ली। एकांत में छोटी दुल्हन की चिट्ठी खोलकर पढ़ने लगी-

"आदरणीया,

मैं आपको नहीं जानती, लेकिन पता नहीं क्यों मुझे लगा आप ही मेरी और मेरी बच्ची की जान बचा सकती हैं। यह भी संयोग देखिए कि मुझे और आपको एक साथ संतान प्राप्ति हुई। अपनी ममता का थोड़ा भी अंश यदि आप मेरी बच्ची को दे देंगी, तो उसका जीवन सँवर जाएगा। इस 'लाल कोठी' में बहुत से पाप होते आए हैं। मैं इसे छोड़कर जा रही हूँ। कहाँ ? मैं भी नहीं जानती। जितनी शीघ्र हो सके आप भी इसे छोड़ दीजिए।

- आपकी कोई !"

मैंने पत्र मोड़कर रख दिया। नियत समय पर सामान बाँधकर हमने परिवार सहित वह घर, वह शहर छोड़ दिया। समय अपनी निर्बाध गति से भागता रहा। मेरे दोनों बच्चों ने अपनी शिक्षा पूरी करी और हमारा घोसला छोड़कर अपने उन्मुक्त आकाश तलाश लिया। अपने-अपने जीवन में दोनों ही सफल थे। पति के नौकरी से अवकाश प्राप्त करने में अभी कुछ बरस शेष थे। अब बच्चों की जिम्मेदारी से कुछ मुक्त होकर अपने इष्ट मित्रों के साथ अक्सर हमारा भ्रमण का कार्यक्रम बनता रहता था। पति के मित्रों में सान्याल दम्पति का साथ मुझे सबसे अधिक सहज और प्रिय लगता था। इस बार भी भ्रमण उन्हीं के साथ था। आज नियति ने मुझे अनायास ही जिससे मिलवा दिया था, उसके जीवित होने अथवा अपने जीवन में उससे दोबारा मिलने का मुझे स्वप्न में भी आभास नहीं था।

रातभर मैं कच्ची-कच्ची नींद में रही। कभी झपकी लग भी जाती तो विचित्र से स्वप्न आते। इसी जागी-सोई निद्रा के साथ रात बीत गई। अगले दिन मैं ब्रह्म मुहूर्त में जाग गई। सभी लोग अभी तक गहरी नींद में थे। शाल लपेटकर मैं बाहर

चली आई। बारिश के बाद पहाड़ धुलकर साफ हो गए थे। आश्रम की हरियाली और फूलों भरी बगिया की शोभा देखकर मैं मंत्रमुग्ध थी। तभी मुझे भ्रम-सा हुआ मानो कोई मुझे पुकार रहा हो। मैंने इधर उधर देखा-कोई नहीं था। मैं पुनः टहलने लगी। तभी एक बार फिर वही स्वर सुनाई दिया। मैंने ऊपर देखा तो खिड़की पर वही रात वाला चेहरा दिखाई पड़ा। हमारी दृष्टि मिली और एक पहचान की क्षीण-सी रेखा उभर आई। पल भर में वह साध्वी नीचे आ गई।

"अगर मैं गलत नहीं हूँ तो पच्चीस बरस पहले हम एक बार मिले थे।" कहते हुए वह मेरे पास से अपरिचितों की तरह निकल गई। मैं कुछ चकित-सी थी, फिर समझ ही गई कि आश्रम के नियमानुसार आगंतुकों से अधिक बात नहीं की जा सकती। मेरी दृष्टि ने दूर तक उसका पीछा किया। वह झुककर दूर लाइब्रेरी की दीवार के पास बनी किसी क्यारी की मिट्टी को उलटने-पलटने का उपक्रम कर रही थी। मैं आहिस्ता-आहिस्ता चलते हुए उसके पास पहुँच गई। मुझे पता था कि हमारे पास अधिक समय नहीं है। अभी सब लोग जाग जाएँगे और हमारे नितांत अपने ये एकांत के क्षण पराए हो जाएँगे।

"तुम वही हो ना? अगर मैं गलत नहीं हूँ, तो तुम वही हो। 'लाल कोठी' की छोटी दुल्हन?" मैंने अनभिज्ञ दृष्टि से उसकी तरफ देखते हुए पूछा।

उसके होंठ काँप रहे थे। आँखें भरी हुई थीं।

"मेरी बेटी कैसी है?" उसका मातृत्व एक पल में छलक आया था।

"वह खूब पढ़-लिख गई है छोटी दुल्हन, अच्छी नौकरी कर रही है। जल्द ही उसका ब्याह हो जाएगा।"

"आपने मेरी बच्ची को एक अच्छा जीवन दिया। मैं कैसे धन्यवाद करूँ आपका?"

"लेकिन ये सब करने पर तुम्हें किसने बाध्य किया?" मैंने उससे पूछ ही लिया।

"उस कोठी में ब्याह कर आई मैं गरीब परिवार की अनाथ लड़की थी। सोचा, ब्याह के बाद खाना तो मिलेगा। लेकिन मेरा दुर्भाग्य देखिए, पति ने ब्याह के छह माह के बाद ही लाइसेंसी रिवॉल्वर से गोली मारकर आत्महत्या कर ली। जमींदार परिवार की बहू थी सो मुझे मायके भेज देना उनकी शान के खिलाफ था। फिर मायके जाती भी तो किसके पास। माँ-बाप थे नहीं। एक मंदबुद्धि भाई

जो चाचा-चाची पर स्वयं ही बोझ बना हुआ था। 'लाल कोठी' मुझे नहीं छोड़ना चाहती थी। हर रात मेरे लिए कालरात्रि बनकर आती। हर रात जेठ जी मेरा शोषण करते और मेरी चीखें उन दीवारों में घुटकर रह जातीं। जेठानी जी सब कुछ जानकर भी सहम-सहमकर चुप ही रहतीं। कुछ भी बोलने का न उनमें साहस था न अधिकार। जब-जब भी मैं गर्भ से होती तो कह दिया जाता, कि मैं ध्यान में चली गई हूँ। महीनों कमरे में बंद रहती। पुरानी विश्वसनीय दाई की मदद से बच्चे पैदा होते और तुरंत ही दफना दिए जाते। तुलसी के चौरे के नीचे मेरी कोख के तीन टुकड़े दबा दिए गए और मैं अभागन उनका सोग भी न मना पाई।" छोटी दुल्हन के मुँह से एक दबी हुई सिसकी निकल पड़ी।

"चौथी बार जब मैं गर्भवती हुई तो प्रसव के समय न जाने कैसे उस वृद्धा दाई का जमीर जाग गया। बोली, कि मेरा जो होगा सो होगा, तुम यहाँ से भाग जाओ, छोटी दुल्हन। उसी ने मुझे अपनी बेटी आपको सौंपने के लिए कहा था। मुझे भी लगा कि शायद आपके ही माध्यम से मेरी मुक्ति का मार्ग निकलेगा। अपनी बेटी आपको सौंपने के बाद मैं सीधे गंगा की गोद में समा जाती, लेकिन उसकी उफनाती लहरें देखकर मेरे भीतर भय समा गया। पल्लू से मुँह ढाँप साड़ी को कफन की तरह लपेट लिया था मैंने। रातभर भटकने के बाद मैं सुबह तक रेलवे स्टेशन आ गई। कुछ पैसे पास में थे। टिकट लेकर गाड़ी में बैठ गई। मुझे पता नहीं था कि मेरा गंतव्य क्या होगा? भविष्य क्या होगा? किंतु इतना पता था कि मुझ जैसी युवा स्त्री संसार के किसी कोने में सुरक्षित नहीं। इससे पहले कि मैं किसी पुरुष की भोगलिप्सा का शिकार बनती, वैष्णवियों का एक दल रामधुन करते हुए ट्रेन के उसी डिब्बे में आ गया जिसमें मैं बैठी थी। कुछ स्टेशनों के बाद वे सब उतरीं और उनके पीछे-पीछे मैं भी उतर ली। जिस दिन सिर मुंडाकर अपना श्राद्ध कर्म किया, अपने सघन केशों की तिलांजलि दी, उस दिन बड़ी तकलीफ हुई। माया-मोह, रिश्ते-नाते, सभी से मुक्ति पाना था मुझको। इन सभी को न तजती तो और चारा भी क्या था मेरे पास। गुरु माता ने मुझे दीक्षा दी। आज मैं आश्रम की सिद्ध संतिनी हूँ। किंतु क्या सच में?"

वह एक करुण हँसी हँस पड़ी।

"जोगिया वस्त्र पहन लेने से इच्छाएँ नहीं मर जातीं। मुझे कितना चाव था रंग-बिरंगे कपड़े पहनने का, लहरिया चुनरी ओढ़ने का। लाल, हरी रेशमी

चूड़ियाँ, छम-छम पायलें कितनी अच्छी लगती थीं मुझे। सारे सुख-चाव धरे रह गए। सब छूट गया। सावन, फागुन, बसंत सारे मौसम बैरागी हो गए। मैं अभागन अपनी ही चिता में जलकर कोयला भई न राख। अब तो उमर ही बीत गई। ईश्वर ने सुहाग छीना, समाज ने श्वेत वस्त्र पहनाए। उसी समाज के भेड़ियों से बचने के लिए जोगिया चोला धारण किया। पूरा जीवन इस मुंडे सिर और जोगिया कपड़ों में ही बीत गया। मुझे लगा था सारी इच्छाएँ, भावनाएँ बलपूर्वक दबा ली हैं मैंने। निर्विकार, निर्भाव हो चुकी हूँ। लेकिन नहीं, आज आपको देखा तो लगा वह सब वहम था, झूठ था, सत्य केवल यह है कि मैं एक औरत हूँ, एक माँ हूँ, जिसकी अमानत आपके पास है। फिर भी ये जोगिया चोला मेरा सुरक्षा आवरण है। आपकी दुनिया में वापस गई, तो आपका समाज मुझे नोच खाएगा। इतनी आश्वस्ति है कि मेरी बेटी को आपने अच्छा जीवन दिया। कैसे धन्यवाद दूँ आपको?"

उसने झुककर मेरे पैरों की धूल अपने माथे से लगा ली और अपने भगवा वस्त्रों से चुपचाप अपने आँसू पोंछ लिए।

वह अपरिचितों की तरह चली गई। मैं उसे पुकारना चाहती थी, कहना चाहती थी कि छोटी दुल्हन, तुम्हारी बेटी तुम्हारी तरह ही सुंदर है, बेहद आत्मविश्वासी। उससे मिलोगी तो तुम्हारी ही नजर उसे लग जाएगी। लेकिन हमारा समय समाप्त हो चुका था। मैं थके कदमों से कमरे में चली आई।

सामान बाँधकर हमने उन संन्यासिनों को धन्यवाद दिया और उनसे विदा लेकर हम चल पड़े। चलते समय मेरी आँखें छोटी दुल्हन को ढूँढ़ रही थीं किंतु वह कहीं नहीं दिखी। शायद वह इस समय अपने कक्ष में छिपी होगी। अपनी अनदेखी बेटी को याद करते हुए उसकी आँखें अनवरत बह रही होंगी। वह बार-बार उन्हें पोछ रही होगी, ताकि कोई उन्हें देख न ले। सिद्ध संन्यासिनी को आँसू बहाने का अधिकार भी तो नहीं होता। जब उसकी आँखें पूरी तरह सूख जाएँगी तभी शायद वह अपने कक्ष से बाहर आएगी।

वो संन्यासी

गुप्तकाशी के उस प्राचीन मंदिर में शिवलिंग पर जल चढ़ाते हुए 17 बरस पुराने परिचित स्वर को सुनकर अनायास जल की धार बीच में ही रोक दी मैंने। पलटकर देखा- अधपकी दाढ़ी-मूछों के बीच चश्मा लगाए हुए एक अधेढ़ संन्यासी ॐ नमः शिवाय का जाप करते हुए मंदिर की परिक्रमा कर रहे थे। हतप्रभ-सी मैं उस परिचित आकृति को देखती ही रह गई। पुजारी के टोक देने पर मैंने कलश से पुनः शिवलिंग पर जल चढ़ाना आरंभ किया। मन-ही-मन सोच रही थी कि संन्यासी की उस परिचित आकृति को मैंने तो पहचान लिया था, किंतु क्या वे भी मुझे पहचान लेंगे?

मंदिर के गर्भगृह से निकलकर मैं वहीं प्रांगण में बड़ी देर तक सीढ़ियों पर गुमसुम बैठी रही। सामने कुंड में न जाने कितने बरसों से दो धाराएँ निरंतर गिर रही थीं। कहते हैं कि इन धाराओं में गंगोत्री और यमुनोत्री का जल आता है।

संन्यासी की परिक्रमा समाप्त हो गई थी और वे कमंडल में दोनों धाराओं का जल एकत्र करके अपने कक्ष में जाने ही वाले थे कि मैंने उन्हें रोक लिया, "भइया, पहचाना नहीं क्या?"

ठक्क से वे खड़े रहे, "कौन हो तुम?"

"मैं तुम्हारी छुटकी, तुम्हारी छोटी बहन।"

"कौन छुटकी, कैसी बहन, ना-ना, संन्यासी का कोई नहीं होता, कोई नाता नहीं, कोई रिश्ता नहीं।"

"भइया।" मैंने लपककर उनकी कलाई पकड़ ली, "राखी के धागे भी याद नहीं?"

"कुछ याद नहीं, कुछ भी याद नहीं। मोह-माया में नहीं पड़ना अब। सब

कुछ समाप्त हो गया।" कहते-कहते उनका स्वर काँप गया।

भाई मेरा हाथ छुड़ाकर लंबे-लंबे डग भरते हुए अपने कक्ष में चले गए। मैं स्तब्ध थी। रुड़की के पढ़े-लिखे मेरे इंजीनियर भाई की यही नियति थी क्या? बाबूजी के न रहने के बाद अम्मा ने हमें पाल-पोसकर बड़ा करने के लिए कितने पापड़ बेले थे। वे सरकारी अस्पताल में मुख्य चिकित्सक थे। सरकारी बंगला, कार, अच्छी तनख्वाह, हर चीज भरी-पूरी। अम्मा रानी की तरह राज करतीं।

बड़ी जिया का ब्याह बाबूजी की नौकरी में बड़ी धूमधाम से हुआ। भाई भी उस समय रुड़की में पढ़ रहे थे कि एक दिन अनर्थ घट गया। अस्पताल से लौटे बाबूजी के सीने में हल्का-सा दर्द हुआ और चौबीस घंटे के अंदर ही सब कुछ समाप्त हो गया। हमें अपना सरकारी आवास व सुविधाएँ छोड़नी पड़ीं। जिस अस्पताल के सबसे बड़े डॉक्टर की पत्नी थीं, उसी अस्पताल के दफ्तर में अम्मा को मामूली क्लर्क की नौकरी करनी पड़ी। अम्मा ने बड़ी हिम्मत से हम भाई-बहनों को समेट लिया। पैसा था, लेकिन लूटने वाले भी थे। दो बरस बाद ही भाई को रुड़की से डिग्री मिली और नौकरी भी। अम्मा के संघर्ष के दिन समाप्त हुए। जो रिश्तेदार बाबूजी के न रहने पर झाँकने भी नहीं आए थे, वे ही भाई की नौकरी लगते ही गुड़ पर मक्खी की तरह भिनभिनाने लगे। भाई अभी ब्याह नहीं करना चाहते थे। वह खुद से पहले मेरा ब्याह कर देना चाहते थे, लेकिन अम्मा को बहू लाने का चाव बहुत था। उनका मानना था कि बहू के आने से घर में रौनक आ जाएगी। सच ही था। अम्मा सुलेखा भाभी को बेहद साधारण परिवार से लेकर आई थीं। वे कहती थीं कि साधारण परिवार की लड़की घर बनाकर चलती है। दरअसल अम्मा चाहती थीं कि बहू के रूप में उन्हें एक बेहद दबी-दबाई लड़की मिले, जिस पर वह अपना एकक्षत्र निरंकुश शासन चला सकें। खैर, सुलेखा भाभी आईं। मासूम, अल्हड़, खिल-खिल हँसने वालीं। भाई-भाभी की जोड़ी सच में बेहद प्यारी थी। भाई सौ जान से भाभी पर न्योछावर रहते। लेकिन न जाने क्यों पुत्र का बँटवारा अम्मा को रास नहीं आया और सुलेखा भाभी की मासूम हँसी सूखती चली गई। उनका पहनना-ओढ़ना, भाई से बतियाना, घूमना-फिरना सभी कुछ अम्मा की इर्ष्यालु और क्रूर दृष्टि में झुलसकर रह गया। ब्याह के पाँच बरस बाद भी जब उनकी गोद नहीं भर सकी, तो अम्मा ने उठते-बैठते उन्हें ताने-उलाहने देने आरंभ कर दिए। इसी बीच मेरा भी ब्याह तय हो गया था। सुलेखा भाभी के

बड़े अरमान थे मेरे ब्याह के लिए। ब्याह की तिथि तय होते ही रिश्तेदारों का आना आरंभ हो गया। हर रिश्तेदार मेरे ब्याह की बधाई बाद में देता, पहले अम्मा से भाभी के लिए सहानुभूति जताता। किंतु ब्याह के एक दिन पहले जब भोपाल वाली बुआ ने पूजा की किसी रस्म में भाभी को बाँझ कहकर बैठने नहीं दिया, तो भाभी की वेदना भरी दृष्टि ने मुझे भीतर तक चीर दिया।

उस रात मैं भाभी के साथ ही सोई थी। मेरे संग बहनापा था उनका। हम ननद-भाभी कम, सखियाँ अधिक थीं। उस रात भाभी की बेचैनी भाँपकर मैंने उन्हें बेहद दिलासा दिया, तो वे बिलख पड़ीं। वह राज जिसे वह आज तक अपने सीने में दफन किए थीं, उस भावुक क्षण में मुझसे कह गईं। सुनकर मैं सन्न थी। कमी मेरी सुलेखा भाभी में नहीं, बल्कि भाई में थी जिसका उपचार भी संभव न था। भाई ने भाभी को अपनी कसम देकर मुँह बंद रखने के लिए कहा था। सच्चाई यदि सामने आ जाती, तो भाई के पुरुषोचित अहं को ठेस लगती। शरम और अपमान से वह किसी को मुँह नहीं दिखा पाते, लेकिन सुलेखा भाभी तो उस अपमान की आग में तिल-तिल झुलस रही थीं।

ब्याह वाले दिन मंडप के नीचे हँसी-ठिठोली, गीत सभी कुछ धूम-धाम से संपन्न हो रहा था। बारात रात को आने वाली थी। भोपाल वाली बुआ ने एक बार फिर सुलेखा भाभी के मर्म पर नश्तर चुभोया, तो वह तड़प उठीं। अम्मा भी सामने ही बैठी थीं। "कमी मुझमें नहीं है बुआ जी। आपका ही सिक्का खोटा...।" कहते-कहते वह रुक गईं। सामने से ही भाई आ रहे थे। उनकी आँखों में व्यथा का अथाह सागर लहरा रहा था। भाभी का चेहरा भय से सफेद पड़ गया था, किंतु जो भी सर्वनाश होना था, हो चुका था। मैं तो ब्याह कर ससुराल चली आई थी, किंतु मेरी विदाई के बाद ही भाई घर छोड़कर अचानक चले गए। कहाँ गए, कुछ भी पता नहीं चला। भाभी के घर वालों ने, अम्मा ने, मेरे ससुराल वालों ने उन्हें बहुत ढूँढ़ा, पर वे नहीं मिले। बरस-पर-बरस बीतते गए। सुलेखा भाभी पत्थर हो चुकी थीं और अम्मा उस पत्थर से क्या सिर टकरातीं? समय सारे घाव भर देता है। धीरे-धीरे सुलेखा भाभी भी सँभलीं। बी.ए. पास थीं। नर्सरी टीचर्स ट्रेनिंग कोर्स करके एक प्राइमरी स्कूल में पढ़ाना आरंभ कर दिया। कई बरस बीत गए। भाई के वापस आने की तो क्या जीवित रहने की आस भी हम लोग छोड़ चुके थे। सुलेखा भाभी को समझा-बुझाकर मैंने उन्हें एक व्यावहारिक सलाह दी, जिसे वह

मान भी गईं। अपने सगे विधुर जेठ से मैंने उनका ब्याह करा दिया।

लेकिन भाभी की कथा यहीं समाप्त नहीं हुई। धीरे-धीरे भाभी ने जीना सीख लिया था। ब्याह के दूसरे ही बरस में जब उनके बेटा पैदा हुआ, तो सभी के मुँह बंद हो गए।

पिछले साल हम सभी ने सपरिवार चार धाम यात्रा का मन बनाया। हम लोग गुप्तकाशी पहुँचकर ईश्वर और प्रकृति की महिमा देखकर चमत्कृत थे, उस पर अनायास इस प्रकार बरसों पहले बिछड़े भाई से सामना हो जाएगा, किसने सोचा था।

दर्शन के बाद मैं मंदिर की सीढ़ियों पर चुपचाप बैठ गई थी। देर होता देखकर मुझे ढूँढ़ती हुई सुलेखा भाभी चली आईं, "छुटकी, कहाँ रह गई? उधर सब तुम्हारी प्रतीक्षा कर रहे हैं। चलो तो सही।"

मैंने भाभी को देखा। क्या भाभी को अचानक ही अपने ज़ीवन में आ गए इस झंझावात की तनिक आशंका भी हो रही होगी!

"तुम लोग चलो भाभी, दर्शन कर आओ। मैं कुछ देर यहीं बैठूँगी।"

"ऐसा क्यों?" भाभी हिचकिचाईं।

"भाभी, मुझे कमरे की चाबी दे दो। सच, बड़ी शांति है यहाँ। रुकेंगे तो कल ही दर्शन करूँगी अन्य मंदिरों के।" मैंने भाभी से चाबी ले ली। वह उल्टे पैरों वापस चली गईं।

"वह सुलेखा ही थी न?" खड़ाऊँ की खटखट के साथ संन्यासी का स्वर चला आया। मैंने पलटकर देखा। उनके मुख पर एक स्निग्धता-सी छा गई थी। भाभी के साथ बिताए चंद बरसों का सुख संभवतः उन्हें याद आ गया था।

"भइया, क्या सच में तुम हम सबको भूल चुके हो? सच-सच बताना।"

"नहीं छुटकी, बड़ी कोशिश की कि कुछ भी याद न रहे लेकिन...।" एक ठंडी साँस लेकर भाई मेरे बगल में बैठ गए, "छुटकी, कोई सुख न दे सका तुम लोगों को। अम्मा को बुढ़ापे में मेरी जरूरत थी, सुलेखा का पति था मैं और तेरा बड़ा भाई, सारे दायित्वों से मुँह मोड़ लिया मैंने। सच, मुझसे बड़ा कृतघ्न कोई न होगा।" वे दोनों हाथों में सिर थामकर बैठ गए।

"भइया, क्यों चले गए थे सब कुछ छोड़कर?"

"छुटकी, सुलेखा का जब मुझसे ब्याह हुआ, तो वह बेहद मासूम और

भोली थी, लेकिन मैं तो समझदार था। मैं जानता था कि मैं उसे दाम्पत्य सुख नहीं दे पाऊँगा। फिर भी अम्मा की जिद की खातिर मैं उसे ब्याह लाया था। बेहद बचपना था सुलेखा में। उसकी सारी इच्छाएँ पूरी करता था मैं, लेकिन जब उसने जान लिया कि मैं उसे संतान सुख नहीं दे सकता, तो वह उदास हो गई, फिर भी मुझसे उसका अजब-सा मोह था। हम दोनों ने तय कर लिया था कि एक-दूसरे का हाथ थामकर ही पूरा जीवन निभा ले जाएँगे, लेकिन हम दोनों ही नहीं जानते थे कि जीवन केवल पति-पत्नी तक ही सीमित नहीं रहता। एक स्त्री से, एक पत्नी से, एक बहू से परिवार वंशज की अपेक्षा करता है। पुरुष में किसी को खोट नहीं दिखता, स्त्री पर ही दोषारोपण किया जाता है। तेरे ब्याह में जब रिश्तेदारों ने सुलेखा पर व्यंग्य-बाण छोड़ने आरंभ किए, तो मैं चुप रहा। मुझे उसकी ढाल बनना था, लेकिन मैं कायर की तरह कुछ नहीं बोला। एक तरफ उस पर बाँझ होने का दोष लग रहा था और दूसरी तरफ मामी, मौसी, ताई सब अम्मा को घेरकर मेरा दूसरा ब्याह रचाने की सलाह दे रही थीं। सुलेखा सब चुपचाप सुन रही थी, सह रही थी। जब नहीं सह सकी, तो फूट पड़ी। परिवार और समाज की दृष्टि में अपनी उपेक्षा कैसे सहता मैं? तेरी विदाई हुई और उसी रात घर छोड़ दिया मैंने। एक बार भी नहीं सोचा कि मेरे बाद मेरी निर्दोष पत्नी पर क्या बीतेगी? एक शहर से दूसरे शहर, एक गाँव से दूसरे गाँव, ट्रेन, बस, बैलगाड़ी, मैं चलता रहा, चलता रहा। पता नहीं कैसे यहाँ तक आ पहुँचा। एक महात्मा थे, उन्हीं के चरणों में स्वयं को समर्पित कर दिया। एक दिन उनका देहांत हुआ और भक्तों ने उनके स्थान पर मुझे देखना आरंभ कर दिया। अपनी प्रशंसा का मद सवार हो गया था मुझ पर। संन्यासी का चोला पहनते ही स्वयं को भगवान समझ बैठा था मैं। दिन भर भक्तों के प्रवचन में बीत जाता, किंतु रात होते ही मेरे पाप मुझे कचोटने लगते। गाँव के लोग मुझे देवपुरुष मानते हैं, किंतु मैं कितना पापी हूँ, मैं ही जानता हूँ। यहाँ पर चारों तरफ बर्फ से ढकी पर्वत श्रेणियाँ हैं। भूत-प्रेत जैसे ऊँचे पेड़ हैं, किसी का ताना नहीं, उलाहना नहीं। इतना सन्नाटा कि अपनी धड़कन, अपनी साँसों का स्वर सुनकर रोंगटे खड़े हो जाएँ। कभी सोचता हूँ सुलेखा को भी ले आता यहाँ। जैसे नियोग द्वारा कुंती और माद्री ने पाँच पांडव उत्पन्न किए और राजा पांडु को कोई दोष नहीं लगा, तो क्या हम पति-पत्नी ऐसा नहीं कर सकते थे?"

"अगर आप थोड़े विवेक से काम लेते, तो ऐसा संभव हो सकता था।" मैंने और भाई ने पलटकर पीछे देखा, तो सुलेखा भाभी जाने कबसे खड़ी थीं। "हम एक अनाथ बच्चा गोद ले सकते थे।" उनके आँसू अविरल बह रहे थे, "कट ही जाता जीवन, अपनापन देते तो वही बच्चा हमारे भावी जीवन का संबल बनता।"

भाई का चेहरा दुख से काला पड़ गया था, "सुलेखा, मैंने सोचा था कि घर-बार, संसार छोड़कर मुझे शांति मिल जाएगी, लेकिन ऐसा नहीं हुआ। मेरे अंदर का चोर सदा मेरे साथ रहा। मैं बार-बार स्वयं को धिक्कारता कि अपने दायित्वों से कैसे मुँह मोड़ लिया मैंने? कहीं चैन न था सुलेखा, एक भीषण अग्नि थी, जिसमें मैं झुलस रहा था। मैं क्यों नहीं समझ सका कि जिस लांछन से मैं एक ही बार में टूट गया था, वही लांछन मेरी पत्नी एक दिन में कितनी ही बार सुनती और सहती है। कई बार सोचा घर लौट चलूँ, लेकिन आता भी तो किस मुँह से। इसी तरह दिन-पर-दिन बीतते चले गए। लेकिन सुलेखा, अब भी बहुत देर नहीं हुई है। भगवान भी हमें शायद दोबारा मिलाना चाहता है।" भाई की आँखों में दोबारा संसार में, घर-परिवार में वापस लौट आने की ललक थी। उन्होंने लपककर भाभी का हाथ पकड़ लिया। उनका पुरुषोचित अहंकार भाभी को दोबारा वापस पाना चाहता था।

"नहीं स्वामी जी, अब बहुत देर हो चुकी है।" सुलेखा भाभी बेहद दृढ़ स्वर में बोलीं, तो मैं उनका मुँह देखती रह गई। बेहद कोमल, मृदुभाषिणी, मितभाषिणी अपनी भाभी का इतना तल्ख लहजा, स्पष्ट उत्तर सुनकर मैं चौंक गई थी। कुछ कहना चाहती थी मैं, किंतु स्वयं को रोक लिया।

"सत्रह बरस पहले जब आप मुझे छोड़कर गए थे तब भी कलंक मुझ पर ही लगा था और आज जब आप पुनः संसार में वापस लौटना चाहते हैं, तो भी मेरा ही सहारा लेकर। अब तो बहुत देर हो चुकी है स्वामी जी। अगर लौटना ही है, तो कोई और सहारा ढूँढ़िए। मेरा तो घर-परिवार है, पति हैं, बच्चे हैं। मेरे जीवन में अब आपके लिए कोई स्थान नहीं।" भाभी ने मुँह फेर लिया।

मैं मूक दर्शक बनी खड़ी थी। भाई का चेहरा बुझ गया, "सुलेखा, तुम मेरी प्रतीक्षा नहीं कर सकीं। क्यों किया ऐसा? शायद मैं लौट ही आता।"

"अगर लौटना ही था, तो मुझे छोड़कर आप गए ही क्यों? किस उम्मीद पर प्रतीक्षा करती मैं आपकी और क्यों करती? अगर आपके स्थान पर मैं आपको

छोड़कर चली जाती या मर ही जाती, तो क्या आप मेरी प्रतीक्षा करते? नहीं ना। आप तो पुरुष थे ना, मैं मरती तो चिता फूँकने के तुरंत बाद ही से रिश्ते आने आरंभ हो जाते आपके लिए। ऋतुओं का एक चक्र भी आप मुझे समर्पित न करते। फौरन ब्याह रचा लेते। छोड़कर जाती, तो भी कलंकिनी मैं ही कहलाती। आप पर कोई उँगली तक ना उठाता। फिर मुझसे इतने बड़े त्याग की उम्मीद क्यों? मैं भी इंसान हूँ। जीने का हक मुझे भी है। मैंने तो फिर भी पाँच बरस तक आपकी प्रतीक्षा की थी। मेरी जगह आप होते, तो शायद पाँच महीने भी प्रतीक्षा नहीं करते। स्वामी जी, कुंड से निकली ये दो धाराएँ देख रहे हैं।" सुलेखा भाभी तीखे और दुख भरे स्वर में बोलीं, "हम दोनों अब इन्हीं की तरह हैं। ये कभी मिलकर साथ नहीं बहतीं। कहते हैं बड़ी दूर जाकर प्रयाग में इनका संगम होता है। किंतु हमारा साथ और संगम तो अब असंभव है।"

झटके से सुलेखा भाभी मुड़ीं और लंबे-लंबे डग भरती बड़े आत्मविश्वास के साथ अपने परिवार के पास चली गईं। भाई जड़वत, उपेक्षित से वहीं बैठे रह गए। मैं तो बहन थी। उन्हें अकेला छोड़कर मैं कैसे जा सकती थी। वहीं बैठी रही।

"तू भी जा छुटकी, मैं जिस रास्ते पर चल चुका हूँ वहाँ से लौटने की अब कोई राह नहीं।" वे उठकर, टूटे हुए, हारे हुए-से कक्ष में चले गए।

अगले दिन हमारी गुप्तकाशी से आगे की यात्रा थी। भाई फिर नहीं दिखे। जाने से पहले सोचा भाई से मिल लूँ, किंतु उनका कक्ष खाली था। दोनों कपाट खुले थे। मैंने किसी दूसरे पुजारी से उनके विषय में पूछा, तो उन्होंने बताया कि स्वामी जी तो छह माह के अज्ञातवास पर चले गए हैं। यदि उनसे मिलना हो, तो अगले ही बरस मिल सकेंगे। लेकिन मैं समझ गई थी कि भाई अब कभी नहीं मिलेंगे, कभी नहीं लौटेंगे। पिछली बार वे संसार से भागे थे, इस बार शायद जीवन से ही मुँह मोड़ लें।

सुलेखा भाभी का निर्णय सही और व्यावहारिक था और परिस्थितियाँ भी भाई को पुनः गृहस्थाश्रम में लौटने की अनुमति नहीं देती थीं। अपने परिवार, पत्नी और दायित्वों से मुँह मोड़ने वाले मेरे कायर भाई की यही सजा थी।

वारिस

दिल्ली के भीड़-भाड़ वाले स्टेशन पर मैं ट्रेन में चढ़ने ही वाली थी कि किसी ने पीछे से 'वसुधा दीदी' पुकारा। मैं चौंक उठी। इस संबोधन और इस मधुर स्वर को तो मैं लाखों में पहचान लेती। फिर भी मुड़कर देखने का लोभ संवरण नहीं कर पाई। क्या सच में रचना भाभी ने ही मुझे पुकारा? इतने बरस बाद भी उस मीठे स्वर का अल्हड़पन वैसा ही मासूमियत भरा कैसे रह गया? पलटकर देखा, तो अनायास ही हक्की-बक्की खड़ी रह गई। हाँ, वह रचना भाभी ही तो थीं। वही गोरा-उजला रंग और वही निष्पाप, निर्दोष मुस्कुराहट। कहते हैं जाने वाले को पुकारना नहीं चाहिए, लेकिन मैं तो ट्रेन से उतर ही चुकी थी। उम्र जैसे एक बार फिर बीस बरस पीछे लौट गई। सारे गिले-शिकवे भुलाकर मैं रचना भाभी से लिपट गई। आँखें अनायास ही भर आई थीं। समय इतनी तेज रफ्तार से बीत गया था, पता ही न चला।

"वसुधा दीदी, अपने बेटे से मिलिए- आदित्य।" पास ही खड़े लंबे से युवक को रचना भाभी ने आगे किया, तो लगा जैसे हूबहू दिनेश दा ही आकर खड़े हो गए हों। एक अवश-सी रुलाई अंदर से बहने लगी। आदित्य ने आकर पैर छुए, तो खींचकर मैंने उसे गले लगा लिया।

"ये मेरे पति अजय हैं।" रचना भाभी धीरे से बोलीं तो मुझे एक चोट-सी लगी। आँखें फिर भर आईं। रचना भाभी के पति की जगह आज अगर दिनेश दा होते तो...। दिनेश दा के बोल अनायास ही कानों में गूँज उठे- "वसुधा, तू कहेगी तभी अम्मा रचना से मेरा ब्याह कराएँगी, नहीं तो नहीं।"

रचना भाभी ने ऐसा क्यों किया? दिनेश दा की विधवा बनकर ही जीवन काट लेतीं। इतना प्यार करने वाले पति के लिए तो लोग सात जन्मों की कामना करते

हैं। रचना भाभी एक जीवन भी प्रतीक्षा न कर पाईं।

मेरी ट्रेन चली गई थी। जाती हुई ट्रेन कब किसके लिए रुकती है। एक यात्री न सही दूसरा यात्री। क्या जीवन का सफर भी ऐसा ही होता है? मनपसंद जीवनसाथी का साथ छूट जाए तो क्या दूसरे का साथ जरूरी हो जाता है? रचना भाभी के पति अजय काफी सहृदय लगे। दूसरे के बच्चे को पढ़ा-लिखाकर लायक बना देना सहृदय लोग ही कर सकते हैं। वे हमें अकेला छोड़कर चाय लाने चले गए। आदित्य पत्र-पत्रिकाएँ देख रहा था।

"वसुधा दीदी, आदित्य ने रुड़की से इसी साल इंजीनियरिंग की डिग्री ली है। आपके भैया यही चाहते थे न?" रचना भाभी ने जब कहा, तो मुझे न चाहते हुए भी पूछना ही पड़ गया, "भाभी, क्या दूसरा ब्याह करना इतना जरूरी था?"

"आप कुछ भी कह सकती हैं दीदी, मैं कोई सफाई नहीं दूँगी। बस इतना जान लीजिए कि अगर अजय न होते, तो न मैं जीवित रहती न आदित्य।"

मुझसे कुछ बोला न गया। अजय चाय ले आए थे। चुपचाप चाय पीने लगी। चुप्पी को मानो एक बहाना मिल गया था। मेरे कानों में अम्मा के शब्द बार-बार गूँज रहे थे- "कुलच्छनी के पैर ही अशुभ हैं। कोई और बहू होती तो दिनेश की ऐसी गत न बनती।"

कभी लगता दिनेश दा बिस्तर पर लेटे पुकार रहे हैं, "लौट आओ रचना। एक बार तुम्हें देख लूँगा तो चैन से मर सकूँगा।"

पर जिसे वे पुकार रहे थे, उसे तो अम्मा ने धक्के मारकर कब का घर से निकाल दिया था।

"भाभी हो सके तो एक बार अपने ससुराल हो आओ। नहीं तो अम्मा को मुक्ति नहीं मिलेगी।"

रूँधे गले से भाभी का हाथ थामकर मैंने कहा, तो उनकी आँखें छलछला आईं। मुझे दिनेश दा का संपूर्ण परिवार देखना अद्‌भुत लग रहा था। दिनेश दा के बगैर!

न जाने क्यों रचना भाभी के पति को दादा कहने का मन हो आया। आज अगर दिनेश दा होते तो...। सत्तासी बरस की अम्मा बैठी हैं अभी। कोई इंद्रियाँ काम नहीं करतीं। लेकिन मेरे बाबूजी, संतोष दा, दिनेश दा सबको एक-एक करके भगवान ने बुला लिया।

कई बरस बीत गए। अब सभी कुछ सपना-सा लगता है। कितना सुखी परिवार था हमारा। दो बेटों की माँ होने का कितना गुमान था अम्मा को। इकलौती थी मैं। दो भाइयों के बाद आई थी। भाग्यशालिनी थी। बाबूजी इंटर कॉलेज के प्रिंसिपल थे। उन्होंने ही आठवीं पास अम्मा को आगे पढ़ने की प्रेरणा दी। इंटर, बीटीसी करके अम्मा भी टीचर हो गईं। प्रतापगढ़ छोटा-सा शहर था। बाबूजी के कॉलेज में ही अम्मा ठाठ से नौकरी करने लगीं, लेकिन अपने ठेठ देसी संस्कार, देसी मानसिकता और देसी बोली नहीं भूलीं। कॉलेज में उनका रूप, उनकी बोली कुछ और रहती और घर में कुछ और।

बाबूजी की प्रेरणा से ही मैं लखनऊ पढ़ने गई। मैंने भी एम.ए. फिर बी.एड. किया। पढ़ाई समाप्त होते न होते बाबूजी ने मेरे हाथ पीलेकर दिए। मेरे बड़े भइया संतोष दा पढ़ने में अच्छे थे, कम्पटीशन पास करके इनकम टैक्स अफसर बने तो छोटे दिनेश दा पढ़ने के लिए इलाहाबाद भेजे गए।

संतोष दा का ब्याह हुआ। ढेर सारे दान-दहेज और सामान के साथ फूल-सी सुकुमारी सुप्रिया भाभी आईं, तो घर में मानो ताजी बयार का एक झोंका आ गया। अम्मा भी घर-बाहर सँभालते-सँभालते थक गई थीं। भाभी के आने से उन्हें भी राहत मिली। मैं भी मायके जाती, तो बैठने-बोलने के लिए भाभी का संग-साथ रहता। जब सुप्रिया भाभी के पाँव भारी हुए तो अम्मा तो बावरी-सी डोल गईं- "हे दुर्गा मैया, पोता होगा तो सवा किलो लड्डू का प्रसाद चढ़ाऊँगी।"

उस छोटे-से शहर में बाबू जी का बड़ा रुतबा था। घर-बाहर सुप्रिया भाभी पर आशीष बरसते कि 'पुत्रवती भव।' अम्मा तो चौबीस घंटों में बीस बार बेटा होने का जाप करतीं तो धीरे से एक दिन सुप्रिया भाभी बोल ही पड़ीं- "अम्मा जी, कोई गारंटी है क्या कि बेटा ही होगा? मुझे तो बेटियाँ ही प्यारी लगती हैं।"

इतना सुनना था कि अम्मा पर मानो बम फूट गया, 'शुभ-शुभ बोल बहू। इस खानदान में हमेशा पहला बेटा ही होता आया है। मेरी सास के भी, जेठानी के भी और मेरे भी। तब तेरी कोख से बेटी काहे जन्मेगी? बता तो?" भाभी चुप लगा गईं।

कोख के अंदर की महिमा तो ईश्वर ही जानता है। परंपरा टूटनी थी सो टूटी। सुप्रिया भाभी को बेटी हुई, तो बाबूजी फूले नहीं समाए, लेकिन अम्मा ने दो दिन तक पोती का मुँह नहीं देखा। तीसरे दिन जबरदस्ती जब नन्हीं पोती को अम्मा की

गोद में दिया तो उनके चेहरे पर हल्की मुस्कुराहट फूटी।

किंतु अभी सुप्रिया भाभी की कोख की परीक्षा पूरी कहाँ हुई थी? जब डेढ़ साल में ही दूसरी बेटी घर आई, तो अम्मा ने सिर पीट लिया। शांत सुप्रिया भाभी बार-बार गर्भ परीक्षण न करवाने की जिद पर अडिग थीं। अम्मा उन्हें रात-दिन वंश का वारिस पैदा न करने के ताने सुनाती थीं। संतोष दा का दूसरा ब्याह कराने की धमकी भी अक्सर ही दिया करती थीं। संतोष दा सरकारी नौकरी में अनाप-शनाप पैसा कमा रहे थे। गलत तरीके से कमाया गया पैसा कई अलाएँ-बलाएँ भी साथ ले आता है। संतोष दा को शराब पीने की लत लग भयानक रूप से लग चुकी थी। अब तो वह भी सुप्रिया भाभी को बेटा पैदा न करने का ताना देने लगे थे। उनका कहना था कि इतना पैसा कमाकर रख रहा हूँ, तो किसके लिए? जब उसे भोगने वाला कोई वारिस ही न रहेगा, तो ऐसा पैसा किस काम का? अम्मा रात-दिन भुनभुन करतीं- "बड़े भाग थे जो हमरी एक्के बिटिया रही। सस्ते के जमाने में ब्याही गई। ई दूनो तो हमरे संतोष को बिकवा कै ही दम लैहें।" दोनों पोतियों से उन्हें कोई लगाव नहीं था, हाँ नवरात्रों में नौ देवियों का व्रत बड़ी ही धूमधाम से करती थीं।

घर में बस अम्मा और संतोष दा की ही चलती थी। शांत स्वभाव के बाबूजी रिटायरमेंट के बाद और भी अंतर्मुखी हो गए थे। सरकारी रुतबे ने संतोष दा का अहंकार और अधिक बढ़ा दिया था। घर बैठी बीवी उन्हें 'बच्चा पैदा करने की मशीन' से अधिक कुछ नहीं लगती थी। उनकी चरित्रहीनता को लेकर विभाग में कई बार बातें उड़ चुकी थीं। ऐसा नहीं था कि सुप्रिया भाभी को यह सब पता न था, किंतु वे अपना घर तोड़ना नहीं चाहती थीं।

वह एक बार पुनः गर्भवती हुईं। जिद तोड़कर गर्भ परीक्षण करवाया। गर्भ में बेटा तो था, लेकिन फिर भी नौ महीने सुप्रिया भाभी की जान साँसत में पड़ी रही। यह तो एक जुआ था जिसमें सुप्रिया भाभी की कोख दाँव पर लगी थी। वे नौ माह अंतर्द्वंद्व झेलते हुए खोखली हो गईं। नौ माह बाद 'पुत्रवती भव' का आशीर्वाद फला, किंतु दो शापों के साथ। बेटा जन्म से ही गूँगा-बहरा था, यह तो पहले दिन ही पता चल गया था, किंतु चार-पाँच दिन बाद ही उसकी विचित्र हरकतें देखकर सभी को अटपटा लगने लगा। बच्चे का भावहीन चेहरा और काँच की गोलियों-सी आँखें भयावह लगने लगीं। धीरे-धीरे ज्ञात हो गया कि बच्चा नॉर्मल

नहीं है। उसके साथ के बच्चे घुटनों चलते, किलकारियाँ भरते, किंतु वह भावशून्य आँखों से स्थिर बना हमें घूरता रहता। किंतु सुप्रिया भाभी ने हार नहीं मानी। अपने उसी मंदबुद्धि शिशु पर वे जान छिड़कतीं। संतोष दा उसे गाली देते, बाप होकर भी बेटे को मरने की बद्‌दुआ देते, अनाथालय छोड़ने की बात करते, पर अडिग हिमशिला-सी सुप्रिया भाभी सब झेल जातीं। यूँ लगता वह बच्चा सुप्रिया भाभी से पूर्व जन्म की कोई शत्रुता निभाने आया है।

दिनेश दा इलाहाबाद गए थे इंजीनियरिंग की कोचिंग करने। उसमें तो सफल न हो सके पर अम्मा के मुँहबोले भाई छुट्टन मामा की बड़ी बेटी से दिल अवश्य लगा बैठे। छुट्टन मामा की वही बेटी कालांतर में मेरी प्रिय रचना भाभी बनी। रचना भाभी की प्रेरणा ही थी जो दिनेश दा निराश नहीं हुए। बीएससी, एमएससी और फिर पीएचडी की डिग्री लेकर वे इलाहाबाद विश्वविद्यालय में मैथ्स के लेक्चरार नियुक्त हुए।

छुट्टन मामा के तीन बेटियाँ थीं। मध्यमवर्गीय परिवार था। जिस दान-दहेज की अम्मा को अपेक्षा थी, उसका सूत भर भी न मिल पाया। सुप्रिया भाभी जहाँ सोने से पीली होकर मायके से आई थीं, वहीं रचना भाभी के पास मात्र शगुन भर के कपड़े और गहने थे। न घर-गृहस्थी का कोई सामान, न ही नकद। अम्मा का मुँह तो तभी से फूल गया था जब दिनेश दा ने अपनी पसंद जाहिर की थी। वे बड़बड़ करती फिरीं थीं- "छुट्टन की हालत हम जानत नाहीं का? तिनकों तक न दैहें। कहाँ फँसि गए दिनेस?" लेकिन दिनेश दा ब्याह करके ही माने और ले गए रचना भाभी को अपने साथ। वह जानते थे कि प्रतापगढ़ में अम्मा के पास रचना भाभी को छोड़ने का मतलब था कि रात-दिन रचना भाभी अम्मा की गृहस्थी में पिसती और दहेज न लाने के ताने सुनतीं।

दिनेश दा और रचना भाभी की गृहस्थी अभी बस ही रही थी कि जाने किसकी नजर लग गई। दिनेश दा की तबीयत गिरी-गिरी रहने लगी और एक दिन सहसा पता चला कि उनकी दोनों किडनी बेकार हो चुकी हैं। वे दोनों एक बार फिर प्रतापगढ़ लौट आए। जिस नरक से दिनेश दा रचना भाभी को बचाना चाहते थे, उससे भी बड़े नरक में विधाता ने उन्हें धकेल दिया था। संतोष दा ने भाई की हालत देखी तो पीछे नहीं हटे। पैसा पानी की तरह बहाने को तैयार थे वे। जिस बहू को अम्मा रात-दिन दहेज के लिए कोसती थीं, न जाने क्यों वही बहू अनायास

ही पान के पत्ते की तरह फेरी जाने लगी। फिर एक दिन अम्मा, दिनेश दा और रचना भाभी को लेकर संतोष दा हैदराबाद चले गए। चंद महीनों के बाद वे सभी दिनेश दा की किडनी ट्रांसप्लांट कराकर लौटे। जो कुछ सुना मैंने, सन्न रह गई। यह संयोग ही था कि संतोष दा और रचना भाभी दोनों की ही किडनी दिनेश दा के लिए उपयुक्त थी। संतोष दा तो तैयार थे, किंतु अम्मा ने रचना भाभी से यह त्याग करने को कहा। रचना भाभी तो अपनी जान देकर भी दिनेश दा की जान बचाना चाहती थीं, किडनी तो बहुत मामूली चीज थी। किंतु अम्मा का स्वार्थ मुझे तत्क्षण समझ में आ गया था। वह नहीं चाहती थीं कि उनके दोनों बेटे एक-एक किडनी के साथ जिएँ। ऐसे में दोनों की ही जान पर कभी भी बन सकती थी। यह सब मुझे टुकड़ों-टुकड़ों में दिनेश दा ने बताया था।

हैदराबाद से लौटते ही रचना भाभी पर मानो कहर टूट पड़ा। दिनेश दा के लिए डॉक्टर ने कई हिदायतें बताई थीं। रचना भाभी पूरे नियम से अपने पति की सेवा में तत्पर थीं कि अम्मा ने चार ही दिन में उन्हें दिनेश दा के कमरे से क्या, अपने घर से ही लात मारकर बाहर धकेल दिया। वह लाख रोती रहीं, घर की दहलीज पर सिर पटकती रहीं, किंतु अम्मा नहीं पसीजीं। बेहद क्रूरता से बोलीं- "दान-दहेज तो लाई नहीं, बाप के घर से नंगी-बूची चली आई। अरे गुर्दा देकर कोनो एहसान नहीं किया हमरे बेटे पर, दहेज के बदले गुर्दा दिया है तूने।" उस समय अम्मा साक्षात डायन लग रही होंगी। भीष्म पितामह जिस प्रकार द्रौपदी का चीरहरण होते देख चुप रह गए थे, उसी प्रकार बाबूजी सब कुछ देख-सुनकर भी अम्मा से कुछ न बोल पाए। संतोष दा भी रचना भाभी के साथ हुए अन्याय के मूक साक्षी थे। जो भाई और जो पिता अपनी बहन-बेटी पर जान छिड़कते हों, वे अपने ही घर में दूसरे की बेटी पर होते हुए अन्याय को देखकर कैसे निर्विकार रह जाते हैं, यह बात मैं आज तक समझ नहीं पाई। सुप्रिया भाभी, देवरानी की दुर्गत चुपचाप देख रही थीं। अम्मा के खिलाफ कुछ बोलने का मतलब था अपने बच्चों को अनाथ कर देना। बाबूजी ने इतना अवश्य किया कि रोती-कलपती गर्भवती रचना भाभी को उनके मायके छोड़ आए। रचना भाभी के गर्भवती होने की बात मात्र मुझे ही पता थी और मैं उस समय ससुराल में थी।

अम्मा ने रचना भाभी को घर से धकेल अवश्य दिया था, किंतु दिनेश दा की सेवा करना उनके बस का नहीं था। आए दिन कभी दवा देना भूल जातीं तो

कभी टॉयलेट की सफाई। वही हुआ जिसका डर था। दिनेश दा को किडनी में इन्फेक्शन हो गया। हालत दिन-पर-दिन गिरती गई। प्रतापगढ़ छोटा-सा कस्बा था। वहाँ के डॉक्टरों ने दिनेश दा को पीजीआई, लखनऊ भिजवाया। दिनेश दा को आभास हो चला था कि वह अब चंद दिनों के ही मेहमान हैं। उनकी करुण आँखें, कातर बोली मुझे अब भी याद आती है- "वसुधा, रचना कहाँ चली गई ऐसे बिना बताए? एक बार उसे देख लूँ तो चैन से मर सकूँगा।" लेकिन दिनेश दा यों ही चुपचाप चले गए, बिना रचना भाभी से मिले ही। उनकी मृत्यु का धक्का बाबूजी बर्दाश्त नहीं कर पाए। महीने भर के अंदर वे भी इस दुनिया से कूच कर गए। घर में हुई दो-दो मौतों के सदमे से अम्मा उबर नहीं पा रही थीं।

सुप्रिया भाभी का बेटा मंटू अब बारह बरस का हो चुका था। परिवार का एकमात्र वंशज, जिसकी देखभाल करने में सुप्रिया भाभी ने अपना जीवन होम कर दिया था। वे अम्मा, संतोष दा, बेटियों और बेटे की सेवा में रत एक तपस्विनी थीं। मंटू के लिए सुबह उठकर वह 'बेड पैन' देतीं, कपड़े बदलतीं, दलिया खिलातीं, सूप पिलातीं। मजाल था कि उस सुंदर चेहरे पर एक शिकन भी आ जाता कि एक दिन अनायास ही मंटू के हाथ-पैर ऐंठ गए, मुँह से फेन निकलने लगा और 'गों-गों' करता हुआ वह बिस्तर पर लुढ़क गया। अम्मा के परिवार का यह वंशज भी जाता रहा, जिसके पैदा होने के लिए कितनी-कितनी मनौतियाँ मानी गई थीं। न जाने कितने व्रत-उपवास किए गए थे। साल भर के अंदर हमारे घर में यह तीसरी मृत्यु थी। इस हादसे के बाद अम्मा को फालिज मार गया और जबान लटपटाने लगी।

दुख से उबरकर सुप्रिया भाभी ने धीरे-धीरे दोनों बेटियों का ब्याह निपटाया। उनकी भी उमर हो चली थी। बेटियाँ अपने ससुराल में सुखी थीं। लेकिन अभी शायद विधाता को अम्मा से सुप्रिया भाभी और रचना भाभी के साथ हुए अन्याय का और अधिक बदला लेना था। संतोष दा अपनी अनियमित दिनचर्या और उल्टी-सीधी आदतों के कारण कई बीमारियाँ झेल रहे थे। एक रात सोए, तो सुबह उठे ही नहीं। अम्मा चीत्कार कर उठीं। जिन दो बेटों पर उन्हें इतना अहंकार था, आज उनके जीते-जी दोनों ने ही इस दुनिया से विदा ले लिया थी।

अब तो मायके जाते भी मुझे भय लगता। इतने बड़े घर में मात्र बिस्तर पर पड़ी अम्मा और श्वेतवस्त्रधारिणी सुप्रिया भाभी। सारा घर भाँय-भाँय करता।

अम्मा को धीरे-धीरे अब एहसास होने लगा था कि उन्होंने अपनी मनमानी से पूरा घर तबाह कर दिया था। परमात्मा की ऐसी लाठी उन पर पड़ी, जिसमें आवाज नहीं हुई थी। बिस्तर पर पड़े-पड़े पता नहीं कैसे उनके हाथ-पैर सब टेढ़े-मेढ़े होकर अकड़ गए थे। पीठ पर भयानक बेडसोर हो गए थे। टट्टी-पेशाब सब बिस्तर पर ही हो रहा था। धन्य थीं सुप्रिया भाभी जो अम्मा की देखभाल सगे बच्चों से बढ़कर कर रही थीं। संतोष दा के न रहने के बाद से ही अम्मा की बची-खुची बोलने की शक्ति भी जाती रही थी।

ये वही अम्मा थीं जिनकी एक हुंकार पर पूरा परिवार नाचता था। कहते हैं वृद्ध और नख दंतविहीन शेर तक लाचार हो जाता है, फिर अम्मा तो इंसान थीं। वे सत्तासी बरस की हो चुकी थीं। पता नहीं कितने दिन इस हालत में और गुजारने थे। इसी दुनिया में व्यक्ति स्वर्ग और नर्क दोनों भोगता है। 'गों-गों' करते हाथ जोड़कर बिस्तर पर पड़ी अम्मा, सुप्रिया भाभी से रात-दिन पता नहीं क्या-क्या कहती थीं। शायद क्षमा ही माँगती थीं। सुप्रिया भाभी निर्विकार भाव से अम्मा के सब काम निपटातीं और बाकी बचे हुए समय में गीता-रामायण पढ़तीं।

उस बार दिल्ली से लौटकर मैं एक बार फिर प्रतापगढ़ गई। यह मेरा घर था, जहाँ बचपन के अल्हड़ दिन बीते थे, जहाँ से डोली उठी थी। यों लगा, अभी बाबूजी दफ्तर से लौटकर पुकारेंगे- "वसुधा बिटिया, एक गिलास पानी तो ले आ और ये सब्जी का झोला चौके में रख दे।" अम्मा और दो-दो भाभियों के रहते कितनी रौनक हुआ करती थी। वे दिन कहाँ उड़ गए, पता नहीं। इतना समय बीत गया कि अपना ही घर पराया लगने लगा। मुझे देखकर सुप्रिया भाभी दौड़ी आईं। गले लगा लिया। अम्मा को कुछ भी होश न था। उनके हाथ-पैर एक ही मुद्रा में अकड़े थे। बस साँसों के चलने और पलकों के झपकने से पता चलता था कि वे अभी जीवित हैं।

फिर एक दिन अचानक किवाड़ खड़के। बरसों बाद रचना भाभी एक बार फिर ससुराल की दहलीज पर खड़ी थीं। इसी घर के वंशज को लेकर, दिनेश दा के बेटे को लेकर, आदित्य को लेकर। सुप्रिया भाभी दौड़कर पूजाघर में गईं और शंख फूँक दिया। शंखनाद सुनकर अम्मा की स्थिर पुतलियों में कुछ चमक दिखी, तो मैं चीख पड़ी- "अम्मा, देखो तो कौन आया है?" बड़ी कठिनाई से उन्हें सहारा दिया। रचना भाभी को देखकर उनके आँसू बह निकले। क्या ये

पश्चाताप के आँसू थे? वह कुछ कहना ही चाह रही थीं कि आदित्य ने आकर उनके चरण स्पर्श किया। बरसों बाद अम्मा के मुँह से एक शब्द निकला- 'दि... ने...स...' और कड़-कड़ की आवाज के साथ उनके अकड़े हुए हाथ-पैर सीधे हो गए। गर्दन एक तरफ लुढ़क गई।

आरंभ

सर्दी की उस हाड़ कँपाती रात में जब ट्रेन अपनी तीव्र गति से भाग रही थी, न जाने किस छोटे से स्टेशन पर मेरी आँख खुल गई। शायद दसेक मिनट के लिए ट्रेन रुक-सी गई थी। सारे यात्री गहरी नींद में थे कि टिकट चेकर के साथ-साथ ही वो स्त्री भी मेरी बर्थ के पास आ गई थी। पिछले चार घंटे से वो बर्थ खाली ही थी।

"तुम यहीं बैठो विजी, चाहो तो सो भी जाना। मेरी ड्यूटी है। बीच-बीच में आकर देखता रहूँगा तुमको।"

स्वर सुनकर कच्ची नींद से धुँधलाई मेरी आँखों ने जिस क्षण उस स्त्री का चेहरा देखा तो अचकचाकर मैं उठ बैठी। नींद सहसा ही पलकों से निकल भागी।

विजी, ये तो विजयलक्ष्मी थी, मेरी बालसखी, कुछ ही बरस पहले जिसके ब्याह में मैंने भी मेहँदी रचाई थी, बन्ना-बन्नी गाए थे। और तो और, कभी डांस का एक स्टेप न जानने वाली मैं भी उसके ब्याह में आड़े-तिरछे ठुमके भी लगाए थे।

फूहड़ों की तरह आँखें फाड़-फाड़कर मैं उसे देख रही थी किंतु उसकी भावशून्य आँखों में पहचान का कोई चिह्न न था। उसके साथ वाले टिकट चेकर के कोट की जेब पर मैंने पढ़ा- 'शिवेंद्र प्रताप सिंह।'

और मैं बोल पड़ी, "शिवेन जीजा जी।" मेरा स्वर सुनकर वो चौंक पड़े। मुड़कर देखा तो मैं अपलक उन्हें देख रही थी। वैसे शिवेन जीजा से मेरा कोई सीधा परिचय न था किंतु विजी के पास उनकी तस्वीर मैंने कई बार देखी थी। बावरी-सी मैं बोल पड़ी, "जीजा जी, मैं आरती, विजी की सखी, क्या विजी ने कभी आपको मेरे बारे में बताया? हम इंटर तक साथ ही पढ़े थे। आपकी तस्वीर मैंने विजी के पास देखी थी, तभी पहचान पाई।"

"अच्छा, तो आप ही हैं आरती। जी हाँ, विजी ने आपके बारे में बताया था मुझे। या ऐसे कहूँ कि विजी बस आपकी ही बातें करती थी मुझसे, जब तक ये ठीक थी। इधर कुछ समय से इनका मानसिक संतुलन बिगड़ गया है।" शिवेन ने बताया, "कुछ दिन पहले मानसिक अस्पताल वालों ने यह कहकर इन्हें घर भेज दिया था कि अब ये ठीक हो गई हैं किंतु दो-चार दिन में ही इनकी तबियत फिर बिगड़ने लगी। सो इनको फिर से वहीं भर्ती कराने ले जा रहा हूँ।" इतना कहकर वे विजी का बिस्तर ठीक करने लग गए।

मात्र कुछ ही बरसों में विजी क्या से क्या हो गई थी? हम लोग इंटर में पढ़ रहे थे तभी विजी का ब्याह तय हो गया था। बोर्ड की परीक्षाएँ सिर पर थीं और विजी के ससुराल वालों को ब्याह की जल्दी पड़ी थी। माँ से कह-सुनकर मैं दिनभर को विजी के घर चली गई थी। ढोलक, नाच, गाना, सभी कुछ बड़ी धूमधाम से चल रहा था। विजी के हल्दी चढ़ी थी सो उसका गोरा चेहरा और भी गोरा लग रहा था। दो दिन बाद ही इंग्लिश का पेपर था। मेरी तैयारी पूरी थी सो मैं निश्चिंत थी लेकिन विजी को इंग्लिश हौवा लगती थी।

डर के मारे उसका बुरा हाल था। फेल होने पर ससुराल में उसकी खूब नककटाई होती। उसके ब्याह में पहनने के लिए मैं खास तौर से अम्मा की बनारसी साड़ी लेकर आई थी किंतु शाम होते-होते पता चला कि उसकी ससुराल में दुल्हन मुँह उघारे स्टेज पर नहीं बैठती सो फेरों के बाद ही विदाई लेकर वे लोग चले जाएँगे। मेरा सारा उत्साह ठंडा पड़ गया था। पीली साड़ी में कोने में बैठी विजी के पास बैठकर उसे मैं देर तक इंग्लिश प्रोज और पोएट्री के नोट्स रटाती रही फिर रात होते-होते पापा मुझे लेने आ गए थे। अपनी प्रिय सखी से अंतिम बार मिलकर मैं वापस चली आई। अंतिम बार इसलिए कहा क्योंकि उसकी छह बहनों और माता-पिता के बीच मात्र एक ही मोबाइल फोन था जो बड़ी कठिनाई से सुलभ हो पाता था। उस पर विजी ब्याह कर किसी छोटे से कस्बे में जा रही थी। पता नहीं था कि उससे संपर्क रह भी पाएगा या नहीं? वैसे भी ब्याह के बाद मायके के पुराने रिश्तों से संपर्क रख पाना कठिन हो जाता है।

परिचय का सूत्र निकल ही आया तो शिवेन जीजा भी विजी की बर्थ पर ही बैठ गए, "अब आप हैं आरती तो मैं निश्चिंत हो गया हूँ अन्यथा ड्यूटी छोड़कर बार-बार इनको देखने आना पड़ता। वैसे कुछ नुकसान वगैरह नहीं करती हैं ये।

शांत ही रहती हैं। बस इधर-उधर न चली जाएँ या बेहोश न हो जाएँ, बस यही देखना पड़ता है। मैं नींद की गोली देकर जा रहा हूँ। सो ही जाएँगी। फिर ट्रेन में हमारे डॉक्टर भी हैं। लेकिन आपके पास रहने से तसल्ली है। कोई प्रॉब्लम हो तो मेरा मोबाइल नंबर रख लीजिए। कॉल कर लीजिएगा।" वे अपनी ड्यूटी पर चले गए।

किंतु यह क्या हुआ? उनके जाते ही विजी सामान्य-सी लगने लगी।

"कैसी है, सखी?" विजी ने मुझे अपने पुराने संबोधन से बुलाया तो मैं चकरा गई। रात आधी से अधिक बीत चुकी थी। कूपे की हल्की रौशनी में मैं पुरानी विजी को ढूँढ़ रही थी जो आज भी मुझे उतनी ही सहज, सरल और आत्मीय लग रही थी जितनी कि वो पहले थी। एक बार भी मुझे ऐसा नहीं लगा कि वो असामान्य है।

"जानती है, सखी, मैं बिलकुल ठीक हूँ। ये जो खेल चल रहा है न, ये विधाता ने मेरी किस्मत में ही लिख रखा है।" वह एक करुण हँसी हँस पड़ी, "अभी पूरे चार घंटे हैं हमारे पास अपना सुख-दुख बाँटने के लिए। चल, टॉस करते हैं बचपन की तरह।"

हमने सिक्का उछाला। बारी उसी की आई। वैसे भी मेरे पास कुछ विशेष नहीं था कहने-सुनने के लिए सिवाय इसके कि पढ़-लिखकर एक अच्छी नौकरी कर रही थी और माँ-पापा मेरे लिए योग्य वर की तलाश में थे। जब कि विजी को देखकर ऐसा लग रहा था कि एक लंबा अनुभव उस पर बीत चुका है।

नींद की वो गोली जो शिवेन जीजा उसे खिला गए थे, वो कबकी कूड़ेदान में थूकी जा चुकी थी। विजी ने मेरा हाथ अपने हाथ में ले लिया था, "आरती, तुझे छूकर लग रहा है कि मैं अभी भी जीवित हूँ। तरसकर रह गई थी मैं एक आत्मीय स्पर्श के लिए। अच्छा हुआ, तू मिली। मैं पागल नहीं थी आरती, मुझे पागल बनना पड़ा।" उसके होंठ काँपने लगे, "उस नन्ही-सी उमर में मुझे ब्याह कर अम्मा बाबू निश्चिंत हो गए थे कि एक बोझ निबटा। हम लोग छह बहनें थीं। एक-एक बेटी, एक-एक बोझ के बराबर थी हमारे घर में। बोझ जितनी जल्दी हल्का हो जाए, उतना ही अच्छा।

ब्याह कर उस छोटे से गाँव में आई मैं, अपने घर परिवार से बिछड़कर बेहद घबरा गई थी। कोहबर की उस कोठरी में लंबे घूँघट के साथ मुझे बिठा

दिया गया था। बाहर ढोलक की थापों के साथ गीत गाए जा रहे थे। घूँघट ऊपर सरकाकर मैंने इधर-उधर देखा, तभी एक छोटा बच्चा मेरी हथेली में कागज का टुकड़ा थमाकर भाग गया। खोलकर पढ़ा- 'बिंदु माँ से सावधान रहना।' नीचे न किसी के नाम, न हस्ताक्षर। मैं चकरा गई। मेरे मायके में तो यही पता था कि मेरी सास स्वर्ग सिधार चुकी हैं। फिर ये बिंदु माँ कौन थीं?

इतने में बाहर से स्त्रियों की खिलखिलाहट सुनाई पड़ी। वे सब-की-सब मेरे पति के साथ भीतर आ रही थीं। विधि विधान के साथ सारे रीति-रिवाज और कोहबर के खेल संपन्न हुए। और आरती, यह विडंबना भी देख सखी कि कोहबर के हर खेल की बाजी जीतने वाली मैं अपने जीवन की सबसे बड़ी बाजी हार गई।"

मैं बावरी की तरह विजी की हर बात सुन तो रही थी किंतु कुछ भी समझ नहीं पा रही थी। वह कहती गई, "दो-चार दिन बाद ही सारे मेहमान चले गए। दोनों ननदें भी अपना-अपना नेग लेकर विदा हुईं। वे भी घर में भाभी के आ जाने से निश्चिंत थीं। जाने वालों में बड़ी बुआ अंतिम थीं। अगले दिन सुबह उनकी वापसी थी और उस रात वे मेरे साथ जी भरकर बातें करना चाहती थीं। सो शिवेन को बड़ी मिन्नतों के बाद ओसारे में पड़ी चारपाई पर सोने भेज दिया और स्वयं मेरे पास आ गईं। सास के ममतामई रूप में मैं उनको देख रही थी। उनका स्नेह भरा हाथ मेरी पीठ सहला रहा था। हम लोगों ने ढेर-सी बातें करीं। लेकिन कोई एक बात थी जो वे बार-बार कहते कहते रुक जा रही थीं और सशंकित होकर इधर-उधर देखने लगती थीं। अंततः वे हिम्मत करके पूछ ही बैठीं- "दुल्हिन, वो परचा तुमने पढ़ा? उसे फाड़ देना।"

"हाँ बुआ जी, मैंने पढ़ भी लिया और फाड़ भी दिया। पर ये बिंदु माँ कौन हैं? आप बताएँगी?"

वे चोरों की तरह इधर देखती हुई मेरे पास सरक आईं, "दुल्हिन, अभी उसे दूसरी जगह भेज दिया है। तुम्हारे ससुर गार्ड हैं न, सो किसी सन्नाटे रेलवे स्टेशन पर उनको ये बेहोश पड़ी मिली थी। रीझ गए और उठा लाए। घर में रख लिया। बड़े-बड़े बच्चों के रहते रीति-रिवाज के साथ उससे ब्याह तो नहीं किया लेकिन बच्चे उसे माँ का दर्जा देते हैं। लल्लन (मेरे ससुर का घर का नाम) से बहुत छोटी है उमर में। समझ लो शिवेन से पाँचेक बरस ही बड़ी है। रिश्तेदारी में बदनामी न

हो, सो ब्याह भर वो अलग ही रही। दो-एक दिन में फिर रहने आ जाएगी। पूरे घर में उसी का राज है। लल्लन और शिवेन तो उसी के पल्लू से बँधे रहते हैं। जादूगरनी है पूरी। लड़कियाँ अपने-अपने घर की हैं। अभी तुम्हारी उमर कम है दुल्हिन, होशियारी से रहना।"

बड़ी बुआ के झुर्रीदार चेहरे पर मेरे लिए फिक्र और ममत्व का भाव था। अगली सुबह वे चली गईं।

ब्याह के घर में मेहमानों की चहल-पहल थी। पहली बार उतने बड़े घर में मुझे बेहद सन्नाटा लगा। बाबूजी अपनी ड्यूटी पर जाने को तैयार हो रहे थे। शिवेन ने अपनी छुट्टियाँ बढ़वा ली थीं। अभी वे सो ही रहे थे। तभी बाहर ताँगा रुका। मैंने खिड़की से झाँककर देखा- इकहरे बदन की साँवली-सी एक स्त्री ताँगे से उतरी। बाबूजी ने पैसे चुकाए। फिर वे दोनों घर के भीतर आ गए।

"बहू! बहू!" बाबूजी का स्वर सुनकर मैं कमरे से बाहर आ गई। घूँघट ऊपर करके देखा तो वही युवती मुस्कुरा रही थी। लाल रंग की सीधे पल्ले की छापे वाली साड़ी, पान दोख्ते से रँगे होठ, माँग भर सिंदूर, अठनिया बिंदी, भर हाथ चूड़ियाँ और एक मोहक-सी चितवन। तो यही थी क्या बिंदु माँ? मैं सोच ही रही थी कि बाबूजी ने आदेश-सा दिया, "बहू, इनके पैर पड़ो। ये तुम्हारी सासु माँ हैं।" न चाहते हुए भी मुझे उनके पैर छूने पड़े। इतने में शिवेन भी उठकर आ गए।

"अम्मा! अम्मा!" कहते हुए उन्होंने पैर छूने का उपक्रम किया ही था कि बिंदु माँ ने उन्हें कलेजे से चिपका लिया। एक ठसक-सी थी उनमें। जिस कुटिल, तिर्यक दृष्टि से वे मुझे देख रही थीं वो मुझे अंदर तक बींध गई।

आने के साथ ही पूरे घर की साज सँभाल अपने कब्जे में ले ली थी बिंदु माँ ने। कमर में चाभियों का गुच्छा खोंसे, चाँदी की भारी पाजेब छम-छम बजाती जब वे इधर से उधर डोलतीं तो मुझे दहशत-सी होने लगती।

उनके आने के बाद शिवेन जिस तरह 'बिंदु माँ, बिंदु माँ' कहते हुए उनके आगे-पीछे घूमते तो मुझे कहीं खटक-सा जाता। फिर मैं स्वयं पर ही शर्मिंदा होती।

कई बार सोचा रसोई में जाकर अपनी पसंद का या शिवेन के लिए कुछ खास बनाऊँ किंतु बिंदु माँ को जैसे सब पता था कि शिवेन या बाबूजी के खाने में कितना तेल-मसाला पड़ना है या कौन-सी सब्जी किसको पसंद है? मैं फूहड़-

गँवार, भला कहीं रसोई सँभाल सकती थी?

दो महीना होते न होते मुझे अपने अंदर एक नन्हें जीव के आने की आहट सुनाई दी। सबसे पहले ये खुशखबरी मैंने शिवेन को दी। वे और बाबूजी दोनों ही बेहद प्रसन्न थे किंतु बिंदु माँ का चेहरा पता नहीं क्यों फीका पड़ गया था। बाबूजी ने उनको मेरा खास ध्यान रखने के लिए कह रखा था। स्वयं बाबूजी अधिकतर ड्यूटी पर ही रहते थे।

बिंदु माँ मुझे दूध, मलाई, मेवा खूब अच्छे से खिलाती थीं। कुछ अधिक ही लाड़ दिखा रही थीं वे। फिर एक दिन जब शिवेन और बाबूजी दोनों ही घर पर नहीं थे, उन्होंने मुझे भंडार घर से आवाज लगाई। चावल का भारी ड्रम उठवाना था क्योंकि वहाँ चूहे बहुत थे। जैसे ही मैं भंडार घर पहुँची वे अकेले ही ड्रम उठाने का उपक्रम करने लगीं और सहसा ही ड्रम लुढ़क गया। शायद उनके पैर पर। वे पैर पकड़कर बैठ गईं और मैंने पूरी ताकत के साथ ड्रम उठाकर सरका दिया। उसके बाद से ही मेरे गर्भ में भयानक पीड़ा होने लगी। जैसे ही पेट पकड़कर मैं दुहरी हुई, बिंदु माँ तुरंत उठ खड़ी हुईं- "क्या हुआ बहू?" कहते हुए वे सहानुभूति दिखाने लगीं। मुझे बिस्तर पर लिटा तो दिया किंतु मेरी क्षणिक भूल के कारण जो अनर्थ होना था वो हो ही गया। आने वाला जीव आने से पहले ही इस दुनिया से विदा हो गया था।

शाम को बाबूजी और शिवेन को यह मनहूस समाचार बिंदु माँ ने ही दिया। दूसरे कमरे में लेटी हुई मुझसे उनके स्वर की चहक छिपी न रह सकी। घर में सभी दुखी थे। शिवेन से मेरा ध्यान रखने को कहकर उसी रात बाबूजी अपनी ड्यूटी पर चले गए। बाबूजी के जाते ही बिंदु माँ सिरदर्द का बहाना लेकर कमरे में पड़ गईं।

उसके बाद आरंभ हुआ उस कलंक कथा का अध्याय। मैं वैसे ही अधमरी थी। शरीर से तो टूटी ही थी, अपनी कोख का अंश नष्ट हो जाने के कारण मन भी बेहद दुखी था। ऐसे में शिवेन मेरा ध्यान रखने के बजाय बिंदु माँ के कमरे में चले गए। मुझे बेहद आश्चर्य हुआ अपने पति पर। अपनी संतान को खोने का दुख पत्नी के साथ बाँटने के बजाय सौतेली माँ के सिरदर्द की अधिक चिंता था उसे। मैं बड़ी देर तक कमरे में प्रतीक्षा करती रही शिवेन की। एक बार उठकर बिंदु माँ के कमरे में झाँकने गई तो शिवेन उनके सिरहाने बैठे सिर दबा रहे थे।

मुझे देखा तो अचकचाकर रुक गए। बिंदु माँ के चेहरे से तनिक भी नहीं लग रहा था कि उन्हें कोई तकलीफ है। वे पूरी चैतन्यता से मुझे देखते हुए बोलीं, "अंदर आ जाओ बहू। शिवेन, तनिक हमरी छाती में आयोडेक्स भी मल देना। शायद ठंड लग गई है।" मैं अपना क्रोध दबाए, कुढ़ते हुए अपने कमरे में चली आई। मुझे ये सब अटपटा लग रहा था। कब सो गई, पता ही न चला। ढाई बजे आँख खुली। शिवेन अब तक नहीं आए थे। मैं एक बार फिर उठी। बिंदु माँ के कमरे के किवाड़ की दरार से हल्की रौशनी आ रही थी। उढ़के हुए किवाड़ों को हल्का-सा धकेला तो शिवेन वहीं बिस्तर पर बिंदु माँ के साथ सो रहे थे। मैंने लाइट का स्विच ऑन किया। एक अनचाही, भयानक चीख मेरे मुँह से निकल गई। हड़बड़ा कर शिवेन खड़े हो गए। कहते हुए शर्म आती है कि उस रात मैंने अपने ही घर में मर्यादित, नैतिक रिश्तों की मर्यादा को तार-तार होते देखा था।

दूसरी तरफ मुँह करके शिवेन जल्दी-जल्दी कपड़े पहनने लगे किंतु बिंदु माँ वैसे ही अस्त-व्यस्त कपड़ों में अलसाई, अधलेटी ही रहीं। पूरी बेशर्मी से मुस्कुराकर बोलीं, "बहू, ये जो तुम देख रही हो न, इसे अपने तक ही रखना। किसी से कहने की कोशिश भी मत करना। तुम्हारे पति पर पहला हक तो मेरा ही है, इतना समझ लेना।"

मेरा सिर घूम रहा था और आँखें फट गई थीं। मैं कुछ बोलना चाह रही थी किंतु क्रोध और उत्तेजना के कारण मुँह से झाग निकलने लगा था। हाथ पैर ऐंठने लगे थे। मैं स्वयं ही नहीं समझ पा रही थी कि मुझे क्या होता जा रहा है। अंततः चकराकर वहीं ड्योढ़ी के पास गिरकर बेहोश हो गई। होश आया तो स्वयं को अस्पताल में पाया। जाने कितनी चोटें लगी थीं पूरे शरीर पर। पोर-पोर दुख रहा था। सिर पर पट्टी बँधी थी। सामने ही शिवेन और बिंदु माँ बैठे थे। मुझे देखते ही बिंदु माँ कुटिल ढंग से मुस्कुराईं। एक बार फिर मैं अपना आपा खो बैठी। फिर वही असामान्यता का दौरा पड़ा था मुझे।

कई बार ऐसा होने पर डॉक्टर की सलाह से शिवेन ने मुझे मानसिक चिकित्सालय में भर्ती करवा दिया। सच कहूँ सखी, वहाँ की दुनिया बहुत ही अनोखी थी। हर पागल स्वयं को दुनिया का राजा समझता था। इस गंदे समाज से वो दुनिया बहुत साफ-सुथरी और शांतिपूर्ण थी। न वहाँ कोई रिश्ते थे, न उनकी गंदगी। कुछ महीनों में मैं एकदम ठीक हो गई। आश्चर्य होता है कि इस दौरान

मायके या ससुराल कहीं से, किसी ने मेरी कोई खोज-खबर नहीं ली। फिर एक दिन बड़ी बुआ मुझसे मिलने आईं, "दुल्हिन, कैसी हो?" सुनते ही अरसे बाद मुझे लगा कि मैं अभी बची हुई हूँ, मेरे अंदर भी स्पंदन है। जब उन्होंने मेरे सिर पर हाथ फेरा तब लगा कि मेरे अंदर का कोई बाँध टूट गया है। पता नहीं कब तक मैं रोती रही। फिर बड़ी बुआ ने ही बताया कि मेरे जाने के बाद मेरे ससुर जी को भी शिवेन और बिंदु की गंदी सच्चाई पता चल गई थी। वे इसे बर्दाश्त न कर सके और चूहे मार दवा खाकर अपनी जीवन लीला समाप्त कर ली।

"वो घर तो मानो उजड़ ही गया, दुल्हिन।" बड़ी बुआ अपने आँसू पोंछते हुए बताती गईं, "दो-चार दिन बाद ही बिंदु काफी रुपया, गहना लेकर घर से भाग गई।"

इसके कुछ दिनों बाद ही अस्पताल के डॉक्टर से अनुरोध करके मैंने अपने घर जाने की अनुमति ले ली। पता नहीं शिवेन से कैसा तो मोह था मुझको। साँझ के झुटपुटे में जब मैंने अपने घर का द्वार खटखटाया तो जानती है वो द्वार किसने खोला? द्वार खोलने वाली और कोई नहीं, मेरी अपनी सगी छोटी बहन थी, सिद्धि। 'जीजी' कहकर वो मुझसे लिपट गई। मैं हक्का-बक्का खड़ी थी उसका सुहागिन रूप देखकर।

"जीजी, माफ कर दो। मैं यह ब्याह नहीं करना चाहती थी लेकिन शिवेन जीजा ने जब मेरे लिए ब्याह का प्रस्ताव भेजा तो अम्मा ने मेरे लिए चटपट हाँ कर दी।" वह बिलखकर रो पड़ी। तभी मेरी दृष्टि उसके उभरे हुए पेट पर पड़ी और मैंने स्वयं को सँभाला। इतने में शिवेन भी दफ्तर से लौट आए थे। इस बार सचमुच मैंने पागलपन का नाटक किया। उन दोनों की दुनिया में अब मेरे लिए कोई जगह नहीं थी। मानसिक चिकित्सालय के डॉक्टर मुझे जानते हैं। किसी-न-किसी नौकरी का बंदोबस्त कर ही देंगे। तू कभी-कभी मिलने आएगी न, आरती?"

विजी रो रही थी किंतु शीघ्र ही उसने स्वयं को संतुलित कर लिया।

उसका स्टेशन आ चुका था। एक बार फिर उसका चेहरा भावशून्य हो चुका था। बिना कुछ बोले वह शिवेन जीजा के साथ ट्रेन से उतर गई। एक बार पलटकर भी नहीं देखा।

बहुत दिन बीत गए। एक बार किसी काम से बरेली जाना पड़ा तो विजी

की याद आई। मेंटल हॉस्पिटल के रिसेप्शन काउंटर पर अपना नाम बताकर 'विजयलक्ष्मी' से मिलने का अनुरोध किया तो कुछ ही देर में मेरे सामने नर्स की यूनिफॉर्म में विजी खड़ी मुस्कुरा रही थी। सच कहूँ, उसे इस रूप में देखकर बेहद अच्छा लगा। दो दिन मैं उसके साथ रही। वो मुझे किसी डॉ. सुब्रमण्यम से मिलवाना चाह रही थी किंतु संभवत: वे छुट्टी पर अपने घर गए हुए थे।

फिर एक सप्ताहांत विजी ही मेरे घर आ गई। अच्छा लगा। आत्मनिर्भर होने के साथ वह आत्मविश्वासी भी हो गई थी।

"सखी, आज हजरतगंज घूमने का मन है।" मस्त भाव से उसने कहा। वो सर्दियों की एक गुनगुनी दोपहर थी। मैं कार चला रही थी और विजी मेरे बगल में बैठी उत्सुक, भोले बच्चे की तरह बाजार की रौनक देख रही थी। किसी चौराहे के ट्रैफिक सिग्नल पर मेरी कार रुकी तो विजी कुछ असहज-सी लगी। सहसा कार की खिड़की पर मेरी दृष्टि गई। एक औरत हाथ पसारे भीख माँग रही थी। उसकी उँगलियों पर गंदी, मैली पट्टियाँ बँधी थीं। स्पष्ट था, वह कुष्ठ रोगिणी थी। विजी की तरफ खड़ी हुई वह कार का शीशा ठकठक कर रही थी। इससे पहले मैं उससे कुछ कहती ट्रैफिक सिग्नल हरा हो गया और मैंने कार आगे बढ़ा दी। कुछ आगे जाकर मैंने कार रोक दी।

"क्या हुआ, विजी?"

वो इतना घबराई हुई थी कि कुछ भी बोलने की हालत में नहीं थी। कुछ चैतन्य हो जाने पर विजी ने अपना मुँह खोला, "जानना चाहोगी, आरती, वो औरत कौन थी?" मैं चुपचाप उसे देख रही थी। घृणा, क्रोध और वितृष्णा मानो उसके चेहरे पर पुत से गए थे।

"वो मेरे ससुर की रखैल, मेरे पति की तथाकथित बिंदु माँ थी। मैंने कभी उसे बद्दुआ नहीं दी, आरती, लेकिन ऊपरवाले की लाठी में आवाज नहीं होती। वही सबसे बड़ा न्यायाधीश है।"

मैंने उसकी ठंडी, पसीने से तर हथेली अपने हाथ में ले ली। वो काँप रही थी। धीरे-धीरे स्वयं ही सामान्य हो गई।

मैं सोच रही थी कि ईश्वर ने न्याय तो किया विजी के साथ किंतु पूरा नहीं। उसका घर-संसार तो उजड़ ही गया। लेकिन मैं गलत थी जो उस परमपिता के न्याय पर संशय किया। विजी का पत्र आया था मेरे पास- "आरती, लगा था मेरा

जीवन आरंभ होने से पहले ही समाप्त हो गया। लेकिन ऐसा नहीं है। यहाँ मेरे सीनियर डॉ. सुब्रमण्यम हैं जो पग-पग पर मेरे सहयोगी रहे हैं, वे मुझसे ब्याह करना चाहते हैं किंतु शायद मैं शिवेन को भुला नहीं पाऊँगी, ऐसा लगता है। वे मेरे जीवन में आने वाले पहले पुरुष थे। तू ही बता सखी, मैं क्या करूँ?"

पत्र पढ़कर मैंने सिर पीट लिया। मूर्खा विजी, शिवेन के नाम की माला जप रही थी जबकि एक सुंदर भविष्य बाहें पसारे उसकी प्रतीक्षा कर रहा था। मैं विजी के पत्र का उत्तर सोच ही रही थी कि विजी स्वयं ही आ धमकी।

"सखी, तुझे एक अच्छी और एक बुरी खबर देनी है।" बेहद संतुष्ट दिख रही थी वो, "शिवेन मुझे फिर अपनाना चाह रहे हैं। मेरा प्यार सच्चा था न, इसीलिए। लेकिन सिद्धि नहीं रही। शिशु को जन्म देते समय उसका निधन हो गया।"

अब मुझे पल-भर में सारी कहानी समझ में आ गई थी, किंतु आश्चर्य था कि प्यार में अंधी विजी, शिवेन के स्वार्थ को क्यों और कैसे नहीं समझ पाई? वो बौखला गई थी शिवेन के आमंत्रण पर। मैं थोड़ी देर उसकी बौखलाहट देखती रही फिर कहा, "अपने अंदर थोड़ी परिपक्वता ला विजी, सोच, यदि शिवेन ने एक बार फिर तुझे धोखा दिया तब तू क्या करेगी?" इतना कहकर मैं रसोई में कॉफी बनाने चली गई।

लौटकर कमरे में आई तो विजी दोनों हाथ गोद में धरे स्तब्ध बैठी शून्य में निहार रही थी। कमरे में सन्नाटा छाया था। कॉफी का मग लेकर कुछ देर बाद वो स्वयं से ही बोली, "तू सही कहती है आरती, मुझे डॉ. सुब्रमण्यम से ही ब्याह करना चाहिए। शिवेन अपने स्वार्थ के लिए मुझे अपनाना चाह रहे हैं, जबकि डॉ. सुब्रमण्यम सच में मुझे प्यार करते हैं। कशमकश में पड़ी थी मैं, दोराहे पर खड़ी थी। अब सही राह चुनी है। ईश्वर करे कि ये ही राह सही हो।"

इसके चंद माह पश्चात ही एक सादे समारोह में विजी और डॉ. सुब्रमण्यम का ब्याह संपन्न हो गया। किंतु विजी की कहानी का सुखांत यहीं पर नहीं हो जाता है। ब्याह के कुछ दिनों के बाद जब मैं उससे मिलने पहुँची तो उसकी गोद में एक नन्हा बच्चा देखकर मैं चकरा गई। विजी ने हँसकर बताया, "ये सिद्धि का बेटा है।"

और इस तरह विजी के नए जीवन का एक नया सुखद अध्याय आरंभ हुआ।

मैंने नहीं कहा

टैरस पर खड़ी दिव्या ने सूचना दी, "मम्मी, वर्षा दीदी आ रही हैं।" उसका वर्षा के प्रति लगाव मुझे खूब मालूम था। जब से निधि का ब्याह हुआ है, मेरी यह छोटी बिटिया कितनी अकेली पड़ गई थी। चार दिन बाद यह भी विदा हो जाएगी। पिछले हफ्ते ही तो सगाई हुई है, कितनी रौनक हो गई थी। दो दिन रहकर निधि भी ससुराल वापस चली गई। कल की शॉपिंग का सारा सामान कमरे में फैला हुआ था।

"मम्मी, सारा सामान समेट लो, नहीं तो वर्षा दीदी को बुरा लगेगा।" दिव्या ने कहा। दिव्या अगर न भी कहती, तो भी मैं पुरानी चादर से सामान ढक ही देती। कितनी कुछ तैयारियाँ करनी पड़ती हैं बेटी की शादी के लिए। मन में डर भी लगा रहता है कि कहीं किसी की नजर न लग जाए। उन सब पर यदि वर्षा की निगाह पड़ती, तो कुछ-न-कुछ गड़बड़ होना निश्चित था और मेरा मन भी तो कितने वहमों से घिरा हुआ था।

बड़ी-बड़ी आँखों वाली, दूध-सी गोरी वर्षा मेरे चचेरे जेठ मनोज भैया की दूसरी पत्नी की बेटी थी। मनोज भैया की पहली पत्नी साल के भीतर ही पहले प्रसव में चल बसी थीं। दो जुड़वा लड़के भी साथ ही ईश्वर को प्यारे हो गए थे। चाची जी ने लाख शुक्र मनाया था कि बड़ी बहू बच्चों को भी साथ ले गई, वरना दुधमुँहे बच्चों को कौन पालता? साल बीतते-बीतते उन्होंने ही सलाह-मशवरा करके मनोज भैया का दूसरा ब्याह रचा दिया।

सुधा भाभी स्वभाव की मीठी और हँसमुख थीं। आते ही वे चाची जी और मनोज भैया की गृहस्थी में रच-बस गईं। अगल-बगल के ही घर थे हमारे। हर सुख-दुख साझे का होता था। पहले वर्ष में ही जब सुधा भाभी के पैर भारी हुए,

तो चाची ने बड़े चाव से हमारे घर लड्डू भिजवाए थे। फिर तो गोदभराई भी बड़े धूम से हुई थी। चाची जी को पोते की आस थी, लेकिन हुई कन्या। बिटिया का रूप देखकर चाची जी के मुख का फीकापन कुछ कम हुआ। तुरंत ही मुड़कर मुझसे बोलीं, "दुल्हन, तुम कब खुशखबरी सुना रही हो? तीनेक बरस तो हो ही चुके तुम्हारे ब्याह को भी।"

इतने सारे लोगों के बीच उनका इस तरह कहना था कि मैं कटकर रह गई थी। क्या चाची जी जानती नहीं कि मैं अपनी पीएचडी पूरी कर रही हूँ। समय के साथ मेरी और सुधा भाभी की मित्रता भी प्रगाढ़ हुई। मेरी बेटी निधि, वर्षा से साल भर छोटी थी। वर्षा के बाद सुधा भाभी की गोद में विनय आया तो मेरी गोद में दिव्या। चाची जी को पोता मिला, साथ ही समय-समय पर मुझसे सहानुभूति दिखने का सुनहरा अवसर। निधि और वर्षा साथ ही पली-बढ़ीं। वर्षा का रूप-रंग वाकई मनोहारी था, किंतु अक्सर चाची जब निधि और वर्षा के रूप-रंग की तुलना करने बैठ जातीं तो निधि चिढ़ जाती। धीरे-धीरे उसने चाची जी के घर जाना ही छोड़ दिया। वर्षा ही जब तब हमारे घर आती रहती। हँसमुख सुधा भाभी का स्वभाव चाची के दबंग व क्रूर शासन तले मुरझाता चला गया।

जिस वर्ष निधि का रुड़की इंजीनियरिंग कॉलेज में दाखिला हुआ, उसी वर्ष सुधा भाभी को पहला हार्ट अटैक पड़ा। मनोज भैया का परिवार ऐसा मध्यमवर्गीय परिवार था, जहाँ लड़कियों के लिए ऊँचे सपने देखना भी पाप समझा जाता था। मैंने जहाँ बच्चियों की शिक्षा-दीक्षा में कोई कसर नहीं छोड़ी थी, वहीं वर्षा और विनय की पढ़ाई में चाची ने जमीन-आसमान का अंतर पैदा कर दिया था। मनोज भैया तो चाची के हाथ की कठपुतली थे। साधारण स्कूल की पढ़ने वाली वर्षा मेधाविनी थी, किंतु जब वह निधि और दिव्या को अंग्रेजी में बात करते देखती, तो एक दीनता का भाव उसके चेहरे पर छा जाता था। सुधा भाभी को हार्ट अटैक पड़ा, तो चाची ने ऐसी हायतौबा मचाई कि इंटर में 75% अंक लाने के बाद भी वर्षा कॉलेज का मुँह तक न देख सकी। विनय का दाखिला तो खैर पब्लिक स्कूल में कराया गया था, लेकिन साल-दर-साल फेल होकर वह स्कूल ही बदलता रहा। मनोज भैया के साज-सिंगार और शौक में कहीं से कोई कमी नहीं आई थी। सुधा भाभी ने एक बार जो खाट पकड़ी, तो छोड़ी ही नहीं। सत्रह वर्ष की कच्ची उम्र में जब मेरी निधि गृहस्थी का क-ख-ग भी नहीं जानती थी, वर्षा

पूरी पुरखिन बन चुकी थी।

धीरे-धीरे समय के साथ निधि इंजीनियर बनी। बढ़िया कंपनी में नौकरी भी लगी और वर्षा ने प्राइवेट से बीए भी कर लिया। इसी बीच लम्बी बीमारी के बाद कंकाल मात्र शेष रह गई सुधा भाभी ने एक सुखद बेला में प्राण त्याग दिए। सुखद इसलिए कह रही हूँ कि उनके रहने न रहने से वर्षा के सिवाय किसी को कोई फर्क नहीं पड़ता था। मनोज भैया की मटरगश्ती और जुल्फें सँवारने का ढंग देखकर मेरे हाड़ सुलग जाते।

मृत्यु-शैय्या पर पड़ी बहू को चाची दिन-रात कोसा करतीं, "पहलौठी तो चटपट जान छोड़ गई। एक ये हैं, हमरे लल्ला के गले का फंदा बनी बैठी हैं।" सुधा भाभी टुकुर-टुकुर वीरान आँखों से छत देखा करतीं। जिस पति का हाथ पकड़कर, सात फेरे लेकर इस घर में आई थीं, जिसे उन्होंने अपने यौवन के तमाम सुनहरे वर्ष अर्पण किए थे, वह तो उसके कमरे में कभी झाँकता भी नहीं था। विनय दादी के लाड़-दुलार में पहले ही बिगड़ चुका था, बीड़ी-सिगरेट के कश लगाते मैं स्वयं उसे देख चुकी थी। सुधा भाभी के न रहने पर मात्र इतना ही लगा कि गरम तवे पर पड़ी एक बूँद बस भाप बनकर उड़ गई।

चाची की उम्र बढ़ रही थी, लेकिन उनके स्वभाव की कर्कशता, दबंगता और उग्रता में कोई कमी नहीं आई थी। बाईस-तेईस साल की वर्षा ने जिस कुशलता से गृहस्थी सँभाल रखी थी, वह वाकई काबिले-तारीफ था। विनय हाईस्कूल में साल-दर-साल फेल होकर भी दादी का दुलारा था, किंतु वर्षा को चाची अपनी जहरीली जबान से इतनी जली-कटी सुनातीं कि बीच की दीवार से न चाहते हुए भी अपशब्द मुझे सुनाई दे जाते। जब अति हो जाती, तो वर्षा भागकर मेरे पास आ जाती। इधर दिव्या को भी एमबीए में दाखिला मिल गया था। वर्षा को दोनों बहनें खूब मान देतीं। इसका मुख्य कारण था वर्षा का शांत, गंभीर स्वभाव। जब मैं चाची को निधि की शादी का न्यौता देने गई, तो उनके घर मेहमान आए हुए थे। मैं उन्हें शुभ समाचार देती कि इससे पहले ही वे बोल उठीं, "आओ दुल्हिन, मुँह मीठा करो। लल्ला का रिश्ता पक्का हुई गया है।"

सन्न रह गई थी मैं। डाई किए बालों व झुर्रीदार चेहरा लिए मनोज भैया मुझे कपटी काक से लगे, एक मक्कारी भरी मुस्कुराहट लिए वे विवाह की हाट में फिर बैठ चुके थे। जिस समय सामान्य रूप से पिता बेटी के विवाह की फिक्र

करते हैं, मनोज भैय्या अपना सेहरा बाँधने की तैयारी कर रहे थे। हाँ, निधि के विवाह तय होने की बात सुनकर वर्षा के चेहरे पर जो भाव आए, उन्हें देखकर मन हिल-सा गया। फिर तो जब तक मनोज भैया का विवाह नहीं हो गया, उनकी भावी दुल्हन की तारीफें सुन-सुनकर मेरे कान ही पक गए। वर्षा निर्विकार भाव से गृहस्थी सँभाले हुए थी। उसे दादी और पिता की खुशी से कोई सरोकार न था।

नियत तिथि पर निधि की शादी हुई और उसके ठीक 15 दिन बाद मनोज भैया की। विद्रोहिणी दिव्या तो इस विवाह में शामिल ही नहीं हुई। कल्पना भाभी उम्र में मुझसे साल 2 साल बड़ी ही होंगी। नवेलियों वाला रूप तो इस उम्र में क्या ही रहता, किंतु अपनी पक्की सरकारी नौकरी का आत्मविश्वास उनके पूरे व्यक्तित्व पर छाया था। चाची जी की बरसों की साध पूरी हुई थी। पक्की नौकरी वाली बहू अब घर को तार देगी। कल्पना भाभी ने घर को कितना तारा था, यह तो पता नहीं, किंतु उस घर का सूनापन मनोज भैया के ब्याह के बाद और भी बढ़ गया। पहली विदा के बाद कल्पना भाभी अपनी नौकरी पर गईं, तो वापस ही नहीं लौटीं। चाची उसी प्रकार से झींककर वर्षा को कोसतीं रहीं, वर्षा पूर्ववत गृहस्थी सँभालती रही। विनय की आवारागर्दी में कोई कमी नहीं आई। हाँ, मनोज भैया जरूर उन्नाव के चक्कर लगाने लगे, क्योंकि कल्पना भाभी की नौकरी और क्वॉर्टर, दोनों वहीं थे।

समय बीता, जब निधि अपनी गोलमटोल बिटिया को लेकर आई, तो घर गुलजार हो गया। उससे ससुराल और पति की तारीफें सुन-सुनकर लगता कि मेरी बिटिया को कहीं नजर न लग जाए। वर्षा ने भी निधि की गोलगप्पा गुड़िया के लिए कितने स्वेटर, टोपे-मोजे बुन डाले थे। लेकिन उसके चेहरे का सूनापन मुझे मथ डालता था। दो वर्ष बाद जब निधि को बेटा हुआ, तो चाची के घर मिठाई लेकर मैं ही गई।

"चलो, नाम-लेवइया तो आया तुम्हरे खानदान का। बेटा न सही, नाती तो हुआ।"

चाची उस खुशी में भी जहर घोलना नहीं भूलीं। वर्षा का उतरा हुआ चेहरा देखकर मैं स्वयं को जज्ब कर गई, वरना चाची जी से आर-पार कर लिया होता। लौटने के बाद दिव्या बड़ी देर तक भुन-भुन करती रही। उसे चाची का परिवार ही पसंद नहीं था। वह तो पड़ोस का लिहाज था, वरना उन जैसी संकीर्ण मनोवृत्ति

वाली औरत के साथ निभाना सरल न था। चौदह वर्ष की कच्ची उम्र में ब्याह कर आईं चाची जी ने प्रपंच पंचायत में ही होश सँभाले थे। चाचा जी थे पूरे मिट्टी के माधो। असमय और अचानक ही गुजर गए। अच्छी हो या बुरी, करनी-करतूत सब चाची के हाथ थी। शायद इसीलिए उनके अंदर सारे दुर्गुण पनप चुके थे।

अभी मैं दिव्या का ब्याह करने के मूड में नहीं थी कि बैठे-बिठाए इतना अच्छा रिश्ता आ गया। इनके मित्र का बेटा एक नामी सॉफ्टवेयर कंपनी में इंजीनियर लग गया था। दिव्या को किसी समारोह में देखा था, वहीं पसंद कर लिया। आज चाची जी को मुँहतोड़ जवाब देने का मन कर रहा था। आज मैं भी अपने भाग्य पर इतरा रही थी। लड़कियाँ होने के ताने खूब सुने थे मैंने, उनके पैदा होने से लेकर बड़े होने तक। लेकिन मेरी लड़कियाँ भी तो राजरानी-सा भाग्य लेकर आई थीं।

सहसा दिव्या की आवाज सुनकर मैं जैसे नींद से जागी, "मम्मी, सुनना जरा।"

"आई बेटा।" कहती हुई मैं ड्राइंग रूम की ओर बढ़ गई। इतनी-सी देर में मेरा मन कितनी लम्बी यात्रा कर आया था।

"अरे वर्षा, इस समय कैसे आई? सब ठीक तो है ना।"

दोपहर के तीन बज रहे थे। जेठ की तीखी धूप काँटे चुभा रही थी।

"मौसी, घर में मन नहीं लग रहा था, सो चली आई। दादी सो रही हैं। विनय का पता नहीं और आज शनिवार था सो पापा भी उन्नाव चले गए।"

वर्षा के चेहरे से लग रहा था कि पता नहीं कौन-सा अंधड़ मन में समेटे हुए है। मैंने ध्यान से उसे देखा। वही दूधिया रंग था। वही बड़ी-बड़ी आँखें थीं, लेकिन समय बहुत कुछ चुरा ले गया था। आँखों के चारों तरफ स्याही पुत गई थी। पूरे चेहरे पर एक खंडहर जैसा भाव था। उसे देखकर ममता-सी उमड़ आई, "वर्षा, थोड़ा अपनी तरफ भी ध्यान दिया कर बेटा।"

"अब इस उम्र में सज-धजकर क्या करूँगी मौसी।" वर्षा ने अपने माथे पर आ गए बालों को समेटा, तो मैंने देखा कि उसके हाथों में दरारें पड़ी हुई थीं।

"क्यों, ऐसी कौन-सी उमर हो गई है तेरी?" कहने को तो मैं कह गई, लेकिन अपनी ही जीभ काट ली मैंने।

"मम्मी, वर्षा दीदी को एलबम दिखाओ। कल ही तो आई हैं सारी

फोटोग्राफ।"

दिव्या फुदककर एलबम ले आई। एलबम दिखाते समय सगाई का पूरा वक्त उसने एक बार फिर जी लिया था। आखिरी दो पन्नों में निधि अपने पति और बच्चों के साथ मुस्कुराती खड़ी थी। कैरियर की सफलता, पति का सहयोग और मातृत्व की पूर्णता सभी कुछ मिलाकर उसके पूरे व्यक्तित्व को एक संतोषपूर्ण गरिमा प्रदान कर रहे थे।

एलबम दिखाते हुए मैंने देखा कि वर्षा का चेहरा सफेद पड़ गया था। होठ काँप रहे थे। रुलाई रोकने के प्रयास में उसका चेहरा बेहद करुण बन गया था।

"हाय वर्षा दीदी, क्या हुआ?"

दिव्या समझ गई कि उसने एलबम दिखाकर कुछ गड़बड़ कर दी है। इससे पहले कि मैं कुछ पूछती, वर्षा दोनों हाथों से मुँह ढाँपकर बिलख पड़ी। दिव्या को पानी लाने भेजकर मैं वर्षा की बगल में बैठकर उसकी पीठ सहलाने लगी, "वर्षा, क्या हुआ बेटा?"

काफी देर बाद जब मन का ज्वार हल्का हुआ, तो वर्षा ने कहा, "मौसी, मैं आपकी बेटी तो नहीं, लेकिन बेटी जैसी तो हूँ ना?"

"तुम ऐसा क्यों कह रही हो, वर्षा?" मैं थोड़ा चकरा गई।

"मौसी, क्या आप कहीं कोशिश करके मेरी शादी पक्की करा सकती हैं?"

मैं स्तब्ध रह गई। घर में दादी है, बाप है, माँ है। सभी के होते हुए वर्षा ने मुझे ये हक कैसे दे दिया?

"वर्षा, मनोज भैया तो कितने सालों से तुम्हारे ब्याह के लिए चिंतित हैं, सब कुछ अपने हाथ में थोड़े ना होता है। बेटा, ब्याह-शादी गुड्डे-गुड़िया का खेल थोड़े ही है। वह तो सब ऊपर वाले के हाथ में रहता है।"

"हाँ मौसी, आप ठीक कह रही हैं। पापा हैं, नई माँ हैं, दादी हैं। सबको मेरी कितनी फिक्र है, खूब जान चुकी हूँ। मेरी माँ ने मेरे ब्याह के लिए जो पैसा जोड़ रखा था, वह उनकी बीमारी में स्वाहा हो गया। जो गहने थे, वो सब दादी ने नई माँ के चढ़ावे में चढ़ा दिए। जब तक फिर से दहेज जुटेगा, तब-तक मैं 40-45 की हो चुकी होऊँगी। सच तो यह है मौसी कि सबको मुफ्त की नौकरानी मिली हुई है। दादी की बीमारी, विनय की बेफिक्री, नई माँ की नौकरी, पापा का आए दिन उन्नाव चले जाना। अगर मेरा ब्याह हो गया, तो कैसे निबट पाएगा सब?

और फिर आप ही सोचिए मौसी, ऐसे घर की बेटी कौन ब्याहेगा? जिसके पिता ने खुद तीन शादियाँ रचाई हों। मौसी, कल को विनय की भी शादी हो जाएगी। पापा की गृहस्थी का बोझ खूब ढो लिया। इससे पहले कि विनय की गृहस्थी का बोझ भी मेरे ही कंधों पर डाल दिया जाए, मौसी मेरे लिए एक घर ढूँढ़ दो। अगर ढोना ही है, तो अपनी गृहस्थी का बोझ क्यों ना ढोऊँ? वहाँ अपना हक तो रहेगा।" कहते हुए वर्षा फिर रो पड़ी।

30 वर्ष की बिन ब्याही उम्र और असुरक्षित भविष्य का भय, उसके चेहरे पर दुख और घबराहट का सम्मिश्रण बनकर फैल गया था। यह वही वर्षा थी, जिससे मुझे भय लगता था कि कहीं इसके रूप की चमक में मेरी बेटियाँ फीकी न पड़ जाएँ। यह वही वर्षा थी, जिसके आने पर मन में वहम हो जाता था कि कहीं बच्चियों के भाग्य को नजर न लग जाए। मगर आज की वर्षा पर मुझे बेहद ममता उमड़ रही थी, तरस आ रहा था। लड़कियाँ अपना भाग्य लेकर आती हैं।

'लेकिन वर्षा बेटी, तुम्हारी मौसी तुम्हारे लिए रिश्ते ही सुझा सकती हैं। पार तो तुम्हारे घरवाले ही लगा सकेंगे। चाहते हुए भी मैं तुम्हारे हाथ पीलेकरने की जिम्मेदारी अपने सिर नहीं ले सकती, क्योंकि पहले मुझे अपना घर देखना है, अपनी जिम्मेदारियाँ निभानी हैं। मैं भी तो स्वार्थी हूँ। मैं तुम्हारे उज्ज्वल भविष्य की मात्र कामना ही कर सकती हूँ, प्रार्थना कर सकती हूँ, कोशिश कर सकती हूँ, बस। इससे अधिक कुछ नहीं।'

मन में कितना कुछ उमड़-घुमड़ रहा था, किंतु मैं कुछ भी न कह सकी। मैं उससे नहीं कह पाई कि वर्षा, तुम्हारे पापा और नई माँ दफ्तर से छुट्टी लेकर नैनीताल घूमने चले गए हैं। दुनिया बड़ी स्वार्थी है वर्षा और उससे भी अधिक स्वार्थी हैं तुम्हारे अपने। चाची ने कल ही बड़ी ललक के साथ विनय के ब्याह की चर्चा की थी, यह भी तो नहीं कह सकी मैं। जीवन में शायद कभी किसी क्षण मुझे अपने इस कायरपन पर पछतावा भी होगा, लेकिन मैं सब कुछ कहकर वर्षा का दुख और नहीं बढ़ाना चाहती थी। मैं केवल उसकी पीठ सहलाते हुए चुप बैठी रही।

वो मेरा बेटा नहीं

"अरे गायत्री! कहाँ से आ रही है? और ये क्या ले आई, देखूँ तो?" कहते हुए मैंने गायत्री के हाथ से डिब्बा ले लिया, "अच्छा, आज मंगलवार है, प्रसाद लेकर आ रही है।"

"वो चाची जी, देव की नौकरी लग गई थी इसलिए..." सकुचाते हुए गायत्री बोली। इतना कहने में ही उसका चेहरा लाल पड़ गया था।

"लेकिन देव तो अभी है नहीं। तू प्रसाद छोड़ जा, मैं दे दूँगी उसे।" ना चाहते हुए भी मुझे झूठ बोलना ही पड़ा। मैं खूब समझ रही थी कि गायत्री की आँखें निरंतर देव को खोज रही थीं, लेकिन देव और उसकी दादी की कड़ी हिदायत थी कि गायत्री को अंदर ना आने दिया जाए। मुझे प्रसाद थमा कर गायत्री उलटे पैरों लौट गई। देव के ना होने की बात सुनकर उसका चेहरा फीका पड़ गया था। उसके जाते ही देव कमरे से बाहर निकल आया, "क्या माँ, तुमसे झूठ भी नहीं बोला जाता। जरा चेहरा तो देखो अपना।" कहते हुए उसने प्रसाद ले लिया।

"यह क्या मजाक है देव? जब से आए हो, एक बार भी उससे नहीं मिले। मैं झूठ बोलते-बोलते थक गई हूँ।"

"ओह माँ, तुम नहीं जानती, इस समय मैं गायत्री क्या किसी से भी मिलने के मूड में नहीं हूँ। सिर्फ आराम करना चाहता हूँ।"

"लेकिन गायत्री क्या सभी लोगों में शामिल है?" मैं तनिक तिक्त स्वर मैं बोली।

"क्यों? गायत्री में ऐसी क्या खास बात है, जरा हम भी तो सुनें।" माला जपते हुए अम्मा जी बाहर आ गईं।

"अगर गायत्री में ऐसी कोई खास बात ना होती अम्मा, तो आपका पोता

आज इतनी ऊँची नौकरी के काबिल ना बन पाता।" कहते हुए मैं अलग हट गई।

पीछे से अम्मा जी की भुनभुन सुनाई पड़ती रही, "हुँह, बित्तेभर की मामूली लड़की, कहाँ देव ? जो आज बना है, अपनी काबिलियत, अपने दम पर बना है, चाहे कोई माने या ना माने।"

मैंने कमरे में जाकर कान ही बंद कर लिए। इधर कई दिनों से गायत्री के प्रति देव के व्यवहार में बदलाव देख रही थी। नई नौकरी ज्वॉइन करने के बाद देव पहली बार घर आया, तो उसमें एक अहंकार-सा दिखा। वही अहंकार जो उसकी दादी के व्यवहार में था। इसे शायद देव के पिता जी नहीं भाँप सके, किंतु मैंने इसे दो घंटे में ही परख लिया था, क्योंकि इसी अहंकार की ज्वाला में मैं पिछले कई वर्षों से झुलस रही थी। मन जाने क्यों उदास-सा हो गया। ना चाहते हुए भी उस परायी लड़की का भोला-सा चेहरा बार-बार आँखों के आगे नाच रहा था। मुझे उससे झूठ नहीं बोलना चाहिए था।

आईआईटी का सपना देखने वाले महत्त्वाकांक्षी देव का जब दो वर्ष तक कहीं भी सलेक्शन नहीं हुआ, तब समझौता कर समझा-बुझाकर प्राइवेट इंजीनियरिंग कॉलेज में जैसे-तैसे दाखिला कराया गया था। पड़ोस में तभी शर्माजी का परिवार रहने आया था। तीन बेटियों में गायत्री सबसे बड़ी थी। गायत्री कब हमारे परिवार में रच-बस गई, पता ही नहीं चला। बेटी ना होने के कारण मुझे जो अकेलापन कचोटता था, गायत्री उसकी पूरक बनी। वह घर में आती, तो रौनक-सी छा जाती। मेरे साथ वह दाल-चावल भी बिनवा लेती, बड़ी-मुगौड़ी भी तुड़वा लेती। मेरे हाथ का अचार उसे बेहद पसंद था। देव छुट्टियों में घर आता, तो उसे चाय-कॉफी की तलब कई बार लगती। अक्सर गायत्री ही उसे चाय-कॉफी दे आती। जिस दिन गायत्री नहीं आती घर सूना लगता। मैंने महसूस किया था कि मेरी ही नहीं उस दिन देव की आँखें भी गायत्री का रास्ता देखती थीं। किंतु गायत्री के घर में उसकी अपनी जिम्मेदारियाँ थीं। अपाहिज माँ की देखभाल करते हुए घर का सारा कामकाज करना। पिता और छोटी बहनों को लंच देकर ऑफिस, स्कूल भेजना फिर स्वयं कॉलेज जाना। शाम को कंप्यूटर क्लासेस जाना।

उस दिन जब गायत्री का बीकॉम का आखिरी पेपर था, उसकी स्कूटी पंक्चर हो गई। तब देव ही उसे कॉलेज छोड़ने और लेने गया था। लौटने पर देव के मन के उछाह को मैंने भी महसूस किया था। मेरा मन किया कि गायत्री की स्कूटी यों

ही बिगड़ती रहे और देव उसे इसी तरह कॉलेज छोड़ता रहे। शायद गायत्री ने भी देव को लेकर कुछ सपने सँजोने शुरू कर दिए थे।

देव का इंजीनियरिंग का तीसरा साल था। एग्जाम होने में थोड़े ही दिन बचे थे कि अचानक देव घर लौट आया। "पेपर नहीं दूँगा माँ", "मैं कुछ नहीं कर सकता", "मैंने कुछ भी पढ़ाई नहीं की है", जैसे वाक्य सुन-सुनकर हम सभी गहरी निराशा में डूब गए थे। देव की हालत देखकर मेरा कलेजा मुँह को आता था। वे गहन अवसाद के दिन थे। देव के पापा दो माह की ट्रेनिंग के लिए विदेश गए थे। घर में मैं, बूढ़ी सास और निराश-हताश देव। उसी कठिन मनोस्थिति में देव को तीव्र ज्वर ने जकड़ लिया। उन दिनों गायत्री मेरा और देव दोनों का संबल बनी रही। तभी एक दिन देव को तीव्र ताप और गहरी नींद में बड़बड़ाते हुए सुना, "गायत्री, तुम कहीं और ब्याह कर लेना। मैंने बहुत कोशिश की तुम्हारे काबिल बनने की, लेकिन नहीं बन पाया। मैं कुछ नहीं कर सकता, गायत्री। कितने शर्म की बात है ना कि जिसके पापा आईआईटी के टॉपर रहे हों, वह लड़का साधारण इंजीनयरिंग की परीक्षा तक पास नहीं कर पाया। छिः, धिक्कार है मुझ पर।"

तभी अचानक गायत्री आ गई। चुपचाप उसने मेरे हाथ से देव का हाथ ले लिया। उसे सहलाते हुए वह मीठे स्वर में बोली, "देव, ऐसा मत कहो। तुम्हारे जैसी लगन तो बहुत कम लोगों में होती है। एक परीक्षा छोड़ देने से कोई असफ़ल नहीं हो जाता। देखना देव, एक दिन तुम इतने सफल होगे कि सब देखेंगे।"

गायत्री मुझे देख रही थी। मैं अपने आँसू रोकते हुए वहाँ से उठ गई। रसोई में पीछे-पीछे अम्मा जी चली आईं, "बहू, ई गायत्री का आना हमें पसंद नहीं है। कहे देते हैं, ज्यादा मुँह मत लगइयो इसे। तेज लड़की है।"

मन में आया कह दूँ, 'देव को इस समय न आपकी जरूरत है, न मेरी। एक गायत्री ही है, जिसके भरोसे देव ठीक हो सकता है। उसके पापा तो सात समंदर पार जाकर बैठे हैं। आपसे घर-बाहर किसी सहारे की आस रखना व्यर्थ है।'

समय के साथ देव का खोया हुआ आत्मविश्वास लौटने लगा। धीरे-धीरे मन शांत हुआ तो वह पूर्ववत हँसने-बोलने लगा। गायत्री ही थी, जो अपने घर के साथ-साथ मेरा घर भी सँभाल रही थी।

करीब 15-20 दिन बाद एक दिन देव स्वयं ही बोला, "माँ, मैं कॉलेज वापस जाना चाहता हूँ।"

मैं इसी दिन की प्रतीक्षा में थी। मेरा रोम-रोम गायत्री का ऋणी था। गनीमत थी कि इतना बड़ा हादसा देव के पापा के विदेश प्रवास के बीच ही निबट गया था।

गायत्री का मन भी मैं पढ़ चुकी थी और मन ही मन उसे अपनी बहू मान चुकी थी। बस उचित समय की प्रतीक्षा थी। हालाँकि प्रकट रूप से मैंने यह बात किसी से नहीं कही थी, देव के पापा से भी नहीं, लेकिन अम्मा जी की पारखी आँखों ने गायत्री के प्रति मेरा लगाव भाँप लिया था, "बहू, हम कहे देते हैं, गायत्री से ज्यादा मोह ना करियो। हीरा जैसा लड़का हम मिट्टी के मोल ना देवे।"

इस उमर में भी अम्मा जी का माया-मोह नहीं छूटा था। देव के ब्याह में वे भारी दहेज लाने वाली बहू की आस लगाए थीं। दरअसल स्वयं उन्होंने जब अपनी इकलौती बेटी को भरपूर दहेज के साथ विदा किया, तभी से वे अपने दोनों बेटों के ब्याह में खूब दहेज लेने की ठान चुकी थीं। लेकिन जहाँ मैं अपने ससुर जी की पसंद से इस घर में बिना दहेज आई थी, वहीं मेरे देवर ने कोर्ट मैरिज करने के बाद ही अम्मा जी को खबर की थी। इस तरह दोनों बेटों के मामले में दहेज के मोर्चे पर अम्मा जी ठगी गई थीं, जिसका मुआवजा मुझे समय-समय पर भुगतना पड़ता था, क्योंकि देवर-देवरानी तो हिंदुस्तान छोड़ पिछले 20 बरस से नाइजीरिया जा बसे थे। जहाँ-तहाँ रिश्तेदारी में शादी-ब्याह से लौटकर जब वे दान-दहेज की चर्चा करते हुए मुझे सुना-सुनाकर ताने देतीं, तो शर्म और अपमान से मेरे आँसू आ जाते। दहेज का ताना देते समय वे इतना भरसक ध्यान रखतीं कि मेरे पति या ससुर सामने ना हों। लेकिन रिश्तेदारों के बीच जलील करने का कोई मौका वे नहीं छोड़ती थीं। कई बरसों तक मेरे मायके वाले जितना भी देते रहे, अम्मा जी का मुँह टेढ़ा ही रहा। अंततः जब भाई विदेश जा बसा और एक सड़क दुर्घटना में माँ और पापा भी चल बसे, तब जाकर अम्मा जी का मुँह बंद हुआ। तब तक देव काफी बड़ा हो चुका था।

गायत्री का सहयोग कहूँ या देव की मेहनत, इंजीनियरिंग की परीक्षा में देव के काफी अच्छे नंबर आए। कैंपस सेलेक्शन में ही देव का चयन एक बढ़िया सॉफ्टवेयर कंपनी में हो गया। ज्वॉइन करने से पहले देव एक हफ्ते के लिए घर आया था। सफलता की चमक ने उसके चेहरे की रौनक बढ़ा दी थी। अब डेढ़-दो बरस पहले का निराश-हताश देव कहीं दूर गम हो गया था और उसकी

जगह ले ली थी एक आत्मविश्वासी और मजबूत युवक ने। जाहिर था, माँ होने के नाते मुझे उस पर गर्व-सा हुआ। शायद उन दिनों वह गायत्री से भी मिला था, ऐसा मेरा अनुमान था।

देव मुंबई चला गया। एक दिन गायत्री के पिता जी सहसा आ गए थे। मुझसे ही बोले, "बहन जी, आप ही समझाएँ गायत्री को। ब्याह से इनकार कर रही है। तीन-तीन बेटियाँ हैं मेरी। निबटाते-निबटाते समय लगेगा। अकेले मैं ही सँभालने वाला हूँ। उसकी माँ तो बिस्तर पर पड़ी है।"

लाख समझाने-बुझाने के बाद भी गायत्री ब्याह के लिए तैयार नहीं हुई। हारकर छह महीने के भीतर ही उससे दो बरस छोटी मैत्रेयी का ब्याह उसी लड़के के साथ कर दिया गया, जिससे गायत्री की बात चली थी। तब का गया देव अभी तक एक बार भी घर नहीं आ सका था। कंपनी उसे सालभर के लिए लंदन भेज रही थी। इतना समय भी ना मिला कि वह घर आ सके। हम लोग ही जाकर उसे विदा कर आए थे। जाते समय मैंने गायत्री के लिए उसका मन टटोला, तो हँसकर टाल गया था देव। जाते समय देव से बार-बार वचन लिया कि लंदन से कोई फिरंगी बहू ना लाना।

सालभर युग समान बीता। इस बीच गायत्री की सबसे छोटी बहन भी ब्याह गई। उसकी माँ अनायास ही एक रात सोई, तो सुबह उठी ही नहीं। गायत्री ने एक कॉन्वेंट स्कूल में कंप्यूटर टीचर की नौकरी कर ली। देव लौटकर मुंबई तो आया, किंतु व्यस्तता के कारण हमारे पास लखनऊ नहीं आ सका। हम लोग तो जाकर उससे मिल आए, किंतु गायत्री की मूक दृष्टि का मैं उत्तर ना दे पा रही थी।

देव आरंभ से ही महत्त्वाकांक्षी था। प्राइवेट कंपनी की ऊँची नौकरी भी उसे संतोष नहीं दे पा रही थी। डेढ़-दो बरस की नौकरी और विदेश प्रवास ने उसके भीतर गजब का आत्मविश्वास भर दिया था। इसीलिए जब उसने सिविल सर्विसेज की प्रतियोगिता में बैठने की इच्छा जाहिर की, तो उसके पिता ने भी उसका मनोबल बढ़ाया। परिणाम अनुकूल रहा। प्रथम प्रयास में ही देव को सफलता मिली। यह उसकी लगन और परिश्रम का ही परिणाम था कि पहली ही बार में वह प्रारंभिक तथा मुख्य परीक्षा पास कर गया। साथ ही साक्षात्कार में भी सफल रहा था। जिस दिन सिविल सर्विसेज का रिजल्ट आया, अखबारों की सुर्खियों में देव का नाम और तस्वीर छपी थी। मेरे अवचेतन में गायत्री के शब्द गूँज रहे थे,

"देखना देव, एक दिन तुम इतने सफल होगे कि सब देखेंगे।"

टीवी चैनल वाले बार-बार देव का चेहरा दिखा रहे थे। गर्व और खुशी से हम सब फूले नहीं समा रहे थे। अम्मा जी ने तो ऐलान ही कर दिया था, "अब लाऊँगी चाँद सी बहू, हर तरफ से ठोंक-बजाकर लाऊँगी। कहीं से धोखा खाने की गुंजाइश ही ना रहे।"

मैं स्तब्ध सी अम्मा को देख रही थी। माथे पर चंदन का टीका, गले में तुलसी की माला, मुँह में राम नाम और मन में माया मोह और दहेज की इतनी हवस। मैं जान रही थी कि अम्मा जी के चलते मैं गायत्री को अपनी बहू नहीं बना सकूँगी। मुझे विद्रोह तो करना ही पड़ेगा। क्या कमी थी गायत्री में? देखने में अच्छी-भली, पढ़ी-लिखी, घर-बाहर के हर काम में निपुण, हाँ आर्थिक स्तर पर परिवार जरूर साधारण था। पैसा अवश्य नहीं था, पर वे संस्कारी लोग थे। दहेज का मुझे लालच नहीं था। देव अकेला था, इसीलिए मैं फूँक-फूँककर कदम रखना चाहती थी। गायत्री ने पता नहीं कब मेरे मन में घर बना लिया था। किंतु पहले देव का मन भी तो टटोलना पड़ेगा।

मसूरी से ट्रेनिंग पूरी करके देव की पहली पोस्टिंग एसडीएम के स्तर पर एक कस्बे में हुई। नौकरी में स्थिर होकर देव बहुत दिन बाद 15 दिनों की छुट्टी लेकर घर आया, तो जैसे घर में एक उत्सव सा वातावरण छा गया। उसके लिए रिश्ते आने तो जाने कब से शुरू हो गए थे। हम लोग ही टाल रहे थे। इस बार कुछ इत्मिनान था। हम सभी चाह रहे थे कि देव इस बार कुछ निर्णय करके ही पोस्टिंग पर जाए। किंतु देव के तेवर इस बार कुछ अलग ढंग के थे। उसके पापा को तो अपने दफ्तर से ही फुरसत ना थी। इन दिनों देव की अपनी दादी के साथ खूब पटरी बैठने लगी थी। देव के ब्याह के लिए जितने भी फोटो और बायोडाटा आते थे, दादी-पोता खूब इत्मिनान से एक-एक की बखिया उधेड़ते, तो मेरा खून खौल उठता। किंतु कहीं-ना-कहीं उम्मीद की एक किरण अवश्य शेष थी। अवश्य देव और गायत्री के बीच ऐसा कुछ घटा था, जिसकी वजह से गायत्री ने कहीं और ब्याह करने से इनकार कर दिया। मैं इंतजार ही करती रही कि देव मुझसे कुछ कहेगा।

अभी भी मेरे मन के किसी कोने में देव की वही बात गूँजती थी जब वह गहन अवसाद में था और उसने गायत्री से कहीं और ब्याह कर लेने को कहा था।

मुझे लगता था कि मेरा बेटा जो इतनी ऊँची नौकरी का हकदार है, दहेज के लिए स्वयं को नहीं बेचेगा। लेकिन शायद मैं गलत थी। समय ने देव को बदल दिया था। देव ने जिस लड़की समीरा को पसंद किया था, वह एक सीनियर आईएएस अफसर की बेटी थी। फोटो में सुंदर लग रही थी। देखने में और भी सुंदर थी, किंतु उसकी सुंदरता में एक तीखापन था। देहरादून के विख्यात पब्लिक स्कूल की पढ़ी थी। भाई इंजीनियर था और माँ वैज्ञानिक। कुल मिलाकर परिवार प्रतिष्ठित और संपन्न था। वे लोग पैसे और रुतबे वाले थे।

मँगनी से पहले मैंने धीरे से देव से एक बार फिर पूछ लिया, "देव, तूने गायत्री को कोई वचन तो नहीं दिया था ना?"

उत्तर में देव मुकर गया, किंतु ना जाने क्यों मेरा मन स्वयं को अपराधी मान रहा था। देव की मँगनी की रस्म पाँच सितारा होटल से बड़ी धूमधाम से संपन्न हुई। इन दिनों गायत्री का घर आना लगभग बंद ही हो गया था। मेरे सिवाय इस बात को कोई महसूस नहीं करता था।

एक दिन हमारे भावी समधी अपने बेटे सहित हमारे घर पधार गए। औपचारिक चाय-नाश्ते, बातचीत के बाद उन्होंने कन्यादान हेतु लिया गया अपना संकल्प जब हमें बताया, तो मैं तो चकरा ही गई। इतना दहेज, मैंने तो कल्पना भी नहीं की थी। ईश्वर का दिया हमारे पास सभी कुछ था, सो कभी इस तरफ सोचा भी नहीं था। बस इतना ही चाहा था कि ढंग की बहू घर आ जाए, जो अपने से बड़ों का सम्मान करे तथा मेरे बेटे की गृहस्थी सँवारे। किंतु समधी जी ने तो चुग्गा डाल ही दिया था। अम्मा जी और देव बेहद प्रसन्न नजर आ रहे थे। संतुष्ट तो देव के पापा भी लगे, किंतु मुझे यह सब अटपटा लग रहा था।

उस शाम डाइनिंग टेबल पर चाय पीते समय देव मुझे समझा रहा था, "कम ऑन माँ, तुम क्यों इतना टेंशन ले रही हो? समझ लो इतना सब कुछ जो मिल रहा है, वह हमारी किस्मत से मिल रहा है। फिर समीरा के डैडी इतने सीनियर आईएएस हैं। मेरी जॉब में मुझे हर तरह से सपोर्ट करेंगे और जितना सामान वे दे रहे हैं अपनी बेटी को दे रहे हैं। वैसा स्टेटस जुटाने में मुझे बरसों लग जाएँगे। समझा करो माँ, ऐसा मौका बार-बार नहीं आता। गायत्री से ब्याह करके मुझे क्या मिलता? ना मान, ना सम्मान, ना रुपया, ना स्टेटस, उल्टे मेरी जिम्मेदारियाँ और बढ़ जातीं। फिर गायत्री और उसके अकाउंटेंट पिता अपनी हैसियत से ऊपर का

सपना देख रहे हैं, माँ।"

मैं चुप थी। क्या कहती कि बेटा गायत्री ने तो तुझे उस समय वरा था, जब तू पढ़ाई छोड़कर आ गया था। उसी की प्रेरणा से आज तू इतनी ऊँचाई पर पहुँचा है। मैं देव का मुँह देख रही थी। देव किसकी भाषा बोल रहा था। इतना लोभ, इतनी लिप्सा मेरे बेटे में नहीं हो सकती। कहाँ खो गए थे मेरे दिए संस्कार या फिर लालच ने उसकी बुद्धि फिरा दी थी। क्या अम्मा जी ने अपने अरमान पूरे करने के लिए देव को मोहरा बनाया था? मुझे हथियार डालने ही पड़े। बेटे का ब्याह करना था, वो भी इकलौते बेटे का, सो खुश तो रहना ही था। देव तो वापस नौकरी पर चला गया। हम लोग शादी की तैयारियों में व्यस्त हो गए।

वह जाड़ों की एक खुशनुमा सुबह थी। अम्मा जी मंदिर गई थीं। देव के पापा को ऑफिस भेजकर मैं इत्मिनान से गुनगुनी धूप में बुनाई कर रही थी कि अचानक गेट से गायत्री आती दिखी। वही हँसमुख-सा सुंदर, कोमल चेहरा, वही सौम्यता। नमस्ते करके वह मेरे पास ही बैठ गई। अचानक बोली, "चाची जी, हम लोग परसों कानपुर शिफ्ट कर रहे हैं।"

मैं चौंक गई, "क्यों, क्या बात है?"

"वह पापा का अचानक ट्रांसफर ऑर्डर आ गया है। फिर कानपुर में अपना पुराना घर तो है ही। यह मकान तो वैसे भी छोड़ना ही था, किराये का जो था।" वह फीकी हँसी हँसकर बोली।

"पर गायत्री, तुम्हारी नौकरी...?"

"मेरी नौकरी का क्या है चाची जी, यहाँ छोड़ी, वहाँ लग ही जाएगी।"

मैं बेहद असहज महसूस कर रही थी कि अचानक गायत्री ने एक सुंदर रेशमी रुमाल में लिपटा बँधा बंडल मुझे दिया, "चाची जी, इसमें देव के पत्र हैं, जो उसने मुझे मुंबई और लंदन से भेजे थे। बहुत कीमती पत्र हैं चाची जी, मैं इन्हें सँभाल नहीं पाऊँगी। आप इन्हें देव को दे दीजिएगा।"

उसकी आँखें भर आई थीं। मुँह फेरकर वह उठ खड़ी हुई और धीरे-धीरे लौट गई। मैंने बंडल खोला, तो एक चोर-सा भाव मन में उठा। बेटे के प्रेम पत्र पढ़ने का मुझे कोई हक ना था, किंतु एक पत्र पढ़ने के बाद मैं स्वयं को रोक ना सकी। मैंने सारे पत्र पढ़ डाले। बेहद संयमित और व्यावहारिक पत्र थे। ये आज की पीढ़ी के प्रेम पत्र थे। इनमें भविष्य की योजनाएँ थीं, प्रेम पगे आश्वासन थे

और केवल गायत्री से ही विवाह करने का संकल्प था। आज देव ने सब कुछ राख कर दिया था।

देव के ब्याह को सात बरस बीत गए हैं। इतने लंबे अंतराल में मैं बस दो ही बार उसके घर जा पाई हूँ और दोनों ही बार खोटे सिक्के की तरह फेर दी गई हूँ। समीरा की ऊटपटांग आदतें, कृत्रिम व्यवहार और नाममात्र के कपड़े मुझे कहीं-ना-कहीं दंश दे जाते हैं। देव के पापा तो निर्विकार रहते हैं, किंतु मैं कहूँ भले ही कुछ नहीं, फिर भी बैचैन बहुत हो जाती हूँ। सबसे अधिक दुख तो देव को देखकर होता है। देव को बच्चे बेहद पसंद हैं और समीरा उन्हें बंदिश मानती है। इसीलिए उनका आँगन आज तक सूना है। अम्मा जी का सपना था कि पड़पोते का मुँह देखूँ। सोने की सीढ़ी पर चढ़कर स्वर्ग जाऊँ। वे सपना लिए ही चल बसीं। मैंने तो देव के बाल-बच्चे खिलाने की आस ही छोड़ दी। समीरा की उच्छृंखलता ने उसे घर-गृहस्थी, पत्नीत्व, मातृत्व सभी से दूर कर दिया है। तरस आता है देव के दब्बूपने पर। दरअसल समीरा के अभिजात्य से देव बेहद डरता है। समीरा को ना देव से मतलब है, ना घर गृहस्थी से। घूमना-फिरना, ताश खेलना, क्लब जाना, होटलों में खाना-पीना, यही उसकी दिनचर्या है। देव और समीरा का घर उनके लिए घर नहीं, सराय है, फिर मैं यहाँ कैसे रह सकती हूँ?

मैं बार-बार सोचती हूँ कि यदि गायत्री मेरी बहू होती, तो क्या देव के घर-संसार की यह गत बनती? कहते हैं ना जो भाग्य में बदा है वही होता है, लेकिन देव ने तो अपना भाग्य स्वयं रचा था। शायद अपने बेटे के प्रति मेरा मोह तभी भंग हो गया था, जब उसने अच्छे दहेज के लालच में गायत्री को छोड़ दिया था। हाँ, देव अब मेरा बेटा नहीं रहा। वह मात्र समीरा का पति है। पता नहीं, अपने रचे चक्रव्यूह से अब वह कभी बाहर निकल पाएगा या नहीं।

कुलतारक

अम्मा की मुट्ठीभर देह को दाह देकर लता वापस लौट आई। दुख, क्रोध और क्षोभ से भरे हुए मन के साथ कितनी बेचैन थी वो। उस सूने घर की चारदीवारी भाँय-भाँय कर उठी थी। लता ने सोचा ही न था कि अम्मा के बिना उसका यह छोटा-सा घर उसे इतना काटने को दौड़ेगा। अम्मा की चारपाई पर बैठकर उसने दोनों हाथों में सिर थाम लिया। मृत्यु भी अपने पीछे एक भयानक सन्नाटा छोड़ जाती है। लता के घर की देहरी पर दीया जल रहा था। मृतक की आत्मा को राह वाला दीपक। क्या अम्मा वास्तव में स्वर्ग ही गई होंगी? लता की बरसों की सूखी आँखों में अनायास ही आँसू तिर आए। जी किया कोई तो अपना हो, जिसके कंधे पर सिर रखकर वह बिलख-बिलख कर रो ले। अम्मा के चले जाने के बाद इस भरी-पूरी दुनिया में वह निपट अकेली रह गई थी। क्या परदेस में बैठा हुआ विपिन भी स्वयं को इतना ही अकेला महसूस कर रहा होगा जैसे कि लता?

क्यों बीत गए वे दिन? कैसा भरा-पूरा घर हुआ करता था उन लोगों का। बाबू जी, अम्मा, विपिन दा और सबसे छोटी, सबकी दुलारी लता। सीमित, सुखी परिवार। बहुत ऊँचा ओहदा नहीं था बाबू जी का, किंतु सपने आकाश छूते थे। विपिन दा को लेकर बड़ी ऊँची महत्त्वाकांक्षाएँ थीं उनकी। और विपिन दा ने भी बाबू जी के सपनों को ऊँची उड़ान दी थी। हमेशा कक्षा में अव्वल ही आता रहा था। पहले ही प्रयास में जब उसका आईआईटी में चयन हो गया, तो बाबू जी ने गाँव की सीमित जमीन बेचकर उसकी पढ़ाई के व्यय की व्यवस्था की थी। अम्मा की गृहस्थी में बहुत सीमित संसाधन थे। अपने शौक पूरे करने के विषय में तो अम्मा ने कभी सोचा भी न था। बच्चों के उज्ज्वल भविष्य की कामना करने वाला

यह परिवार शायद उस दारिद्रय की अटूट डोर से ही बँधा था। किंतु वह अटूट डोर भी पता नहीं कैसे टूट गई। लता या अम्मा, बाबू जी कभी सोच भी नहीं सकते थे कि वही विपिन दा जो अम्मा को छोड़ पहली बार हॉस्टल जाने पर बच्चों की तरह फूट-फूटकर रोया था, अपने ब्याह के बाद इतना निष्ठुर हो जाएगा। अम्मा ने, बाबूजी ने विपिन दा की इस उपेक्षा को काफी देर से समझा। सीधे सरल वे दम्पति पुत्र के विषय में ऐसा विपरीत, ओछा कभी सोच नहीं सकते थे।

बाबू जी की दो संतानें थीं और दोनों ही बेहद प्रतिभाशाली। किंतु जब दो प्रतिभाशाली संतानों में से एक को अवसर देने की बात आती है तो वह स्वर्णिम अवसर पुत्र को ही दिया जाता है। बाबू जी भी अपवाद नहीं थे। उनका सामर्थ्य मात्र विपिन को ही पढ़ाने का था। ठीक ही था। लता तो बेटी थी, पराया धन। फिर एक बार विपिन लायक बन जाता, तो लता के लिए एक से बढ़कर एक लायक दूल्हों की कमी रह जाती क्या? लेकिन अपना सोचा हुआ सब सत्य तो नहीं होता न। हम सभी से ऊपर एक विधाता भी है, जो अपनी लेखनी से हम सभी का भाग्य लिखता है। इंजीनियरिंग के अंतिम वर्ष में विपिन दा का चयन एक बड़ी कंपनी में हो गया। अच्छी-भली तनख्वाह थी। संयोग भी ऐसा हुआ कि अपने ही शहर में विपिन दा की पहली नियुक्ति हुई। अम्मा प्रसन्न थीं कि उनका परदेसी बेटा कमाऊ बनकर एक बार फिर लौट आया है। वे विपिन दा पर सौ जान से न्यौछावर रहतीं। विपिन दा ने एक बार दबे स्वर में घर खर्च हेतु कुछ पैसे देने की बात की, तो अम्मा-बाबूजी नाराज हो गए। अम्मा ने बेहद भावुक होकर कहा, "बेटा, अभी तेरे बाबू जी नौकरी में हैं और तेरी पढ़ाई का खर्च भी अब नहीं है। क्या तू अपने अम्मा और बाबू जी का प्यार पैसों से तौलेगा?"

इसके बाद इस बात पर वहीं विराम लग गया था। विपिन दा नौकरी के बाद काफी बदला-बदला-सा लगा था लता को और उसके बाद वह बदलता ही चला गया था। उसे धीरे-धीरे अपनी शिक्षा, अपनी नौकरी का अहंकार होने लगा था। दफ्तर से आकर वह सुन्न-मुन्न पड़ जाता था। जितने समय घर में रहता, अम्मा बाबू जी उसका मुँह ही देखते रहते। वह किसी से सीधे मुँह बात ही नहीं करता था। हँसी की एक क्षीण रेखा तक उसके चेहरे पर नहीं आती थी। लता से भी विपिन बेहद नपी-तुली बात करता, घुन्नाया-सा रहता। एकाध बार झिड़की खाने के बाद लता स्वयं भी विपिन दा से कम ही बोलती थी। अम्मा को लगता

कि शायद ब्याह कर देने से विपिन दा का यह अनमनापन दूर हो जाएगा। पास पड़ोस, रिश्तेदारी की औरतों ने भी अम्मा को समझाना आरंभ कर दिया कि लड़का उदास अनखाया-सा रहने लगा है। ब्याह कर देने से ठीक हो जाएगा। एक बार हामी भर देने के बाद विपिन के लिए रिश्तों की बाढ़-सी आ गई थी।

लता उस समय बी.ए. कर रही थी। उम्र से कुछ अधिक ही समझदार थी। काफी पहले नवीं कक्षा में जब विषय चयन की बात आई थी, तो लता का विज्ञान पढ़ने का बड़ा मन था। उसे लगा था कि अम्मा बाबू जी जब विपिन दा को इंजीनियरिग पढ़ा सकते हैं, तो उसे डॉक्टरी अवश्य पढ़ाएँगे। वह भी डॉक्टर बन कर अम्मा बाबू जी का नाम उज्ज्वल करेगी। किंतु बाबू जी ने विपिन दा की पढ़ाई के खर्चे और अम्मा की बीमारी का हवाला देकर बड़े प्यार से अपनी मेधाविनी कन्या को कला वर्ग में डाल दिया।

विपिन का ब्याह होगा, घर में बहू आएगी, अम्मा बौरा-सी गई थीं। बाबू जी भी प्रसन्न थे। इस पूरे प्रकरण में लता का कहीं भी नाम न था। ब्याह योग्य तो लता भी थी, किंतु कमाऊ पुत्र के आगे शायद बेटी की ममता बौनी पड़ गई थी। विपिन दा के ब्याह के लिए बाबू जी बहुत ऊँचे परिवार की लड़की लाने के पक्ष में न थे। वे जानते थे कि उनके मध्यमवर्गीय परिवार में यदि ऊँचे, पैसे वाले घर की लड़की आएगी, तो निबाह न हो सकेगा। शादी ब्याह, रिश्तेदारी, कथा-वार्ता, हर जगह विपिन के लिए रिश्ते की चर्चा थी। लता के मन में कुछ दरक-सा गया था। लेकिन फिर भी सबकी खुशी में वह खुश थी। शायद भाभी के आ जाने से उसे एक हमउम्र सहेली मिल जाएगी, यह सोचकर ही वह मगन थी।

उस दिन मामा की बिटिया का ब्याह था। लता ने बड़ी मान-मनौवल के बाद अम्मा से कह-सुनकर नई साड़ी खरीदी और उसी से मैच करता मोती का सेट। बड़े मन से तैयार होकर उसने स्वयं को आईने में देखा, तो अपने ही प्रतिरूप पर मुग्ध हो गई। अम्मा बाबू जी भी ब्याह में चलने के लिए तैयार थे। विपिन दा अभी दफ्तर से नहीं आया था। सो वे तीनों ही विवाह स्थल के लिए निकल पड़े थे। रास्ते में गुप्ता स्टूडियो पड़ा, तो अम्मा ने रिक्शा रुकवा लिया था। लता की उम्मीदों की कोंपलों में हरियाली आने लगी थी। विवाह स्थल पर पहुँचने के बाद अम्मा-बाबू जी रिश्तेदारों से बातचीत में व्यस्त हो गए और लता अपनी हमउम्र ममेरी-मौसेरी बहनों संग। एक उसी की हमउम्र लड़की सजी-धजी अपनी माँ

के साथ बैठी थी। अम्मा को वहाँ बैठा देखकर लता भी वहीं सरक ली। किंतु वे माँ-बेटी उससे एक शब्द भी नहीं बोलीं। चुपचाप जितना अम्मा पूछ रही थीं उतना ही नाप-तोल कर जवाब मिल रहा था। इतने में बाबू जी भी वहाँ आ गए थे। ऊब कर लता वहाँ से उठ गई। जयमाल होने तक विपिन दा भी प्रकट हो गया था। घर लौटने के पश्चात लता जान पाई कि अम्मा-बाबू जी विपिन दा का रिश्ता पक्का कर आए हैं।

बाबू जी चाह रहे थे कि विपिन से पहले लता का ब्याह निपटा दें। लता के लिए रिश्ते की बात जहाँ चलती लड़के वाले मुँह फाड़कर दहेज माँगते। बाबू जी ने कई बार लता के ब्याह के लिए पैसे, दहेज की चर्चा करते हुए विपिन दा को इशारा किया, किंतु विपिन दा पैसे को दाँत से पकड़ता था। इस बीच वह भी ब्याह के लिए अकुला उठा था। उसने शायद मुँह खोलकर अम्मा से अपनी बात कह डाली थी। सो पंडित बुलाकर ब्याह की तिथि बिचरवा ली गई और अम्मा की बहू घर आ गई।

बाबू जी दहेज के विरोधी थे। इसका खामियाजा उनके सीधे-सच्चे परिवार को भुगतना पड़ा। भाभी का मायका बिरादरी का सबसे चालाक परिवार था। डोली से उतरी भाभी साक्षात ज्वालामुखी थीं। बेहद मामूली परिवार से आई भाभी इंजीनियर से ब्याही थीं और इस बात का उन्हें बहुत गुमान था। उन्हें अम्मा की गृहस्थी के कामों से कोई मतलब न था। दिनभर वे अपने कमरे में आराम करतीं। बना-बनाया नाश्ता-खाना लता उनके कमरे में ही पहुँचा देती। वे पति को छोड़कर घर में किसी से ढंग से बात भी नहीं करतीं। लता की हमउम्र थीं भाभी। विपिन दा जैसा योग्य वर उन्हें भाग्य भरोसे बिना दान-दहेज के मिला था। जब लता के ब्याह के लिए बाबू जी दर-दर भटक रहे थे तब उन्हीं बाबू जी के आदर्शों के कारण भाभी इस घर में आई थीं। बिन ब्याही लता को वे जब-तब नीचा दिखाने से नहीं चूकती थीं। अपने रूप-रंग पर बेहद गुमान था उन्हें। सुंदर लता भी थी, किंतु बिना दान-दहेज ब्याह के बाजार में कोई मोल न था उसका। इसी मोर्चे पर भाभी उससे जीत गई थीं।

लता ने भाभी के रूप में एक सखी चाही थी, किंतु भाभी ने उससे प्रतिद्वंद्विता का रिश्ता रखा। सो अलगाव तो होना ही था। फिर जब भाई ही एक दूरी बरत रहा था, तो भाभी से किस अपनेपन की आशा रखती लता। इधर बाबू जी पर

आर्थिक बोझ भी बढ़ चला था। फिर जिस दिन बाबू जी ने साहस करके विपिन दा से घरखर्च में कुछ सहयोग देने की बात की, तो वह बुरी तरह बिफर गया था। बाबू जी अपनी सीमित आमदनी से ही घर-गृहस्थी, मेहमान, पूजा-पाठ सभी का खर्च उठाते रहे।

एक दिन विपिन दा बाबू जी के बगल में आ बैठा, तो वे निहाल हो उठे। उन्हें लगा कि विपिन को संभवतः अपनी जिम्मेदारी का अहसास हो रहा है। किंतु यहाँ तो नया ही नाटक रचने जा रहा था। हुआ यों कि भाभी के भाई की नौकरी इसी शहर में लगी थी। भाभी का बड़ा मन था कि उनका भाई उनके साथ रहे। इसीलिए विपिन दा बाबू जी से सिफारिश लगाने आया था। दूरदर्शी बाबू जी जानते थे कि भाभी का भाई उन्हें एक पैसे का आर्थिक सहयोग नहीं देगा। वे विपिन दा की मंशा समझ गए थे। बाबू जी की तनख्वाह सीमित थी, युवा बेटी के ब्याह की जिम्मेदारी भी उनके बूढ़े कंधों पर थी, सो उन्होंने बिना किसी लाग-लपेट के पराई गृहस्थी का बोझ उठाने से इनकार कर दिया। विपिन दा और भाभी को यह बात बेहद खटक गई थी। इस घटना के बाद भाभी ने घर में अन्न-जल त्यागकर अनशन शुरू कर दिया और यह अनशन तब समाप्त हुआ जब विपिन दा ने अलग घर ले लिया। उनके ससुराल वाले सब ही साथ रहने आ गए थे। और शायद विपिन दा भी उनके साथ खुश ही था। बाबू जी एक महीने बाद रिटायर होने वाले थे। विपिन दा की इस हरकत ने उन्हें तोड़कर रख दिया था।

जिस लायक बेटे पर इतना अभिमान था उन्हें, उस बेटे ने ही उन्हें बीच भँवर में छोड़ दिया था। इन्हीं घरेलू परेशानियों के कारण वे लता के लिए वर भी नहीं ढूँढ पा रहे थे। हारकर लता ने पास के ही प्राइवेट स्कूल में नौकरी कर ली। ब्याह के विषय में उसने सोचना ही छोड़ दिया था। विपिन दा नालायक निकल गया तो क्या वह भी माँ-बाप को सड़क पर फेंक देती। वह तो बाबू जी का छोटा-सा अपना घर था, अन्यथा वे सब आज सड़क पर ही होते।

धीरे-धीरे उन लोगों ने विपिन दा के बिना जीना सीख लिया था। राखी, भाई दूज तो लता भूल ही चुकी थी। लेकिन तकलीफ उसे तब होती जब अम्मा-बाबूजी के लिए अपना वर्तमान और भविष्य सब कुछ दाँव पर लगा देने के बाद भी वे लोग घर-बाहर सब जगह विपिन दा का बचपन, उसकी आदतें, उसकी प्रतिभा, उसकी नौकरी सभी का बखान करते। उस समय लता अपने सगे बड़े

भाई के प्रति घोर ईर्ष्या से दग्ध हो जाती।

ऐसे ही यंत्रवत दिन कट रहे थे। बाबूजी के रिटायरमेंट के बाद लता घर के आर्थिक मोर्चे पर डटकर खड़ी थी। अभावों के बीच भी उसने बी एड कर लिया था। उसका प्राइवेट कॉलेज भी अब सरकारी हो गया था। सो उसका वेतन भी कुछ बढ़ गया था। अचानक ही एक दिन बाबू जी को दिल का दौरा पड़ा तो उन्हें अस्पताल में भर्ती कराना पड़ गया। बाबू जी को आई.सी.यू. में रखा गया। विपिन दा उस समय दिल्ली में पोस्टेड था। अम्मा के बहुत चिरौरी करने पर लता ने उसे फोन किया। किंतु उधर से विपिन दा ने बेहद रूखे स्वर में कहा, "अभी मेरा आना जरूरी है क्या? कल को कुछ हो गया, तो आना ही पड़ेगा। बार-बार आना कोई हँसी खेल थोड़े ही है।"

विपिन दा तो नहीं आया। लोकलाज के भयवश भाभी मात्र दो दिन के लिए अकेली ही आई थीं। बाबू जी ठीक होकर वार्ड में आ गए थे। लता काउंटर से दवा लेकर लौटी, तो वार्ड के दरवाजे पर बाबू जी का स्वर सुनकर ठिठक गई थी। वे रो रहे थे। लता ने झाँककर देखा। वे हाथ जोड़कर भाभी से विनती कर रहे थे, "बहू, अंतिम समय है। एक बार विपिन को बुला देतीं।" ठस बनी भाभी निर्विकार खड़ी थीं। छिः, लता का मन बाबू जी को धिक्कार उठा। ऐसे निवीर्य, कायर, स्वार्थी पुत्र की इतनी याद। विपिन दा बरसों से दूर था, किंतु बाबू जी के मन-प्राण उसी में बस रहे थे।

निश्चित अवधि पूरी करके भाभी चली गईं। लता बाबू जी को अस्पताल से घर तो ले आई थी, लेकिन उन्हें मृत्यु के पाश से न बचा सकी। एक सुबह उन्हें नाश्ता कराते हुए उनका सिर एक तरफ लुढ़क गया। विपिन दा उस समय विदेश में था। नहीं आ सका। लता ने मुखाग्नि स्वयं देने की बात की, तो कहा गया कि बेटी द्वारा मुखाग्नि देने से बाबू जी की आत्मा को मुक्ति नहीं मिलेगी। कंधा देने से अर्थी भारी हो जाएगी। जीते जी जिस बेटी ने जी जान से सेवा की, मृत्यु ने एक क्षण में उसे पराया कर दिया। फिर किसी रिश्तेदार ने ही बाबू जी का अंतिम संस्कार किया।

अम्मा सूनी, पथराई आँखों से विपिन का रास्ता देखती रहीं, लेकिन वह नहीं आया। मरे हुए पिता का शोक मनाने भी नहीं आया।

लता के कॉलेज में स्टाफ क्वॉर्टर्स बने थे। बाबू जी के न रहने पर उस घर

में अम्मा हुड़कती थीं, रोती थीं, सो लता ने वह घर किराये पर उठा दिया और अम्मा के साथ स्टाफ क्वॉर्टर्स में शिफ्ट कर गई।

धीरे-धीरे बाबू जी की मृत्यु को एक बरस बीत गया। लता इस बार पक्की पड़ गई कि बाबू जी की बरसी और श्राद्ध के कर्म वही पूरे करेगी। किंतु लाख मना करने पर भी अम्मा ने छिपते-छिपाते मौसी से कहकर विपिन दा को फोन कर बुलवा लिया। लता को यह सब तब पता चला जब विपिन दा भाभी के साथ आकर अम्मा से लिपट गया।

इस बार पता नहीं क्यों उन लोगों का रुख अम्मा के प्रति नरम था। रुके तो वे लोग होटल में ही थे। लेकिन जिस विपिन दा को बाबू जी की मृत्यु पर भी छुट्टी नहीं मिली वह इस समय इतने दिन के लिए कैसे आ गया, यह लता के लिए आश्चर्य का विषय था। बाबू जी का घर किराएदारों से खाली कराया गया क्योंकि बरसी की पूजा वहीं होनी थी। पूरे विधि-विधान से विपिन दा ने पूजाकरायी। पंडितों को दान-दक्षिणा देकर संतुष्ट कर विदा किया। उस रात प्रसन्नचित्त अम्मा ने लता को बुलाकर कहा, "बिट्टो, विपिन और बहू हमें साथ चलने को कह रहे हैं, जोर दे रहे हैं।"

लता सुनकर चुप रही। प्रत्यक्ष में इतना ही कहा, "ठीक है अम्मा, मेरे साथ तो बहुत रह लीं। कुछ दिन बेटे की गृहस्थी का सुख भी भोग लो।"

"एक बात और है लली।" अम्मा बड़े संकोच से बोलीं, "बताना तो तुम्हें पहले था, पर समय न मिला। विपिन बाबू जी का मकान बेचना चाह रहा है। उसे तनिक पैसे की तंगी है। फिर हमको साथ भी ले जा रहा है। तुम तनिक साइन कर देना। आखिर है तो सब कुछ उसी का न।" अम्मा सफाई दे रही थीं, लेकिन लता के कान सुन्न हो चुके थे। वह अपनों का परायापन देख रही थी।

लता चुप थी। उसने मकान के कागजों पर साइन कर दिए और उसके बचपन की यादों के साथ ही बाबू जी का घर बिक गया। लता ने अम्मा का सामान पैक कर दिया था। बेटे के साथ रहने की खुशी अम्मा के चेहरे से छलकी पड़ रही थी। उन्होंने अपनी अलमारी से एक रुमाल निकाला। उसमें एक जोड़ी सोने के टॉप्स और चेन थी। वे लता को देने लगीं, "रख लो लली, ब्याह तो तुम्हारा कर नहीं पाए। अपनी अम्मा की निशानी समझकर रख लो इन्हें।" लेकिन लता ने उन्हें लौटा दिया, "अम्मा, मैं तो कुछ पहनती नहीं। इन्हें विपिन दा की

बिटिया के दहेज के लिए रख लो। तुम्हारा ही नाम होगा।" फिर अम्मा कुछ नहीं कर पाई थीं।

विपिन दा नियत समय पर होटल से आया। अम्मा की अटैची उठाकर टैक्सी में रख ली। लता से बिना कुछ बोले, बिना उसकी तरफ देखे वह टैक्सी में जाकर बैठ गया। अम्मा ने लता को गले लगाया और भीगी आँखें पोंछती विपिन के बगल में जाकर बैठ गई। लता दूर तक जाती टैक्सी को डबडबाई आँखों से देखती रही।

उस दिन लता का कॉलेज जाने का मन ही ना हुआ। उदास-सी तकिए में मुँह गड़ाए वह पड़ी रही। सहसा उसके मोबाइल की घंटी घनघना उठी।

"हेलो!" उसने फोन उठाया। दूसरी तरफ कोई अपरिचित स्वर था, "सरस्वती देवी आपकी ही माता जी का नाम है क्या ?"

"जी हाँ, क्या हुआ उन्हें ?" लता घबरा गई थी। अम्मा के पास मोबाइल फोन तो था, किंतु वे नंबर नहीं मिला पाती थीं। उस अपरिचित ने लता को फौरन रेलवे स्टेशन बुलाया था। लता हड़बड़ा कर ऑटो लेकर भागी। स्टेशन के अंदर पहुँची। दूर से ही देखा उसने एक बेंच पर बैठी अम्मा फूट-फूटकर रो रही थीं। आठ-दस लोग उन्हें घेरकर खड़े थे। लता के आते ही सब तितर-बितर हो गए। अम्मा ने देखा, तो डरे हुए बच्चे की तरह उससे लिपट गईं। वे काफी घबराई हुई थीं। लता की समझ में नहीं आया कि माजरा क्या है ? विपिन दा कहाँ चला गया ? अम्मा स्टेशन पर अकेली कैसे छूट गई ?

"लता, अपने घर चल बिटिया।" अम्मा ने डरे काँपते स्वर में कहा, तो लता ने उन्हें सँभाला। अटैची उठाकर अम्मा को सँभालते हुए वह घर तक ले आई।

काफी देर लगी अम्मा को संतुलित होने में। लता भूखी-प्यासी अम्मा के लिए खाना ले आई। पहला कौर मुँह में डालते ही वे फफक पड़ीं, "हमको माफ कर दो बिटिया। तुम्हारे साथ बड़ा अन्याय किया हमने।" टूटे-फूटे शब्दों में उन्होंने रोते-रोते लता को जो कुछ बताया उसका संक्षिप्त सार यह था कि अम्मा को स्टेशन ले जाकर विपिन दा और भाभी टिकट निकलवाने के बहाने उन्हें प्लेटफॉर्म पर ही छोड़कर चले गए थे। सीधी-सरल अम्मा समझ ही नहीं पाई थीं कि उनका कोख-जाया उनके साथ ही इतना बड़ा छलकर गया। लता सब समझ गई थी कि विपिन दा का यहाँ आना किस मतलब से था। उसकी गिद्ध दृष्टि बाबू

जी के मकान पर थी। तिलमिला उठी थी लता। एक बार उसके मन में आया कि पुलिस या कचहरी-वकील की मदद ले, किंतु फिर रुक गई। इतना बड़ा धोखा किया था विपिन दा ने अपने खून के रिश्तों के साथ। इसकी सजा तो उसे मिलेगी ही, आज नहीं तो कल और वह सजा उसे ऊपर बैठा विधाता ही देगा, जिसकी लाठी में आवाज नहीं होती।

इसके बाद अम्मा अधिक नहीं जी पाई थीं। प्राणप्रिय पुत्र की उपेक्षा और धोखे ने उन्हें भीतर से तोड़कर रख दिया था। बीमारी में भी वे विपिन को याद करती रहती थीं। शायद वे उससे इतने बड़े छल का कारण पूछना चाहती हों या फिर दूर बैठे पुत्र के लिए उनका एक अंधा मोह रहा हो। धीरे-धीरे वे बिस्तर से लग गई थीं। लता ने विपिन दा को खबर नहीं की। अपने सामर्थ्यभर अम्मा का ध्यान रखा, अच्छे से अच्छा इलाज कराया, किंतु छह माह के भीतर ही वे स्वर्ग सिधार गईं। लता ने न किसी रिश्तेदार को सूचना दी और न ही विपिन दा को। अपने सहकर्मियों के सहयोग से उसने स्वयं ही अम्मा का दाह संस्कार कर दिया।

आम लड़कियों की तरह उसका भी एक सपना था- अपने ब्याह का, अपनी स्वयं की घर-गृहस्थी का, अपने बच्चों का। किंतु अम्मा-बाबू जी के कुलतारक पुत्र के प्रेम की वेदी पर उसका यह सपना बलि चढ़ गया। जो दायित्व विपिन दा को निभाने थे, लता ने पूरे किए, फिर भी आज लता निपट अकेली थी। उसके सभी रिश्तों का तर्पण हो चुका था।

उसकी देहरी पर दीया जल रहा था। शास्त्रों के अनुसार, यह दीया पुत्र जलाता है, जिससे मृतक की आत्मा इहलोक में न भटके, किंतु लता ने स्वयं ही यह दीया प्रज्ज्वलित किया था। पता नहीं स्वर्ग जाती हुई अम्मा को आत्मा का मार्ग इस दीये की रौशनी से प्रशस्त होगा या नहीं, किंतु यदि विपिन दा ऐसा करता तो भी क्या अम्मा को मोक्ष मिलता? जिस विपिन दा ने अम्मा के जीते जी उन्हें कोई सुख न दिया, उलटे उन्हें छलकर, धोखा देकर निराश्रित छोड़ गया, ऐसे पुत्र द्वारा मरणोपरांत संपन्न की गई क्रियाओं से अम्मा का परलोक कैसे सुधरता?

इन सभी प्रश्नों का उत्तर पूछने लता कहाँ जाएगी?

किसके पास जाएगी?